AO PÉ DO MURO

Cesare Battisti

AO PÉ DO MURO

Tradução
Dorothée de Bruchard

martins fontes
selo martins

© 2012 Martins Editora Livraria Ltda., São Paulo, para a presente edição.
© 2012 Cesare Battisti.

Esta obra foi originalmente publicada em francês sob o título
Face au mur por Cesare Battisti.

Publisher *Evandro Mendonça Martins Fontes*
Coordenação editorial *Vanessa Faleck*
Produção editorial *Danielle Benfica*
Preparação *Flávia Merighi Valenciano*
Projeto gráfico *Valéria Sorilha*
Revisão *Paula Passarelli*

Dados Internacionais de Catalogação na Publicação (CIP)
(Câmara Brasileira do Livro, SP, Brasil)

Battisti, Cesare
  Ao pé do muro / Cesare Battisti ; tradução Dorothée de Bruchard. –
São Paulo : Martins Fontes – selo Martins, 2012.

Título original: Face au mur.
ISBN 978-85-8063-047-3

1. Romance italiano I. Título.

11-14788   CDD-853

Índices para catálogo sistemático:
1. Romances : Literatura italiana   853

Todos os direitos desta edição reservados à
Martins Editora Livraria Ltda.
Av. Dr. Arnaldo, 2076
01255-000 São Paulo SP Brasil
Tel.: (11) 3116 0000
info@martinseditora.com.br
www.martinsmartinsfontes.com.br

Um escritor chamado Battisti
por Carlos Lungarzo

> *Ave Cesare, ceux qui t'ont lu te saluent.*
> **Salve, Cesare; os que te leram te saúdam.**
>
> Paris Match, março de 2004, resenha de
> *Le Cargo Sentimental*, citada por Nicolle Pottier.

No Brasil, Cesare Battisti não é visto como escritor. Por isso, quando me sugeriram escrever o prefácio de *Ao pé do muro*, fiquei feliz pelo ensejo de mostrar a obra que a grande mídia brasileira repudia, mesmo sem ter a mínima ideia sobre ela.

Até 2010, eu tinha lido apenas algumas páginas dos romances e histórias de Battisti, mas percebi que minha experiência de vida se aproximava muito da dele, já que tinha vivenciado situações muito similares, inclusive uma fuga "quase sem fim". As diferenças são quantitativas: meu tempo de fuga foi de dez anos, e não de 32, e meu tempo de prisão foi de semanas. Entre os períodos que passamos no México, há uma coincidência de quase três anos (de 1982 a 1984) e, embora nunca o tenha encontrado, conheci bem os locais que inspiraram várias de suas narrativas.

Criado em Buenos Aires, a cidade mais italiana fora da Itália, numa família que era a mistura do norte e do sul, com seis gerações de culto aos ancestrais, rodeado pelas superstições de tias e avós, também eu fiquei deslumbrado com o contraste entre o hedonismo miscigenado do Brasil e o masoquismo místico de minha antiga terra. Por isso, creio ser um intérprete despretensioso do que Maja Mikula[1] chama de *deslocamentos e geografias que mudam*.

O mundo do exílio

Os primeiros livros de Battisti relatam, no gênero que ele chama[2] de "*noir* pós-68", a vida precária e incerta dos perseguidos pela Itália, "tolerados" na França, mas carentes de direitos, sempre acossados por instituições com nomes nobres, mas funções práticas infames: controlar, reprimir, dificultar. Seus protagonistas são figuras sensíveis, às vezes desiludidas, que atravessam a artificial barreira entre a lei e o crime, na medida em que sua vida é ameaçada.

Em *Les habits d'ombre*, Claudio Raponi é um ex-membro das Brigadas Vermelhas condenado à prisão perpétua na Itália e exilado na França, onde está em liberdade vigiada. Não é um herói, e sim apenas um perseguido que sofre pelas traições do passado e dedica sua vida a evitar ser capturado por tiras, sociedades secretas, máfias e burocratas. Não pertence a nenhum grupo, mas também não é cético: sonha em destruir os *remparts* (muralhas) da sociedade governada pelos ricos.

Com narração impecável, *L'ombre rouge* indaga o aspecto simbólico da política e da hipocrisia dos que se fantasiam de esquerda, mas que, na realidade, desejam "spartirsi la torta con la Democrazia Cristiana". O Movimento (a esquerda autônoma) deve confrontar-se com uma

---

1. Maja Mikula. Displacement and shifting geographies in the noir fiction by Cesare Battisti. In: Paul Allatson; Jo McCormack (Ed.). *Exile cultures, misplaced identities*. Amsterdam/New York: Editions Rodopi B. V., 2008.
2. *Terres Brûlées* (Payot & Rivages, 2003), p. 7.

realidade sem ideologia nem moral: a impiedosa divisão da Europa entre capitalistas e stalinistas, os interesses militares e financeiros, e uma falsa propaganda de valores sempre violados pelo estado soviético. Na apresentação[3], o autor explica seus sentimentos em relação ao Partido Comunista Italiano (PCI). Detesta a alma stalinista conspiratória (*complottista*) e persecutória, e seu extremo cinismo, revelado quando se finge de esquerda, mas mudo diante dos massacres perpetrados por católicos e fascistas. É verdade que a usurpação do marxismo pelo estado policial é bem conhecida há muito tempo, mas poucos a descrevem com a profundidade desse livro.

Em *L'ombre rouge*, o exilado italiano Corrado se define sem pieguice ou autocompaixão como um refugiado político, uma pessoa sem direitos civis, mas com dívidas penais, um "fantasma" que deve trocar sua visibilidade por uma toca para viver em solo francês.

Em *Buena onda*, o narrador-protagonista é o italiano Enzo, exilado em Paris, que colabora num sequestro político e acaba se refugiando no México e se enturmando com os zapatistas. Ao descrever o "exílio dentro do exílio", essa obra duplica a tragédia do deslocamento e da precariedade da vida. Os aspectos italianos, franceses e mexicanos do relato revelam a vocação internacional do autor e sua tese implícita da equivalência dos sentimentos humanos.

Dernières cartouches foi o romance mais influente de Battisti. Escrito num estilo azedo, livre de retórica, matizado por uma fina ironia, é a melhor saga *noir* já publicada sobre os jovens perseguidos pelo *establishment* italiano. Segundo o romancista Valerio Evangelisti, a obra não é uma autobiografia, mas sim uma representação literária da verdade, que revela com eficácia e paixão a vida dos clandestinos. Descreve seus amores, sofrimentos e traições, suas desavenças com os dogmáticos de esquerda e, sobretudo, a luta para se defenderem do gigantesco aparato repressivo de 1977, que unifica stalinismo, católicos e fascistas.

---

3. www.vialibre5.com/pages/apropos/ormarossa.htm.

O romance é uma radiografia dos "anos de chumbo". Não apresenta apenas as superchacinas da direita (as *stragi*), mas também a incoerência dos que se lançam numa luta suicida e, após a derrota, se arrependem em massa. Battisti não se mostra arrependido, tampouco aspira ao que Evangelisti chama de "continuidade impossível". Por sinal, o romance é um dos poucos que mencionam a colaboração da Itália no terrorismo da ditadura argentina de 1976.

Esse livro obteve um enorme sucesso, foi publicado diversas vezes na França e, inclusive, lançado na Itália graças à coragem dos editores. Ele marca a passagem de Battisti de perseguido qualquer a alvo do ódio vesânico da gangue política italiana, procurado através do tempo e do espaço na *vendetta* mais insana já conhecida. *Dernières cartouches* chega também ao leitor comum, curioso, que se depara com o quadro apavorante do fascismo, da inquisição e do stalinismo, instituições que muitos acreditam mortas, mas que vicejam no país vizinho.

Battisti não faz propaganda da esquerda: apenas mostra que a direita fechou *todos* os caminhos. O resenhista da revista *Paris Match*, ao referir-se a outro livro importante, *Le cargo sentimental,* mostra que o autor denuncia "o impasse absoluto do terrorismo". Seus inimigos ficam desesperados, pois não poderão acusar Battisti de terrorista, salvo para um público ignorante e rancoroso. Seus argumentos não podem ser refutados através da razão – só podem ser combatidos mediante uma caçada irracional e com a cumplicidade da escória política e judicial do planeta.

A fusão entre a resistência e a sensibilidade é alcançada em *Le cargo sentimental*, obra aclamada pela exigente crítica francesa, que gerou a epígrafe deste prefácio. A trama agora não se cinge aos momentos de luta ou decepção: abrange três gerações de ativistas unidas pela carga emocional do espírito libertário.

Política, crime e alienação

A negação da transcendência e do maniqueísmo aproxima Battisti de autores como o marxista italiano Cesare Pavese (1908-1950) e os existencialistas franceses Albert Camus (1913-1960) e Jean-Paul Sartre (1905-1980). Se estes dão o toque filosófico à rejeição do dualismo bem/mal, o gênero *noir* oferece a versão sociológica, ou seja, "bem" e "mal" são produtos sociais, nos quais, como diz Battisti (*Terres brûlées*, p. 8), o representante do "bem" é o que combate "um adversário dado num momento dado". A divisão ética ou jurídica é apenas uma convenção.

Em *Red harvest* [*Colheita sangrenta*], o célebre Dashiell Hammett vincula crime e conflito social, e o delito não é a representação da maldade, mas o reflexo de um mundo caótico, que divide as pessoas em "nós" e "eles", sem preocupações morais e sem obedecer (como diz Battisti em *Terres brûlées*) às *lumières scientifiques*. Enquanto no mundo de Agatha Christie ou Conan Doyle o delito é um erro no sistema social, e é consertado tão logo esclarecido, na ficção *noir* o crime é um estado de convulsão permanente, que mostra a natureza irracional do sistema – daí a proximidade entre muitos escritores *noir* e a esquerda. O último passo é concluir que essa natureza irracional provém da dominação de classes.

O mundo de Battisti é um caos, mas não um inferno sem saída. É um cenário cruel no qual a vida faz sentido enquanto luta contínua pela subsistência desprovida de pretensão. Seus personagens não são figuras idealizadas, e sim pessoas comuns, com dores e fraquezas, mas também capazes de resiliência e de sentimentos solidários.

A relação entre luta política e delito é variável e indeterminada. Entre ambos, está a *alienação* e o sentimento de *não ter raízes*, tão frequente na cultura italiana. Por complexas razões, a região italiana, mesmo antes de ser um país, sempre exilou seus maiores talentos. De Dante a Mazzini, de Da Vinci a Pontecorvo, de Giordano Bruno a Galileu, quase todos os grandes pensadores foram desterrados, queimados ou torturados.

Toni Negri explica essas contradições com o modelo das "duas Itálias". Enquanto o país territorial preserva o que há de mais estéril e falso, os exilados formam a Itália generosa e criativa. Maja Mikula acredita que Battisti não aceita esse modelo, pois, em suas obras, a eterna fuga ofereceria uma mera ilusão de progresso, refutada pela experiência frustrante seguinte. Mas esse pessimismo não é radical e, em seus romances recentes, percebe-se que, para além da lama das instituições e da covardia de seus chefes, existem figuras corajosas e ternas, que permitem pensar num futuro melhor.

A fase da fuga

Minha fuga sem fim, escrito durante a travessia entre a França e o Brasil, tem duas partes. A primeira, "Será assim que os homens julgam?", conta, em linguagem autobiográfica e realista, sua vida desde a infância na família comunista até o ano de 2004, quando foi obrigado a pôr um ponto final nos catorze anos de um apaixonado namoro com Paris. O livro faz apenas breves menções ao México. Nele, seu estilo é direto, ameno, rápido, rico em comentários e descrições expressivas, com um toque de carinho por seus personagens.

Essa parte tem cinco capítulos: O adeus às armas, A captura, A prisão, O cerco e A evasão. Neles, Battisti faz uma revisão esquemática, porém dinâmica e ilustrativa, de sua vida, incluindo uma curta referência a seu afastamento do stalinismo familiar e seu ingresso e saída da luta armada. Todos os capítulos oferecem uma descrição coerente da evolução do processo, num estilo que (talvez sem nenhuma razão objetiva) considero similar ao de alguns escritos de Hemingway, como "The butterfly and the tank" ["A borboleta e o tanque"] e outros contos sobre a Guerra Civil Espanhola.

Cesare conta sobre sua amizade com Pietro Mutti e sua mulher, e a emoção do amigo que queria, mas não podia, abandonar a luta armada. O relato mostra uma sóbria simpatia que não se mistura com nenhum rancor contra o camarada que se tornaria mais tarde seu principal delator. Nos capítulos seguintes, descreve sua vida na França, tanto os aspectos doces como os amargos.

Battisti enfatiza o apoio afetivo de sua família italiana à sua mulher e às suas filhas. Revela a ternura simples de seus irmãos camponeses, que não acreditam que um país sério como a França possa engolir as mentiras da Península e acham engraçada a acusação de homicídio contra aquele que, quando criança, se apavorava com a matança de um frango para o almoço do domingo. Os membros do que ele chama "uma família unida 'à italiana'" não podem crer que aquela *vendetta* já dure 25 anos, apesar de terem sido criados na sociedade em que essa palavra foi inventada.

O período da prisão e da evasão é, ao mesmo tempo, rico e sintético, e um resumo dele equivaleria ao texto dos capítulos. Muitos sentimentos que manifesta sobre o presídio e sobre as figuras que por ele desfilam (detentos solidários, guardas amigáveis ou rudes, burocratas indiferentes, mas nunca anjos nem demônios) são similares aos de seus personagens de livros anteriores, mas aqui não há um pingo sequer de ficção. O parágrafo final é iluminativo: o antigo internacionalista se comove ao abandonar Paris: "[cada vez] mais certeza eu tinha de que não bastava a pequenez de alguns poucos políticos para fazer da França um país pequeno"[4].

Alguns críticos não entendem aspectos simples desse livro, como o caráter virtual de muitos grupos armados, cujas siglas podiam ser "confiscadas" por qualquer um, especialmente por magistrados e policiais que as usavam para rotular aqueles que lotariam depois suas cadeias e seus cadafalsos[5].

Na segunda parte, "Diário de um cão errante", Battisti é representado por Augusto. O estilo torna-se mais simbólico, e a trama e a relação com o tempo são mais complexas. O assunto é a viagem ao exílio, uma longa trajetória em que o autor encontra personagens e histórias que oscilam entre a ficção e a metáfora da perseguição real.

---

4. Cesare Battisti. *Minha fuga sem fim*. São Paulo: Martins Fontes – selo Martins, 2007. p. 143.
5. Martine Bovo-Romoeuf, por exemplo, em seu ensaio "Cesare Battisti: Roman noir et mémoires de la désillusion politique", entende esse livro como um "diário íntimo" e questiona alguns dados objetivos como se fossem reconstruções literárias (*Littérature et «temps des révoltes" (Italie, 1967-1980)*, 27-29 de novembro, Grenoble).

Ser bambu é narrado em primeira pessoa. Na figura da brasileira Áurea, uma espiã a serviço de seus perseguidores, misturam-se lembranças reais com um leve toque surreal. Há uma nova menção aos fatos narrados no livro anterior e também maiores indícios sobre as origens de sua vocação literária.

O cenário é um lugar do "terceiro mundo", onde os populares falam com os estrangeiros em francês. Aqui, as *geografias variáveis* de outros livros variam sem dar aviso. Augusto deverá percorrer uma dúzia de países antes de chegar ao Brasil, e alguns deles situam-se na Ásia. No Capítulo 5, cita uma frase de certo "Matha", que pode ser um mosteiro hindu ou uma pessoa indiana, e mostra uma multidão comprando passagens para viajar no teto de um trem, algo comum na Índia.

As lembranças de fatos reais são ofuscadas pela contínua análise de Áurea, que escancara os medos, as vaidades e a solidão do fugitivo, para o qual as mulheres parecem difíceis de entender. Longos monólogos reconstroem parte da vida de Áurea, e os diálogos afundam na intimidade de ambos. Nesse fluxo de imagens, ele se foca no *bambu*, planta de colmo flexível cuja capacidade de adaptar-se o delicia tanto quanto irrita Áurea. Ela coloca os desafios que o fugitivo queria ter-se colocado, e o mais duro deles parece ser a religião.

A narração minuciosa, com poucos personagens e diálogos, com muitos monólogos e reflexões, sugere o impacto sofrido por Battisti ao passar por terras exóticas. Áurea lhe conta que matou o próprio amante, e ele lembra que só uma vez viu morrer uma pessoa próxima. É uma alusão ao fato de ter sido privado, na prisão italiana, de saber da morte de seu irmão mais velho, Giorgio, e de seus pais. Um sádico magistrado se recusou a lhe repassar as mensagens em que sua família o informava dessas mortes. Mas isso só está explícito em *Minha fuga sem fim*. Em *Ser bambu*, o leitor deve deduzi-lo.

Ser bambu parece indicar uma pausa na fuga e um encontro com a consciência do escritor. Mas o novo livro *Ao pé do muro* volta ao estilo de descrição realista, invadido sempre pela lembrança de algumas mulheres.

O muro e a parede

O romance percorre vários níveis. No mundo "real", o narrador protagonista, o italiano Augusto, conta sua vida na prisão de Brasília, os hábitos e as conversas dos detentos, e alguns fatos especiais, como a revista feita pelos carcereiros para abalar a moral e, às vezes, os corpos. Desse mundo "real" surgem também histórias breves que os próprios detentos contam. Com frequência, a pintura do presente é combinada com a volta ao passado: o protagonista lembra sua chegada ao Nordeste brasileiro, a viagem ao Rio de Janeiro e os sentimentos que as novas experiências despertam. Qualquer narração estará sempre sob a influência do sentimento mágico e contraditório produzido por uma jovem mulher que se tornara sua amante, cuja imagem quase onírica entra nos intervalos entre os relatos.

O título de *Ao pé do muro*, no francês original, é *Face au mur*, que pode significar "estar ao pé do muro", como estão Augusto e seus colegas no quintal do presídio brasileiro, tomando sol, falando e (exceto ele) jogando baralho. Mas também pode significar "encontrar-se encurralado", equivalente à expressão brasileira "estar contra a parede". Chegou-se a um lugar onde não é possível continuar, mas o fugitivo não quer se entregar; então a fuga acaba e começa a batalha pela liberdade.

Na fase anterior de sua obra (1993-2003), o autor descrevia pessoas que lutavam por sua subsistência, que atacavam e roubavam, mas que tiveram, antes disso, um projeto "político". Agora, os prisioneiros são infratores comuns, diferentes dos chamados "presos políticos", que as elites tratam às vezes com menos brutalidade porque a comédia da democracia exige alguns sacrifícios dos poderosos.

Tanto no cárcere de Brasília como em liberdade na cidade do Rio, o protagonista se defronta com uma realidade mais dura do que a da Europa repressiva da década de 1970. A narração é uma visão aguda, profunda, desprovida de rancor, de um mundo em que a liberdade e os direitos mais simples (amar, ter um espelho, comprar remédios para sobreviver) constituem uma utopia que só alguns sortudos atingem.

Sem pieguice, o texto mostra a simpatia do narrador pela humanidade daquelas pessoas empurradas a um mundo infernal onde, apesar de tudo, tentam manter sua dignidade. Eles nunca brigam quando jogam, mas podem se matar pela posse de um fósforo. Eles tratam o *gringo* com afeto, mas se apavoram com seus hábitos esquisitos: não gosta de baralho, novela ou futebol, usa caneta e óculos, e lê algo que não é a Bíblia. Essa simpatia é também uma autocrítica. O narrador reconhece sua rigidez inicial, que não entendia a sensual candura do povo brasileiro, sua vaidade corporal, sua alegria infantil, seu cristianismo pagão. Simpatia e deslumbramento marcam a lenta descoberta do Rio de Janeiro, uma cidade única, que o autor descreve com lampejos de sabedoria popular. Algumas reflexões sobre a noite carioca, as diversões dos pobres, os "corpos suados", as notas dos sambas, a euforia peculiar do Carnaval, as mulheres fascinantes e a naturalidade do sexo raramente foram descritos com tanta precisão por um estrangeiro.

Ele se recorda – mobilizado pela conversa com Zeca, seu colega de cela – de quando era um homem livre, e revive as lutas de quadrilhas nos morros, a extorsão da polícia e as vítimas dos confrontos entre traficantes. Mas também lembra que ninguém corre grandes riscos nas favelas se não for membro de uma gangue rival ou da polícia, pois o tráfico mantém sua ordem paralela e dá à população aquilo que o estado nega.

Transparece na narrativa a cordialidade simples da vida na prisão, onde os seres humanos se mostram tal como foram forjados pela sociedade. Mas Battisti não se debruça sobre questões sociológicas e prefere a rápida reflexão emocional. Assim, ao referir-se a Zeca, um antigo jagunço do Pantanal, percebe seus sentimentos:

> Seu olhar se encobre de repente com uma doce tristeza. "Doce tristeza" não deixa de ser insólito para um matador de aluguel, não é mesmo?[6]

---

6. Capítulo 2.

Algumas reflexões são notáveis, como a do Capítulo 2, em que tenta definir sua própria identidade:

> [Eu era] Um gringo que tinha cortado fora metade de suas raízes, a outra metade secando sozinha e se agarrando a tudo para se manter.

O narrador se afina com a ingenuidade dos populares: eles não entendem como esse *gringo* de olhar brincalhão e sorriso permanente possa ser o Bin Laden italiano, o superterrorista difamado *ad nauseam* pelos muitos políticos, magistrados e comunicadores que habitam as mais hediondas sarjetas. Seus colegas, que se consideram simples "bandidos", não compreendem como um sujeito tão perigoso, que inspira tortuosas vinganças em tiras de três países, pode ser conduzido à cela por apenas *um* policial. Então eles descobrem que aqueles perseguidores italianos são pessoas desprezíveis. O protagonista faz uma reflexão singela, aliás, muito moderada: eles são muito menos venenosos do que alguns dos que se acham capazes de julgar e legislar.

No Capítulo 4, há outro toque profundo na complexa psicologia dos reclusos. Ele percebe a maneira como os homens privados da liberdade, desprovidos do cheiro da vida (reduzidos, eu acrescentaria, aos corpos que se acumulam na *Casa morta* de Dostoievski), podem chegar a um total desespero e tornarem-se capazes de matar. Essa vida, que é ao mesmo tempo banal e misteriosa, pode evocar as reações mais puras, como o pranto pela morte de um dos companheiros.

Um de seus colegas se indigna quando pensa que, se os franceses trocaram Augusto por um contrato com a Itália, os brasileiros seriam capazes de trocá-lo pelo "colarinho branco" que vivia em Mônaco. A conversa emigra para vários assuntos e acaba recaindo no futebol, num momento em que o protagonista consegue começar a entender a paixão do brasileiro por algo que, para ele, é indiferente. Seu companheiro se exalta ao comparar o futebol brasileiro com o italiano, e diz não acreditar que Augusto considere esse esporte o "ópio do povo" – para ele, a verdade é que os italianos têm medo da seleção brasileira:

> Porque para a gente – a essa altura ele já está em pleno Maracanã – o futebol é dança, sabe, não é geometria, sabe, e a bola, óbvio, segue o nosso compasso.

Augusto entende, porém, que o recluso não crê de fato na possibilidade de ele ser trocado pelo tal "colarinho branco", e que apenas a sugeriu para dar um jeito de "passar sua angústia adiante". O escritor conclui: "[ele] não é pior que qualquer um de nós [...]".

Discussões sociais e religiosas são o forte do convívio com os detentos. Zangado, porém paternal, um dos reclusos adverte que o *gringo* é ateu e deve estar tomado pelo diabo, pois só o diabo pode fazer o que ele faz: mesmo estando errado, sempre tem a resposta certa. Os prisioneiros também se recusam a aceitar que no país dos gringos existam pessoas "sem teto" e que corpos congelados sejam encontrados no inverno nas ricas cidades europeias. A miséria é só para os países pobres, e por isso eles precisam tanto de Deus...

Alguns trechos poderiam ter sido escritos por Dickens: é delicioso o diálogo do protagonista com um dos colegas, que a todo momento quer saber como ele faz para criar um romance, se já tem as ideias na cabeça, como surgem os enredos, e assim por diante. O narrador reconhece que muitas vezes fez a si mesmo essas perguntas, e se autocritica: "Todo operário, de qualquer tipo, deveria ser capaz de dizer com toda a clareza como procede para realizar sua obra".

O trecho final do Capítulo 6, que relata (com objetividade, sem indignação, apenas com alguns toques de ironia) o sádico vandalismo da gangue policial carcerária durante a revista do xadrez, é tão articulado que, por si só, faria este livro memorável. Com aproximadamente 1.300 palavras (na tradução), o narrador decifra um lapso de terror, cuja duração não sabe especificar. Nesse lapso, *tudo* acontece: o arrombamento da cela, a humilhação dos detentos, a destruição de seus míseros pertences, os gritos insanos dos guardas, o estalo dos cassetetes nas grades e paredes, a promiscuidade dos corpos, o ar carregado de incertezas, a decepção dos reclusos após a hecatombe. Existem muitas narrações pessoais da vida em prisão desde Boécio, passando por Marquês de Sade, Oscar Wilde e outros, até chegar a Soljenitsin e ao nigeriano Saro-Wiwa, mas são escassas as obras que retratam a brutalidade carcerária sem dramatismo, extraindo de sons, movimentos e visões ofuscadas pelo medo um quadro tão completo da barbárie policial. O papel dos presos como cobaias, os gestos e pequenos movimentos que antecipam o ataque, os efeitos psicológicos dessa cena demencial permitem, a quem nunca viveu algo semelhante, "sentir" na pele as atrocidades como poucos outros livros. Eu só seria capaz de comparar esse fragmento de Battisti a Dostoievski[7], Jack London[8], Malcolm X[9] e George Jackson[10].

A narrativa de *Ao pé do muro* combina esses momentos de realismo implacável com lembranças que tanto descrevem a própria realidade vivida pelo autor quanto seus sentimentos sobre ela ou, ainda, suas reflexões sobre si mesmo e seus fantasmas.

À medida que se desloca pelo Brasil, o protagonista tenta compreender a história dos lugares. Na periferia do Rio, depara com a profusão de seitas evangélicas e entende esse florescimento incontrolável, matizado com propostas políticas, como uma natural reação popular contra a crueldade usada pelos jesuítas quatro séculos atrás para curvar índios, negros e desfavorecidos em geral.

Ao sabor da exploração do Rio durante aqueles meses de liberdade, aprende a conviver com o hedonismo e a apreciá-lo, a deslumbrar-se com a pele luxuriosa dos foliões, a descobrir quanta emoção subjaz essa

---

7. Zapiski iz myortvogo doma [*Memórias da casa morta*].
8. "'Pinched': A prison experience".
9. *The autobiography of Malcolm X* [*Autobiografia de Malcom X*].
10. *Blood in my eye*.

sensualidade. Mas isso não elimina a paranoia. Ao sair com uma doce garota da praia, pergunta-se se ele próprio gostaria que suas filhas saíssem com um "velho". Aliás, suas filhas... como estariam agora? Augusto também é alvo do feitiço intenso do Carnaval, do qual, como do futebol e das festas religiosas, tenta fugir, evitando sair de casa:

> Estava, na verdade, me protegendo do encanto irresistível deste país ao qual não podia entregar minha existência, não fazendo mais que deslizar em sua superfície.

Às vezes, seus pensamentos voltam muito no tempo. Lembra a compra do passaporte francês de um legionário da Guiana e a misteriosa gentileza da Polícia Federal quando chegou a Fortaleza, onde, no aeroporto, os agentes retiveram por alguns minutos aquele passaporte para, segundo eles, "ativar o código de barras".

A visão real dos rostos marcados por privações dos camponeses sem-terra do Nordeste se cruza com a recordação do amigo Enzo, que, na Itália, muitos anos antes, salvou sua vida ao tirá-lo da área de fogo de um fascista armado. Mas as lembranças também falam dele mesmo: de seus pesadelos, de algo que não sabe se é realidade ou paranoia, dos inimigos vencidos mencionados por Nietzsche, que voltam para se vingar à noite, acordando suas vítimas fugidias.

As favelas estão sempre presentes em suas lembranças. Bronzeado pelo sol, enfraquecido pelo cansaço, quase esmagado por sua pesada AK-47, aparece Jonas, um menino de doze anos consumido pela maconha e pelo crack que, com seus ganhos por quinze horas diárias de vigilância, consegue comprar os caríssimos remédios de que sua mãe precisa para que aquela vida miserável e brutalizada possa durar um pouco mais. O Capítulo 9 traz um quadro tão tocante da miséria cinicamente oculta ou distorcida pelas elites, para cujos esbirros qualquer pobre é criminoso, que não há como compará-lo às descrições melosas e conformistas da maioria dos escritores estrangeiros.

Após a morte de Jonas, Augusto deixa algum dinheiro para sua mãe e sente que aquilo foi hipocrisia. Hipocrisia por quê? Por acaso ele não foi sinceramente solidário? Aqui surge, lacerante, a angústia de todo ativista que sabe que os sobreviventes de nossa geração guardam, em algum recanto da alma, quase com medo, a luta por um mundo mais humano. Além da evocação da realidade vivida, o protagonista descobre uma realidade desconhecida, como a da Amazônia, através do relato de Bruno, um dos mais recentes detentos que, de uma posição social mais elevada do que a de seus companheiros, vivendo nas terras do Norte, havia matado um agente do Ibama. Essa morte foi fruto da confusão entre ciúmes, medo e a força de um mito muito forte naquela região. O Capítulo 12 se enche de pitorescas festas camponesas, dos misteriosos botos que copulam com as mulheres e das milenárias lendas indígenas.

Ao pé do muro é rico em imagens humanas e emocionantes, muito mais do que qualquer obra anterior de Battisti, e alguns trechos são tão excepcionais que nos obrigam a recuar aos grandes clássicos para encontrar quadros dessa magnitude.

Reflexão final

Ao pé do muro é o romance mais amadurecido de Cesare Battisti. Enfatiza ainda mais (mantendo o ceticismo sobre as instituições da primeira fase de sua obra) a comunhão com os valores humanos, como a solidariedade e a exigência de liberdade. As pessoas que são proscritas continuam sendo personagens centrais, colocados agora num cenário cujos frescor e criatividade mostram um mundo diferente.

Lembremos que, no original italiano de *L'ombre rouge* (já em 1994), Battisti diz:

> Un giorno o l'altro lascerò la Francia e attraverserò l'oceano verso ovest, inseguendo il sole morente. In un tramonto che non finisce mai, dove la gente applaude la fine del giorno e ha gli occhi che sorridono.

Um dia ou outro deixarei a França e atravessarei o Oceano na direção do Oeste, seguindo o sol moribundo. Num crepúsculo que jamais acaba, onde as pessoas aplaudem o fim do dia e têm os olhos sorridentes.

Na época, ele não conhecia o Brasil, mas a referência aos povos que aplaudem e aos olhos sorridentes pode referir-se ao México ou, em geral, ao Novo Mundo. Aqui as pessoas vivem de modo mais brutal e injusto, mas aquela massa escrava e sem direitos, aqueles 80% proscritos e marginalizados, é o que dá ao país sua essencial bondade.

Como na fase francesa, também neste novo livro os personagens não visam vencer, ou ser reconhecidos, ou superar o caos. Nem poderiam. Nos velhos tempos, o objetivo da violência era salvar-se da destruição física e moral empreendida pela aliança entre a Igreja, o fascismo e o stalinismo, e não tentar substituir seu despotismo por um novo poder.

A luta armada deixou de ser um método, mas os motivos para a rebelião ainda existem, pois o rebelde não quer tornar-se moeda de troca na sociedade mercenária magistralmente descrita por Erri de Luca[11]. Não quer ser delator, vingador, falsa vítima, cúmplice de torturadores, magistrados e políticos.

A obra de Battisti é, também, uma luta contra o fetichismo. A nação é toda a Humanidade, e nenhuma pátria, mesmo "socialista", pode substituí-la. Não existem anjos e demônios, heróis e bandidos, vítimas sagradas e caçadores abençoados. Muito menos mártires e santos, produtos do terror popular. O único comunismo é dos humanos solidários que quebraram *todas* as correntes, que abriram *todos* os *gulags*. O único crime é a limitação da liberdade e do pensamento.

Isso explica a absurda caçada sem fim. Battisti não é herói porque não existem heróis, e não é um anti-herói porque o "anti" do que

---

11 Erri de Luca descreve com vigor o *espírito levantino* da Itália, onde "tudo, desde as obras de arte até os presos políticos, é objeto de comércio".

não existe também não existe. Ele é um símbolo, criado por seus próprios inimigos: a direita clássica e a nova direta ex-stalinista. Suas obras denunciam um mundo desumano e infame, dominado por alcaguetes e algozes. A sociedade esclarecida que criou o Renascimento, o Direito Iluminista e a ciência experimental permanece refém do fascismo, da Igreja, da Máfia e do ex-PCI. A única luta possível é a difusão da consciência, que, se a civilização durar o suficiente, acabará esvaziando os poderes policial, militar e confessional, que só existem se houver covardes que os sirvam e ignorantes que acreditem em seus milagres.

Obras de Battisti

Até o momento, Battisti havia publicado quinze romances e cinco contos, dos quais três romances em português, deliciosamente traduzidos por Dorothée de Bruchard. Muitos deles foram inicialmente escritos em italiano, porém citarei os títulos em francês, já que apenas quatro conseguiram circular na Itália. Os três títulos traduzidos para o português serão citados no idioma vernáculo. A data é da primeira edição.

Romances

1. *Les habits d'ombre* (Gallimard, 1993). Trad. Gérard Lecas.

2. *L'ombre rouge* (Gallimard, 1994). Trad. Gérard Lecas.

3. *Buena onda* (Gallimard, 1996). Trad. Gérard Lecas.

4. *J'aurai ta pau* (La Baleine, Paris, 1997), Episódio 58 da Coleção *Le poulpe*. Trad. Arlette Lauterbach.

5. *Nouvel an, nouvelle vie* (Mille et une Nuits, 1997).

6. *Pixel, copier-coller* (Flammarion, 1997). Trad. Anna Buresi.

7. *Dernières cartouches* (Gallimard, 1998). Trad. Gérard Lecas.

8. *Jamais plus sans fusil* (Editions du Masque, 2000). Trad. George Lecas.

9. *Avenida Revolución* (Rivages, 2001). Trad. Arlette Lauterbach.

10. *Vittoria* (Eden Productions, 2003). Trad. Mariette Arnaud.

11. *Le cargo sentimental* (Joëlle Losfeld, 2003).

12. *L'eau du diamant* (Editions du Masque, 2006). Trad. George Lecas.

13. *Minha fuga sem fim* (Ed. Martins Fontes – selo Martins, 2007). Trad. Dorothée de Bruchard.

14. *Ser bambu* (Ed. Martins Fontes – selo Martins, 2010). Trad. Dorothée de Bruchard.

15. *Ao pé do muro* (Martins Fontes – selo Martins, 2012). Trad. Dorothée de Bruchard.

Contos incluídos em coletâneas

1. "Quattro passi di danza". In: Daniele Brolli (Org.) et al. *Italia odia* (Mondadori, 2001).

2. "Super snail in action". Trad. Sonia Fanuele e Catherine Siné. In: Serge Quadruppani (Org.) et al. *Portes d'Italie* (Fleuve Noir, 2001).

3. "Choice". In: Gérard Delteil (Org.) et al. *Noir de Taule* (Les Belles Lettres, 2001).

4. "L'air de Rien". In: J. P. Pouy (Org.) et al. *Paris rive noire* (Autrement, Paris, 1996).

5. "A la Tienne, Marlo!". In: C. Battisti (Org.). *Terres brûlées* (Rivages, 2000).

Bem machucado volta da busca da verdade
Quem não estava preparado para encontrá-la.

Dante Alighieri

Capítulo 1

Fito um quadradinho de céu e assobio de leve uma melodia que me vem de lugar nenhum. Meus companheiros, hoje uns doze, compõem um círculo em volta de um baralho. Quatro jogadores por vez; saem os dois que perderam e são substituídos por outros dois. Eles não brigam nunca, brincam e dão risada, mesmo que a sorte lhes seja contrária. Vez ou outra, um deles ergue os olhos para mim, pronuncia o meu nome como a uma saudação repetida, alguns o imitam. Eles gostam de mim. Então, voltam rapidamente às cartas espalhadas sobre um velho cobertor cinza que pertence a todos e a ninguém.

Quando cheguei aqui, já tem algum tempo, esse cobertor já estava nesse mesmo lugar. Alguém, no bloco, deveria se encarregar de desempoeirá-lo de vez em quando, não está tão sujo assim. No começo, tentaram fazer com que eu me interessasse pelo baralho. Até que entenderam, e acabaram desistindo. Não sei exatamente o que eles entenderam. Nunca me disseram, nem nunca cobraram nada. Simplesmente aceitaram meu distanciamento sem acrescentar-lhe muita malícia. Sou um estrangeiro, um gringo. Isso deve bastar-lhes para explicar algumas de minhas singularidades.

Canto do pátio queimado por um raio de sol. Cimo de eucalipto estremecente. Brisa da tarde rente às paredes. Passarinho branco saltitando sem parar entre a antena da polícia e o eucalipto.

O passarinho branco não canta nunca. Pousa num galho lá no alto, mexe freneticamente a cabeça, e então se joga novamente para a antena, retorna, e assim por diante, durante umas duas horas no mínimo. Todo dia me pergunto, ao acompanhar seu vaivém, se ele faz o mesmo nos fins de semana e feriados, quando o pátio é proibido para nós. Acho que sim. Os pássaros também têm lá sua rotina, mas seus dias de descanso não necessariamente coincidem com os dos humanos. É um passarinho esquisito, nunca o vi fixar a atenção em coisa alguma. O movimento de sua cabeça é rápido e ritmado demais para ele conseguir registrar o que se passa a uns quinze metros abaixo de seu bico. Joga o seu próprio jogo, assim como meus colegas jogam o seu. Cada qual com seu universo e com as leis que o regem.

Nessa hora, durante o nosso banho de sol, o bloco sufoca em meio ao silêncio. Para quem fica na cela, é a hora da sesta. Aqueles que nunca dormem fecham os olhos e ficam contando os roncos dos outros. Silêncio é coisa que aqui se respeita. A não ser de manhã, depois do café, ou à noite, antes do jantar. Duas vezes ao dia, gritos lancinantes rasgam o ar denso de pensamentos não expressos. São os gritos dos detentos imitando os animais.

Galo, gatos, pássaros, o corredor de repente se enche com os cantos do Brasil. O pessoal aqui gosta da liberdade dos bichos e também do passatempo do baralho. Mas gosta, antes de mais nada, das *novelas*[1]. Os detentos se derretem na frente da telinha. Não sei se são várias por dia, espalhadas por uma dezena de canais, ou se há uma emissora especializada nesses folhetins de paixões edulcoradas. Nunca fui um bom telespectador e, de uns tempos para cá, renunciei inclusive ao telejornal, já que ele só começa depois de uma novela interminável e os comentários que se seguem são tão prolixos e acalorados que mal se consegue captar umas poucas palavras das notícias.

---

1. As palavras, expressões e frases da língua portuguesa destacadas em itálico não foram traduzidas para a língua francesa no original. (N. E.)

Confesso que, de início, isso tudo me dava um pouco nos nervos. Os aplausos depois de cada beijo entre o senhor e a senhora Novela ecoavam no bloco como depois de um gol da *Seleção*. Assim, entre futebol e novelas, raros eram os momentos em que eu conseguia folhear um livro sem ser perturbado por grunhidos libidinosos ou gols urrados com uma centena de "O". Acontecia então de eu fazer comentários desagradáveis sobre as preferências de meus companheiros. Com o tempo, porém, o *jeitinho brasileiro*, essa arte do drible pontuada por um singular senso de humor, levou facilmente a melhor sobre minhas reflexões psicorrígidas, e eles afinal conseguiram me dar tremendas lições de tolerância.

Enquanto ia me resignando à perda do telejornal e me acostumando às vozes falsas e melosas de seus protagonistas, descortinava-se para mim um novo país, um mundo aclarado por uma luz atraente, cuja fonte, porém, ainda me era vedada. Difícil achar palavras para explicar isso, essa súbita mudança de visão que fez com que eu começasse a perceber as pessoas e as coisas pelo ângulo desse país em que – mas posso estar exagerando – o valor da vida parece ter ligação direta com a intensidade emocional de um só instante.

Assim é que, na prisão, partilhando ações desimportantes na aparência, mas que, curiosamente, me obrigavam a infinitos questionamentos sobre meus juízos de valor, eu viria a formar uma ideia, ainda imprecisa sem dúvida, mas muito mais próxima da realidade, sobre o Brasil dos brasileiros. Hoje, deixou de ser problema uma quantidade de coisas que eu me negava a entender quando ainda vagava pelas ruas do Rio. Na época, entregava-me facilmente a avaliações superficiais, para não dizer estúpidas, sempre que deparava com um comportamento que não se enquadrasse em meus padrões. Desprezava, entre outras coisas, aqueles homens e mulheres obcecados por sua vaidade corporal. Hoje, acho comovente a atenção que dedicam aos próprios corpos. Que mal pode haver em amar seu corpo? Será que as pessoas são mais vaidosas aqui porque adoram posar diante do espelho, quando em outros lugares o fazem sorrateiramente diante de qualquer vitrine?

Esse é apenas um exemplo, e meio fora de propósito, uma vez que nós, no horário semanal de se barbear, contamos apenas com um espelhinho baço e todo quebrado que circula discretamente de um lado a outro do bloco. O espelho é proibido entre nós. Seria vão questionar tamanho absurdo, inúmeras são aqui as proibições desse tipo. Desde que fiquei privado de espelho, aprendi a me olhar sem medo de me ver. Antes, quando me deixava surpreender por meu reflexo, tinha direito, pelo menos, aos arrepios de meu próprio horror. Agora, arrepios não são o que me falta, mas o horror que os provoca não vem mais de mim. E não é assim tão grave ficar privado de espelho; com o tempo, a gente aprende a fazer um monte de coisas que nos pareciam impossíveis sem ele. Refletir-se nos olhos dos outros ou explorar o próprio estado de ânimo apalpando as dobras da pele pode contribuir para a aproximação, ou até a integração, entre corpo e espírito. Pode ser uma experiência chocante, mas, aqui, nós estamos acostumados com emoções fortes. Por isso não foi uma decepção descobrir que não havia nada de especialmente feio ou misteriosamente belo para se ver em mim. Sou só mais um, e ponto. Nova desilusão? Não, pelo contrário. Não sei como dizer isso a essa altura, mas o certo é que, no ponto em que me encontro entre a vida e a morte, já não posso ignorar que essa descoberta, por insignificante ou egocêntrica que possa parecer, faz impiedosamente parte de minha própria evolução nestas terras do Brasil.

Como eu era tolo nesses tempos, tendo construído todo um edifício de emoções fundadas em imagens e mitos mortos, e sorte a minha ter tido que enfrentar tantos inimigos e, assim, poder me desfazer, ao longo da luta, desses embustes todos. Só mais algum tempo largado pelos caminhos do mundo, só mais um giro ou dois nesse ritmo teriam feito de mim um homem eficiente na arte de cativar a vida e suas luzes profundas.

No fundo, não me queixo. Agora que acabei chegando onde estou, preciso ver as coisas por seu lado bom. Apesar da monotonia das regras que nos são severamente impostas, meus companheiros sabem rir, e o fazem com frequência. Caçoam de mim de um jeito tão simples, tão terra a terra, que, afinal, os finos artifícios da ironia, ou mesmo da ambiguidade, não têm a menor chance de vir turvar nossa visão. Aqui, quando se ri, é de doer as costelas, e quando se chora, as lágrimas correm por dentro. Quanto a mim, sei perfeitamente em que pé estou do meu humor e de minhas forças restantes. "Graças a Deus", não deixariam de dizer meus companheiros.

Tenho a impressão de que, desde que estou aqui, meu consciente exige cada vez menos de mim. Colocou-se em *stand-by*, e já não me preocupo em buscar explicações onde não existe nenhuma. Outro dia, por exemplo, J. J. ateou fogo em seu colchão. Vá saber onde conseguiu os fósforos. Quando os agentes acorreram à sua cela, ele disse: "Eu precisava de luz, não conseguia mais me ver. Mas esses colchões são uma merda, queimam soltando uma fumaça preta, continuo não me vendo, como antes".

Disse isso em voz alta o bastante para o bloco inteiro ouvir. Todo mundo entendeu e ninguém disse nada. Não havia o que acrescentar – mais claro que isso, só a morte.

Penso que, agora, é possível compreender por que tanto me interesso pelo passarinho branco, ainda que eu mesmo não alce nenhum voo além de seu movimento: ida e volta entre a antena e o eucalipto. O que já não é pouca coisa.

Na época em que estava ocupado em buscar a mim mesmo neste país – não dava para deixar todo o trabalho para os policiais lançados em meu encalço –, eu acreditava piamente que boa parte daquela perseguição exagerada e sinistra não passava do fruto de minha imaginação. Deformação profissional, como se diz, mas, por favor, não vão imaginar que sou assim tão bom na arte da ficção. Isso seria confundir febre com agitação. Porém, o fato é que eu enxergava, então, policiais em cada esquina. Quando queriam me intimidar, mostravam-se tão pouco discretos que só lhes faltava uma bandeira no peito com a inscrição "Ordem e Progresso". No entanto, e apesar das evidências, eu teimava em achar que não passavam de personagens saídos de uma história de suspense. Por quê?

Nessa época, não era raro eu abrir as cortinas no meio da noite para conferir, à luz pálida dos lampadários, se estava dormindo com uma mulher de verdade ou se era algum desejo freudiano, algum pensamento esquecido que havia se materializado em minha cama. Janaína não gostava dessas movimentações noturnas. Levantava, acendia um cigarro, ia fechar as cortinas e trazia o paranoico de volta para a cama.

É incrível como a gente sabe complicar a própria vida, quando seria tão bom, para o bem do corpo e da alma, deitar com uma mulher que se ama medianamente e deixar os dois corpos se apertarem um contra o outro até esmagarem uma dor incurável. Houve um tempo em que acreditei que uma fraqueza, nada mais, me envolvera nesse relacionamento chamado Janaína. Sem poder me dar ao luxo de agravar minha situação financeira, passava metade do tempo pensando num jeito de me livrar dela e a outra metade, entre brigas e sexo.

Tinha medo de Janaína, do que ela poderia fazer comigo. Ela era um excesso de paixão e liberdade para a minha vida de restrições em excesso. Ela era jovem e livre, e eu não era. Ela talvez não fosse o que queria parecer, eu também não, e era isso o que me assustava. Daqui, e com o passar do tempo, já não dá para pôr a mão no fogo pela exatidão das próprias lembranças. Os muros, as grades, o ar pesado de mágoa filtram e desbotam nosso passado recente.

A minha história com Janaína nunca foi tranquila. Estávamos possuídos pela força da desordem. O desconhecido, o imprevisível, seria isso o que nos jogava um para o outro, como coisicas amorfas num turbilhão de verão? Por isso é que essa lembrança me vem aos cacos partidos, lascas de luz em meio à tempestade.

"*Casados*, nós estamos casados", ela repetia o tempo todo. "Amigos de cama", eu nunca deixava de responder, sentindo-me, a cada vez, um covarde. Ela se melindrava e começava a discussão, mais uma. Era mais forte que eu. O apreço que ela tinha por essa palavra *casados*, por esse "estamos casados", batia em meus ouvidos com o estrondo de uma profanação. Nessas horas me parecia que ela, sobretudo ela, não tinha qualquer direito de usar e mencionar um título que eu desde muito depositara no baú das minhas recordações mais preciosas. "*Casados*, meu amor." Moramos na mesma casa, dormimos na mesma cama, quer dizer que somos um *casal*." Seminua em frente ao espelho, ajeitando as blusas minúsculas no busto bonito. Ah, quantas vezes pensei em fazê-la engolir suas pretensões com palavras ferinas! Mas aí ela passava o batom. Boca de beijar, e eu sentia vergonha de mim, dela também, e do nosso prazer proibido. Mas proibido por quê? Seria possível que esse povo tão chegado a Deus me tivesse aos poucos envolvido num molde cristão?

Eu buscava o meu Deus no seu cabelo em desalinho e acariciava seu pescoço. Ela fechava e tornava a abrir os olhos, eu depressa tirava a mão enquanto buscava um motivo para a minha raiva, para essa opressão e essas lágrimas que nunca saíam. "Já é tarde, *meu amor*". Eu me afastava dela com a mesma brutalidade com que me aproximava.

Rio de Janeiro: a gente se envolve até o pescoço, mas sempre afirmando que está mantendo distância. Janaína me mostrou o Rio como só uma garota carioca poderia mostrá-lo a um gringo. Sempre me incitando a ir um pouco mais para o fundo, e quando já não dá pé, se aprende a nadar ou a morrer. Será que ela me teria agraciado? Essa ideia não me perturba. Hoje, pelo menos, já não perturba.

Vou me deslocando, centímetro por centímetro, atrás desse raiozinho de sol, até quando não puder mais segui-lo em sua lenta ascensão pelo muro. Agora, depois que a mescla de falta e rejeição de um prazer selvagem soterrou-se sob uma boa camada de poeira, percebo como eu lidava mal, na época, com Janaína. Certo de já ter feito o suficiente para limpar minha vida, deixando para trás os caminhos das ardentes, loucas, falsas paixões, tratava de me livrar dos ardores de Janaína justamente quando já não era preciso. Ela já tivera que abrir mão de muitas de suas pretensões acerca de nós dois, e temia agora que estivesse próximo o fim da nossa relação. "Será tarde demais para nós dois, *meu amor*?", ela escrevia em meu caderno de anotações.

"Janaína, a gente não tem futuro." A dor que eu lhe causava dizendo isso o tempo todo. Seus olhos se enchiam então de pavor, você escondia a cabeça sob o travesseiro e ficava sem se mexer até que eu batesse a porta atrás de mim. Você então se levantava e ia para a frente do espelho observar em seu rosto o tanto de verdade que havia nessas palavras lançadas à toa pelo ignorante que eu era. Ó Janaína, será nisso que você ainda pensa, sentada em uma dessas mesas grudentas de cerveja, nesses bares de prazeres fáceis? Será que vai trabalhar hoje à noite? Sem dúvida, sexta é dia de movimento, a farra em Copacabana começa lá pelas sete.

Meningite foi eliminado do jogo. Ele joga as cartas sobre o cobertor e vem sentar-se ao meu lado. Recostado na parede, apoia a testa nos joelhos e se põe a massagear a cabeça lisa feito um casco de navio, cuja forma assumiu. Seus dedos de pele transparente vão e vêm entre a popa e a proa num movimento lento e regular, como o marulho num porto. Daqui a pouco ele vai ter sua pergunta para fazer.

– Me diz uma coisa, o que é uma locusta, que bicho é esse? Está no Apocalipse 7:9.
– Uma locusta?
– É chato, não vai dar para continuar minhas orações. Quer dizer, até dá para continuar, mas não com essa oração, entende?

Em seguida joga saliva na palma das mãos, que ele esfrega bem antes de retomar suas massagens cranianas. É capaz de ficar horas fazendo isso, só para forçar uma resposta ou pensar em outra pergunta igualmente extravagante. Meningite não é grosseiro, só é um pouco curioso, isso sim. Nunca lhe perguntei por que motivo veio parar aqui, e tenho a impressão de que ninguém alguma vez se deu ao trabalho de inquiri-lo a respeito. Já estava neste bloco quando eu cheguei e, por um motivo que só ele sabe, resolveu de imediato que o recém-chegado sabia o suficiente sobre o mundo para ajudá-lo a suprir suas lacunas, que abarcam uma vasta gama de assuntos.

Ele é bastante forte, sempre tranquilo. Mas seu andar sinuoso, que parece ser o único possível para uma pessoa com uma cabeça igual à dele, exala uma força física com pendor para a briga. Como foi o caso com o coitado do J. J., isso antes da história do colchão. J. J. era um cara bacana que passava a vida caçoando alegremente de todo mundo. Costumava escolher um alvo, que não largava até ninguém mais achar graça, ou até descobrir por sua conta e risco os limites da paciência de Meningite.

Como todos os demais, Meningite nunca se atreveu a me inquirir sobre o meu passado, nada além do estritamente necessário para uma boa convivência. Mas o certo é que o meu caso, inflado pela mídia como foi, mexeu com as fantasias de todo o mundo. Com essa divulgação pavorosa em todos os meios de comunicação, desde minha prisão até minha chegada aqui, é claro que todos se preparavam para acolher um "terrorista" à altura de sua fama: um gringo de olhos gelados, o único detento a nunca ser picado por mosquito, a inevitável ligação com Bin Laden e por aí vai. É evidente que, depois de algum tempo de convivência, eu só podia decepcioná-los. Ocorre que a natureza não me brindou com um físico muito impressionante e, quanto à impiedosa frieza, melhor nem falar. A frustração dos meus companheiros de pena não se fez esperar, já desde os primeiros passos que dei nesse corredor, conduzido por um único e descontraído agente à cela que venho ocupando desde então. "Um agente só?" Ainda posso ver a surpresa deles.

Passei assim meus primeiros meses aqui, em meio a um clima de desconfiança mal disfarçada. Mas, talvez cansados de se perguntar o que havia de errado comigo, acabaram por me situar no limbo dos sujeitos de quem não se tem mais nada a temer, e também por perceberem em mim certa educação inofensiva. Fui aprovado em todos os testes, um por um. Muitos se solidarizaram com a minha causa, e são vários os que, sem saber bem por quê, atacam veementemente a Itália, que me infligiu tamanha injustiça. Em suma, acabaram por gostar de mim, à sua própria maneira, é claro. É difícil para mim, às vezes, me pôr no lugar deles e reagir como eles reagem, mas, francamente, acho-os bem mais cativantes e, sem dúvida, bem menos maldosos do que muitos dos que se dizem aptos a julgar e legislar. Meningite não é diferente. Só que tem essa mania de fazer perguntas curiosas, e nunca desiste na primeira tentativa. É capaz de voltar ao assunto semana após semana, até obter uma resposta, e, quando esta às vezes não passa de uma aproximação fantasiosa, não está nem aí. Ele venceu, pode voltar a esfregar a cabeça enquanto pensa na próxima pergunta.

– A locusta – ele insiste –, não sei se ajuda, mas me parece que é tipo um escorpião com asas, só que bem maior e mais perigoso, entende?
– Com asas?

Alcanço o meu raio de sol, deixando assim um espaço maior entre nós. Ele parece estar mesmo aflito. Se não o conhecesse, poderia jurar que está às vésperas de um importante exame de Teologia.

– Espera – diz ele, riscando a palavra com o dedo na poeira. – Se escreve assim: lo-cu-s-ta. Tá vendo, aqui, logo depois do "cu" tem um "s".
– Sei, tem um "s" entre o "cu" e o "ta".

Sinto a maior dificuldade em relacionar meus pensamentos sobre minha vida dupla com Janaína e esse animalzinho bíblico. Meningite não desiste.

– Já sei! Não é um problema da língua, ou você já teria dito. Isso é uma alegoria. Nas Escrituras tem muito isso de representar o mal na forma de uma criatura com aspecto tão bestial que um bom cristão, só de se interessar por ela, pode ceder à tentação. E você pode até fingir sei lá o quê, mas você é um bom cristão. Parabéns, eu bem que desconfiava, a Bíblia está cheia de armadilhas desse tipo. Os santos homens que escreveram a Bíblia eram uns velhos espertos. Olha só, dia desses eu topei com outra...

Ele deixa a frase em suspenso para massagear rapidamente a cabeça.

– Falando nisso, me diz uma coisa – lá vem ele, já é pelo menos a décima vez que ele lembra esse detalhe picante revelado pela imprensa –, quero dizer, a negrinha, essa – ele reduz sua voz a um sussurro, olhos brilhantes –, essa que te pegou. Você trepou mesmo com ela? Porque, vai me desculpar, não é para qualquer um. Você passou um ano dormindo com uma mulher dessas, com uma meganha! É incrível o que esse pessoal é capaz de fazer para pegar alguém. Ela pelo menos era boa de cama? Tudo bem, não quero te azucrinar. Agora, é preciso admitir que você estava com tudo. A minha irmã, que viu essa mulher na tevê, diz que é um "mulherão", e você dormiu com ela todo dia durante um ano!

Um ano, só isso? Eu não cedi à pergunta sobre a locusta, e ele agora está tirando com a minha cara. As ásperas palavras de Meningite ecoam longe, um punhado de pedras jogadas num abismo.

Duas horas é o tempo de que disponho para aquecer primeiro um lado do rosto, depois o outro, nesta nesga de sol. Acendo meu segundo cigarro; daqui a quarenta minutos, vou me virar para o muro e expor a outra face. Meningite torna a se acercar; ele hoje não quer largar o osso. Semana passada, não recebeu nenhuma visita. Está angustiado, querendo conversar, chamar minha atenção, me provocando com assuntos que supõe serem interessantes.

Sua massagem craniana já não está tão regular; ele quebra o ritmo com bruscos suspiros. Não vai desistir tão fácil.

– Na quinta-feira, deram para a gente a mesma boia reciclada do dia anterior. O Zeca passou a noite na privada.

Pronto, agora ele pegou o embalo. Enquanto escuto, prossigo com outros pensamentos, busco aquele instante em que, na penumbra, a mão morna de Janaína pousou no meu braço, tentando de mansinho me afastar da parede. Nessa parede, havia uma tomada bem ao lado da janela. Por um dos dois buraquinhos da tomada entrava, curiosamente, a luz do amanhecer. Eu nunca tinha visto isso antes, não imaginava que uma tomada pudesse ter buracos que davam para a rua. Ela queria me afastar dali, mas eu resistia, queria ver o que havia atrás daquele buraco. Impaciente, ela explodiu: "O que foi, pelo amor de Deus, o que foi agora? A janela, a porta, a lâmpada, o armário... Você vê coisa em todo lugar, menos aqui!". Então ela abriu a blusa de repente. Sem sutiã, seus seios irromperam e a toalha que a envolvia caiu aos seus pés. Ela emagrecera bastante nos últimos tempos. Seus vestidos já não estavam apertados o suficiente para lhe grudar na pele como antes, quando eu sentia certo mal-estar ao andar com ela na rua sob os olhares lascivos dos transeuntes. Era linda, Janaína. Bonita demais para um sujeito como eu, que sempre vira como algo indecente a beleza física abertamente exibida. No entanto, ali estava ela, me oferecendo seu corpo nu às seis horas da manhã. No alvorecer de um novo dia que, para mim, se anunciava pelo buraquinho de uma tomada elétrica. Brasil, minha delirante paranoia.

Mas ela estava perdendo peso. No lugar das lindas faces de chocolate, apontava agora um osso aguçado. "E você, ela retrucou quando certo dia fiz essa observação, está pensando o quê, olha só para essas costelas!"

Já fazia um tempinho que eu vinha contando minhas costelas. Dormia pouquíssimo, ou então dois dias seguidos. Quando isso acontecia, eu desabava em qualquer lugar. Um dia, saí de casa me sentindo muito bem, peguei um táxi e acordei no hospital horas mais tarde. Tinha desmaiado durante o trajeto. Não era a primeira vez. Também não era raro eu acender um cigarro e imediatamente me sentir em meio a uma névoa povoada por figuras sinistras. Atribuía isso ao cansaço, à tensão ininterrupta daqueles meses e anos de fuga. Eu perdia as forças, e estava cada vez mais difícil mobilizar minha vontade para enfrentar a rotina. De uns tempos para cá, engolia os alimentos sem fome, igual remédio. Estava no fim da linha e não sabia. Janaína, sim, sabia desde o começo, já que acompanhava a minha perdição e, em pequenas doses, também a partilhava. Mas para ela era diferente, pois, afinal, tinha que fazer pequenos sacrifícios de modo a cumprir sua missão. Nessa época, eu ainda estava a mil léguas de entender o que acontecia entre nós, e também a maquinação orquestrada à nossa volta. Nossos períodos de euforia e desespero, as dores de cabeça e de barriga, a falta de apetite, os suores frios, as crises febris, esses orgasmos que não paravam e me levavam a temer que aquele fosse o último. Depois de um enésimo incidente, desmaiei num restaurante e fui consultar um médico. Não um psiquiatra, evidentemente, a quem não poderia contar minha vida. Um clínico geral, com uma bela placa dourada afixada na porta. Depois de me examinar dos pés à cabeça, concluiu que aquilo tudo só podia ser causado por um parasita que se instalara dentro de mim sem vestígios aparentes de sua atividade. "Os sintomas estão todos aí – dizia esse profissional –, só pode ser a porcaria da *Grande Simuladora* – e nisso bateu o dedo num livrão enorme de um século atrás. Está aqui, essa porcaria come a gente por dentro simulando sintomas típicos de outras doenças. Conheci um cara que tinha essa coisa, e foi tratado por hepatite anos a fio. Icterícia, como era chamada. Coitado, quase passou desta para a melhor. Mas isso, meu amigo, foi em outra época. De lá para cá, essa porcaria parecia ter sido eliminada. Será que você não pegou isso em outro lugar, na Argentina, por exemplo?"

Tenho a impressão de que todo brasileiro que se preze não perde uma oportunidade de falar mal dos argentinos; é mais forte do que ele. Eles competem em todas as áreas, mas o que transforma o argentino num adversário sem trégua é, sem dúvida, o bendito futebol. Mesmo frente a uma nova gripe ou epidemia, acabam sempre se acusando mutuamente. Talvez eu esteja exagerando um pouco, mas se esse médico, em vez de pensar nas brigas futebolísticas com os argentinos, tivesse dado uma olhada pela janela, teria reparado numa estranha movimentação em volta de um furgão de vidros fumê equipado com antena parabólica. Ele então teria me feito mais perguntas, eu talvez não tivesse tido medo de parecer paranoico e teria falado sobre minhas dúvidas, e ele, quem sabe, poderia ter me mandado realizar alguns exames. Talvez assim tivesse descoberto que eu estava sendo envenenado por um estranho coquetel de produtos tóxicos.

Janaína, evidentemente, não foi ao médico comigo. Segundo ela, eu não tinha nada, não passava de um hipocondríaco, além de paranoico, obviamente, e, se isso me deixasse mais tranquilo, podia contar com as suas ervas, seu candomblé, sua *mãe de santo*, que, por acaso, era sua tia, e com já não sei que tipo de beberagens que ela às vezes me obrigava a tomar.

Seu olhar, porém, não era claro. Sempre que eu abria a geladeira para pegar uma cerveja, um iogurte ou qualquer outra coisa, seu olhar se esquivava. Hoje eu sei que não era ela quem punha esses produtos na minha comida ou trocava os maços de cigarro. Ao fim de sua breve carreira de espiã, ela me provou, aos prantos, que os agentes franco--brasileiros que me controlavam não precisavam dela para esse tipo de serviço, pois podiam entrar em minha casa a qualquer hora. Ela se levantou e me pediu que fosse com ela até o banheiro. Primeiro lançou--me um olhar suplicante, e então segurou com as duas mãos a borda da pia e a empurrou com toda a força. A pia rangeu e começou a mover-se. Devagar, a parte da parede em que ela estava presa girou sobre si mesma, abrindo espaço suficiente para um homem poder passar. Do outro lado, havia um banheiro igual, pertencente ao apartamento vizinho.

Meningite não me poupa nenhum detalhe sobre a diarreia de Zeca. Exagera um bocado: Zeca na verdade ficou bom num piscar de olhos mascando umas folhas de *goiabeira*, que um guarda compassivo foi buscar para ele num pátio onde fica essa árvore e ao qual não temos acesso.

Zeca é um homem forte, mas parece ter mais que seus cinquenta e tantos anos. Seu jeito de se deslocar e seus olhos estreitados sob um monte de rugas o fazem parecer mais velho. Seu andar me lembra o de um velho caubói obrigado a arrastar os pés junto ao seu cavalo morto de cansaço. Ele fala pouco, mas seu rosto diz mais que um livro de provérbios.

Gosto do Zeca. Nós às vezes dividimos um mesmo raio de sol, embora parecendo estar, cada qual, em lados opostos do mundo. Ele não gosta de jogar baralho. Isso só dá problema: é o que seus olhares de soslaio parecem dizer ao grupo de jogadores. Ele arrasta as pernas curtas de uma parede para outra, às vezes ziguezagueando atrás dos pensamentos que vem carregando desde o Mato Grosso. Lá, no Pantanal, os vaqueiros cobrem de mimos o boi mais velho e doente, porque graças ao seu sacrifício é que, mais adiante, o rebanho irá atravessar ileso o rio infestado de piranhas. Assim é que ele deve nos ver neste pátio, como bois perdidos na margem à espera de alguém que resolva abrir as águas para nós. Se esse fosse mesmo o caso, Zeca não hesitaria um instante sequer em jogar Nenuche para as piranhas e nos levar sãos e salvos até a outra ponta do corredor.

Nenuche é um paraguaio filiforme e cuspidor de saliva que pega no pé do Zeca fazendo constantes comentários em portunhol. As expressões que usa, muito pessoais, parecem lhe dar tanto prazer que chega a ser comovente. Mas não para Zeca, que não se digna a dirigir-lhe uma palavra sequer, evita-o, ou fulmina-o, como agora. A um olhar seu, Nenuche torna a se absorver em suas cartas, engolindo um prematuro sorriso. Assim é que brigam Zeca e Nenuche. E não é brincadeira, poderia acabar muito mal. Dessa feita, Zeca deixa para lá e segue caminhando. Sabe que eu vi e avaliei a cena, mas não vai me dizer nem uma palavra a respeito. Daqui a pouco, num de seus vaivéns, vai erguer para mim a mão calejada, como quem depara casualmente com um antigo vizinho sentado no banco de um parque.

Engraçado, esse homem taciturno me faz lembrar de Áurea[2]. Engraçado porque eles não têm nada a ver um com o outro; deve ser o jeito

---

2. Ver, do mesmo autor, *Ser Bambu* (Martins Fontes – selo Martins, 2010): o narrador, durante sua fuga pelos países da Ásia, conhece Áurea, uma mulher encarregada de vigiá-lo que acaba lhe contando sua própria trajetória e seu passado no Brasil. (N. A.)

que eles têm de menear a cabeça. A impressão é de que o corpo inteiro acompanha o movimento quase imperceptível de seus pensamentos. Mas é só uma impressão, talvez não sejam eles que se mexem, e sim a bolha de ar que os envolve, obedecendo a um mínimo sinal vindo de fora do seu mundo interior. Comparação um tanto forçada, pois me custa imaginar Áurea se movendo junto a um cavalo morto. Há, em Zeca, porém, algo que, com frequência, me leva para um outro lado do mundo. Para um desses países que, aos olhos de um estrangeiro em fuga, são todos iguais. E à memória já não restam senão poucas fisionomias congeladas para ele não ficar a meio-caminho entre duas fronteiras. Por que estou pensando em Áurea?

Por causa dessa mulher é que estou aqui.

Áurea também já havia andado muito por aí, mas a terra dela era esta, o Brasil. Eu havia prometido a mim mesmo não voltar a pensar nela. Mas hoje estou pensando, vai ver que é por causa do Zeca, desse pouquinho de sol me aquecendo a face esquerda, ou desse passarinho branco. Branco como a pele doente de Áurea.

"A minha terra é legal." Ela, ao dizer isso, estava com água até a cintura. Estávamos na Ásia. Com uma das mãos, ela segurava os sapatos acima da cabeça, e com a outra, acariciava a superfície do mar. A mim parecera que era um gesto de saudação, enquanto seus homens armados esperavam por ela num bote. Era quase noite, a praia deserta, as palmeiras agitadas pela brisa da tarde. "A minha terra, ela gritara, está cheia de cães errantes, e ninguém os perturba."

Por que não?

De modo que cá estou eu, em total segurança e em boa companhia.

Eu deveria estar ressabiado com Áurea, mulher fria e astuta. Ela ilumina, no entanto, todas as minhas negras lembranças com a candura de seu vestido branco. Admiração pelo próprio carrasco, disso ninguém escapa.

Áurea era uma caçadora – bem, talvez por isso ela se pareça com Zeca, que é matador de aluguel. Ela percorre as estradas do mundo à procura de fugitivos. Sinto hoje tanto cansaço quanto senti amargura ao descobrir, por sua própria boca, quem ela era e por quê. Que proeza. Num único dia, ela me descortinou sua vida, encaminhou a minha para o seu fim e, pouco antes do último degrau, derrubou-me na arena para um derradeiro combate. Tudo planejado, calculado nos mínimos detalhes. Um plano fantástico, executado e bem acabado como um Davi. É uma vergonha que eu, depois de tudo, ainda inveje a sua inteligência. Na época em que a conheci, ela era uma mulher sutil, uma mulher que se destacava em meio à multidão. Emanava alguma coisa que sempre criava um vazio ao seu redor. Era capaz de traçar uma linha reta entre uma ponta e outra de um desses mercados do sudeste asiático, transbordando de gente, atrações e frituras – e isso sem jamais virar a cabeça. O que não é exatamente ideal para passar despercebida aos olhos de uma caça treinada em detectar tocaia. Mas o seu trunfo era justamente esse, a improbabilidade. Quem iria imaginar que, por detrás daquela neurótica, se escondia uma loba, ela própria acuada por seus caçadores?

Seu drama acontecera muito tempo atrás, aqui no Brasil. Áurea tinha matado o seu homem. Um homem que sonhava acordado, "igualzinho a você", disse ela. Enquanto ele tecia um sonho de justiça para o grande povo brasileiro, ela galgava os degraus do sucesso. Assim era quando eles se conheceram. Mas depois, a vida, que gosta de aprontar, inverteu os papéis: ela tomou gosto por lutar pelas causas justas, ao passo que ele foi se envolvendo nos coquetéis mundanos. Isso, porém, não se deu sem conflitos. Cada um deles se pôs a invejar o que havia de precioso na personalidade do outro, ao mesmo tempo que mostrava a outra face: o blefe, as apostas subindo, o erro fatal. Simples e, ao mesmo tempo, complexo.

Já cheguei seriamente a pensar, sem nenhuma intenção de diminuir os homens, que as mulheres dizem a verdade até quando estão mentindo. Isso vale tanto para o amor como para a guerra, e acredito que Áurea seja um exemplo dos mais consistentes.

Naquela época, eu já não sabia mais o que fazer para evitar me estabelecer num lugar. Então eu inventava histórias nas quais introduzia personagens errantes que me obrigavam a segui-las por todo lugar onde eu não estivesse. Quando, não raro no meio da noite, eu perdia suas pistas, agarrava-me ao ritmo de minha própria respiração para encher de barulho o vazio do silêncio arrasador. A mais cativante dessas minhas personagens foi justamente Áurea. Eu a tinha caracterizado tão bem, dia após dia, passo a passo, que ela acabou por criar vida e autonomia. Eu finalmente criara o meu próprio monstro, que não era fácil administrar. Não sobrava tempo para pensar na minha vida: por um momento, eu tinha com que me ocupar.

E ela, Áurea, me enganou. Me pegou de surpresa, superando de longe a minha imaginação. Áurea me enganou, e nunca hei de saber como isso foi acontecer.

Mas por que tanta tristeza? Por acaso é isso que o meu passarinho branco quer? Não, ele só pede que eu fique aqui sentado e observe, sem demasiada insistência, a regularidade de seu voo.

Capítulo 2

Disse-me Zeca outro dia: "Para mim, os escritores são todos uns mentirosos; os maus sabem disso e os bons desconhecem".

Não respondi. Com ele, a cautela se impõe, nunca se sabe se está fazendo um elogio ou se se trata de uma estocada. O fato é que ele me considera um escritor. Com meus óculos, uma caneta e um livro que não é a Bíblia, o que mais eu poderia ser senão um dos tais mentirosos?

Toda vez que escuto a palavra "escritor", sorrio amargamente, tão irreal e desonesto me parece deixar-me atribuir esse título. Desonesto porque poluo o sonho injetando nele doses enormes de realidade, e com isso me sinto um usurpador. Irreal porque me considero um covarde por não assumir o que sou nessas partículas de mundo em que sempre caio das alturas.

Faz um mês que estou dividindo uma cela com Zeca. Não sei por que todo mundo aqui aspira a dividir a cela de Zeca. Ele não é particularmente simpático e, dada a tendência que tem de se isolar, não dá para imaginá-lo sonhando com um mundo novo para matar o tempo. Quando ganhei o privilégio de colar meu nome em sua porta, perguntei-lhe imediatamente por quê.

Semideitado em sua cama de chefe – o primeiro lugar embaixo, ao lado da grade –, ele folheava a sua Bíblia, da qual foi tirada a capa, conforme as normas de segurança. Ele mal moveu um olho em minha direção, enquanto com o outro percorria a fileira de saquinhos plásticos cheios de cigarros que ele pendura num cordão colado à parede com pasta de dente.

– Isso é que atrai eles todos aqui, feito moscas no mel.

Pus instintivamente a mão no meu maço. Ele reparou no meu gesto e fechou rapidamente a Bíblia.

– Você? Você me sai mais caro que isso. Você nos reduziria a um nada, se eu deixasse. Jogue esses papéis todos na privada, velho, e trate de não tirar o sono do cão que dorme.

E se virou para o outro lado.

Agora sei por que, depois de cada estocada, ele gruda o rosto na parede. É para esconder o riso. Mas nem sempre as coisas são assim afinadas entre nós.

Não somos os únicos ocupantes da 6. Tem também o Gordinho, o Pata Louca e o Ely, também chamado de Molinete. O colchão deles fica direto no chão. Para nossa alegria, derrubados pelos calmantes, eles dormem até tarde, às vezes até meio-dia. O cheiro das marmitas é que os faz levantar. Seja como for, essa rotina deles nos deixa, a mim e ao Zeca, a manhã toda para ler ou trocar histórias. A bem da verdade, quem mais fala sou eu; ele escuta gulosamente o relato de minhas errâncias neste país imenso, que ele só conhece por fragmentos esparsos colhidos aqui e ali. Ele me incita a descrever detalhadamente os lugares. Interessa-o particularmente a distância entre o parque de exposições – agrícolas, é claro – e a escola de samba, e também as ruas que se deve percorrer para chegar lá. Os bares, as mulheres bem carnudas, o preço da comida e o tamanho dos pastos são também muito importantes. Ele nunca faz uma pergunta direta. Vai me levando aos poucos para onde quer que eu vá, pressionando o botão mágico de minhas recordações recentes. É do Rio, obviamente, que me lembro no mais das vezes.

Zeca possui um caderninho, para o qual refez uma capa com as páginas surradas de uma revista geográfica. Toda noite, enquanto os outros dormem, ele tira uma caneta do esconderijo e, se acercando da grade para aproveitar a luz fraca do corredor, põe-se a escrever tudo o que lhe parece importante registrar das nossas conversas. Todo encolhido em seus tempos mais remotos, preenche com letra miúda os recantos do Brasil que ele não pôde ver, e talvez nunca chegue a ver. Estou acordado, respirando sob o lençol. Ele sabe disso, mas nunca ergue a cabeça em minha direção. Ele um dia me disse que "não tem nada melhor do que ficar sozinho sabendo que não se está mesmo sozinho".

É fascinado pelo Rio. Todos os brasileiros adoram o Rio, a *cidade maravilhosa*, como dizem com orgulho. Falam tanto nessa sua joia que, quando, não raro, descobrimos que nunca a viram, é impossível não se encher de carinho e partilhar de sua emoção até o alto do *Corcovado*. Assim é que, depois de ter percorrido a cidade maravilhosa em todos os sentidos, acabei por redescobri-la aqui. Deste satélite que é Brasília, contemplo o Rio em todo o seu esplendor. Opulência e miséria convivendo lado a lado no fim da *ladeira*; os rostos resplandecentes do Calçadão; o abraço carnal do Rio que ama e mata numa repetição de um mesmo ato que sempre, e no fim das contas, permanece inacabado.

A cidade do amor e dos excessos me parece mais preocupante hoje, que estou a salvo em meu bloco, do que quando me expunha à luz de suas tentações. Um arrepio de medo emerge da lembrança dos corpos reluzentes de suor, transitando de um bar para outro à beira-mar. As notas adocicadas de um samba vindo de uma rua vizinha misturando-se aos risos, ao tumulto de uma perseguição, um homem cai morto, aqui uma bala perdida, a noite é uma criança, quente, uma moça retoca a maquiagem, um olhar insistente, e *amor*, lá vamos nós.

Rio, você me fez passar ao largo do Brasil. Rio, você me pegou. Zeca adora ouvir isso. Para ele, eu não passo de mais um gringo que caiu no feitiço. E tem razão. Minhas justificativas não valem mais do que as de um turista qualquer se deixando espoliar pelo cafetão de uma bela da noite. Zeca acha graça. Vejo nele, porque gosta de mim, um desejo grande de um dia ir comigo ao Rio, à cidade de sonhos que ele, brasileiro da gema, pode me fazer descobrir mais e mais me puxando pela mão. O que ele provavelmente não sabe é que já está me levando lá toda vez que me sento ao seu lado. Como ontem.

Eram cerca de duas horas. Gordinho, Pata Louca e Ely dormiam sua sesta habitual, ou seja, seu sono da noite mal interrompido pelo almoço. Eu folheava um livro sobre espiritismo, um presente de Meningite que só a muito custo conseguia prestigiar, quando Zeca deu duas batidas leves sob a minha cama de concreto. Debrucei-me, ele abriu diante do meu nariz uma página de revista amassada com uma foto panorâmica. Era tirada de um local de onde se tem uma vista magnífica do porto de Botafogo e de parte da praia do Flamengo. Ao fundo, bem acima das ilhas da baía, impõe-se o famoso rochedo pontudo em que se reconhecia antigamente a forma de um pão de açúcar. Fiz um sinal de aprovação; toda a magnificência do Rio estava contida naquela foto.

Zeca abanou o papel como se quisesse me esbofetear com ele.

– Os escritores são assim, precisam de palavras para ver. Mas palavras não querem dizer nada, meu filho. Só servem para dar forma a uma verdade acessível para todo mundo, mas que, no fim, não é acessível para ninguém.

O que Zeca queria não era me mostrar aquela paisagem de sonho. Queria saber o nome do *morro* a partir de onde o fotógrafo tinha imortalizado o Rio. Era evidente que, no primeiro plano, no topo desse morro, havia uns garotos jogando futebol. Tamanho era o contraste entre as cabecinhas desgrenhadas, capturadas pela objetiva em pleno impulso de vida, e aquele Rio de Janeiro afixado em todas as agências de viagem do mundo, que a felicidade dos garotos parecia dar de dez a zero nos veleiros de luxo enfileirados lá embaixo. Essa era sem dúvida a intenção do fotógrafo: mostrar o Rio desde as suas entranhas até as superfícies cintilantes do porto. Me censurei por não ter reparado de início naquele toque de nobreza em algo que, de outro modo, não passaria de mais um cartão-postal.

– Te peguei, hem? – disse ele, todo contente. – Como se explica os ricaços do Rio ainda não terem revestido de grama e mármore um lugar com uma vista dessas?

Deixei para lá o livro de Meningite e fui sentar-me ao pé da cama de Zeca.

– É o Morro da Coroa. Eu conheço, tomei um porre daqueles por lá.

Zeca exibiu um ar incrédulo. Já tinha ouvido falar nessa favela, cuja fama decerto não era convidativa a ponto de um gringo se aventurar por lá, e cair na farra ainda por cima.

– Eu sabia que você não era um frouxo igual aos outros. Mas um gringo subindo o morro... meus parabéns! Lá, eles vão com tudo, organização é isso.

E desatou a falar sobre a Coroa. Uma favela entre tantas, resistindo às incursões da polícia e aos assaltos das quadrilhas rivais a tiros de AK-47, ou até de metralhadoras antiaéreas. Bem na entrada do túnel Santa Bárbara, cercado pelos morros do Fallet, do Catumbi, de São Cosme e Damião, e de Santa Teresa, o Morro da Coroa é um dos feudos do Terceiro Comando, uma das três facções que disputam o mercado da droga no Rio e seus arredores.

A luta entre essas três facções pelo controle dos pontos de venda, as chamadas *bocas de fumo*, deixa anualmente mais de mil mortos nas ruas da cidade. Acrescente-se a isso as vítimas de balas perdidas, tanto do lado dos bandidos como do da polícia, que, na maioria das vezes, só executa suas *blitze* para marcar presença e garantir a extorsão que impõe aos traficantes. É isso que Zeca considera como sendo "organização e força". Eu passeava seguidamente, a qualquer hora, pela inextricável rede dos *becos*, essas estreitas vielas e escadas que ligam entre si as aglomerações de casas trepadas umas sobre as outras nos flancos do morro rochoso, e o pior que podia me acontecer era tomar um porre com as pessoas do lugar. A lei das facções é inflexível: não atacamos ninguém no nosso território, ponto final. Não existe exceção, e o infeliz que se atrever a quebrar essa regra irá pagar com a própria vida. Aqui, a ordem estabelecida pelos traficantes acabou, com o tempo, ocupando o lugar do Estado e cumprindo suas funções. No morro, se uma família não tem dinheiro para pagar um médico, o traficante cuida disso; se a escola cai aos pedaços, se a conta de luz estiver salgada, se faltar leite para o bebê, se uma moça for desonrada, e por aí vai, é sempre o traficante, o *dono do morro*, quem ajeita a situação. Assim reina "a ordem" na favela. Mas tão logo se põe um pé fora dela, quando se adentra a selva metropolitana, cabe a cada qual defender-se da violência. A começar pelos policiais esperando no pé da ladeira, para quem o imposto sobre o tráfico não parece ser suficiente. Isso é o que Zeca e qualquer marginal sabem.

 O Morro da Coroa fica não muito longe de Copacabana e do Flamengo, os dois bairros onde morei a maior parte do tempo que passei no Rio. Era o ponto de chegada de minhas longas caminhadas de final de tarde. Por volta das quatro ou cinco horas, quando não aguentava mais ficar frente à tela do computador, depois de ter escrito e apagado a última frase pela enésima vez, calçava meus tênis e deixava para trás, o mais rapidamente possível, as ruas com vitrines repletas de roupas de grife.

 Em geral, andava ligeiro, ao ritmo dos pensamentos que seguiam seu curso-perseguição, remoendo as mesmas ideias que tinham me impelido para a rua porque abortavam, uma após a outra, tão logo eu tentava convertê-las em palavras ou qualquer coisa inteligível.

 Cabisbaixo, mãos nos bolsos, escapulia da zona dos gringos. Raras vezes planejei meu trajeto de antemão; deixava-me conduzir pelos aromas do que era para mim o Rio dos cariocas e, em pouco menos de uma hora, ia dar inevitavelmente ao pé de alguma *ladeira*.

Eu tinha o meu bar. O gringo que eu era decerto ficava deslocado, mas o dono já me tratava com a mesma indiferença reservada à sua clientela. Com o tempo, até os fregueses mais desconfiados acabaram por me aceitar em seu reduto. Eu dispunha de uma mesa na rua, frente a uma pracinha cercada de casas com cores vivas. Duas vielas subiam até o topo do morro, percorrendo um trajeto tortuoso para, no fim, se encontrarem lá no alto. Ao lado, justamente, do tal campinho de futebol de onde se tinha aquela vista magnífica da Baía de Guanabara.

Não sei quantas bocas de fumo havia na Coroa. A mais cobiçada se situava justo acima da minha cabeça. Chegava-se a ela por uma escada de terra batida. Da minha mesa, eu tinha uma boa visão das idas e vindas dos compradores, assim como das manobras da Polícia Militar, cuja viatura ficava estacionada do outro lado da avenida que nos separava do Morro de Santa Teresa, o qual era o feudo do Comando Vermelho, uma facção que se opunha ferozmente à que dominava a Coroa. Era ali, frente a uma cerveja gelada, que eu esvaziava a cabeça de toda a angústia ligada tanto ao trabalho como ao motivo por que estava neste país, tão vasto quanto generoso, mas também distante demais da minha família. Livre de qualquer contingência, entregava-me àquele luxo que só o povo em seu cotidiano era capaz de me dar. Uma negra fumando um charuto e tomando cachaça, um cachorro rosnento deitado sob a minha mesa, a moça na sacada sempre molhando as plantas àquela hora, três moleques pulando na carroceria de uma picape, duas mãos empunhando uma Kalashnikov por sobre um muro de tijolos crivado de balas. E eu.

A caminhada sob o sol ardente tinha evaporado de mim o supérfluo; só restava aquele lugar em que seria vã qualquer tentativa de julgamento, em que a realidade era tão concreta e trágica como uma bala perdida. Um cantinho apenas daquele Rio onde Zeca sempre espera ter o prazer de me levar um dia pela primeira vez. Porque, obviamente, somente sob sua proteção um gringo feito eu poderia se aventurar no território minado de seus heróis.

Guardo para mim as lembranças de minhas solitárias errâncias pelas ruas "proibidas" do Rio. Não quero privar Zeca da doce ilusão de escoltar-me por lá. Embora ele deva suspeitar das minhas infidelidades. Nenhum pensamento meu lhe escapa quando está bem perto de mim. É do estilo dele fingir que não percebeu nada para melhor se infiltrar nas minhas ideias e desviá-las a seu bel-prazer.

As tardes, aqui para nós, são compridas. Na hora em que, no bloco, daria para ouvir uma mosca, não raro fecho o meu livro e me ocupo com Zeca e o seu Pantanal. De onde ele nunca saiu, a não ser para matar alguém na secura do cerrado que envolve Brasília. Sentados lado a lado na cama dele, mergulhados em nossos silêncios compridos que não incomodam ninguém, revemos nossas vidas com novos olhos. No que estará pensando, com essa espécie de pesar baço no olhar?

– Dia desses, vou te levar lá em casa e – seus olhos cheios de malícia – vou te transformar, meu velho, num excelente domador de *jacarés*.

Suas breves concessões à palavra produzem em mim o efeito de um apito de trem. Meu coração dispara de súbito à ideia de cavalgar um jacaré no meio de um pântano sem fim. A terra dele é isso. Ele compõe canções no meio da noite, com o dedo guiando a caneta no papel. As linhas que traça são repletas de bichos, alguns bons, outros ruins, mas ele gosta de uns e outros do mesmo jeito.

– Se você nunca viu um jacaré enfiado na boca de uma *sucuri*, não pode entender a beleza cruel da vida naquela terra.

Torna então a mergulhar em seus pensamentos, que parecem tomar forma com o mesmo vagar de uma planta brotando. É assim, com sua simplicidade e humor, que Zeca me leva aonde quer. Em troca, eu lhe ensino palavras de sua própria língua.

— Diz para mim, o que quer dizer "utopia"?

Feliz em poder lhe ser útil, começo a minha explicação. Mas entre sonho e liberdade, entre céu e terra, de repente me sinto ridículo e tropeço em minhas próprias palavras, que não dizem nada a ninguém. Será que ele me entende nessas horas? Receio que sim. Seu olhar se encobre de repente com uma doce tristeza. "Doce tristeza" não deixa de ser insólito para um matador de aluguel, não é mesmo? Ele então sorri e diz:

— Sabe o meu cunhado, aquele otário? Ele fala, fala, mas não sabe nada da vida. Ele agora deu para mexer com *merla*. Isso mesmo, uma mistura de pasta de cocaína com ácido de bateria, água sanitária e não sei mais o quê. Depois ele vende essa merda toda na cidade. Não estou nem aí para o que ele faz, só que o meu sobrinho acabou topando com a merla e tiveram que levar o menino para o hospital. Já pensou? É, meu velho, vou ter que enfiar uma bala nesse cara.

Mergulha o olhar no concreto da cama acima dele. Então, passado um longo momento, me pergunta:

— Isso também é utopia?

Minha vontade é gritar que sim. Que é essa a utopia dos santos e celerados que devastam a terra. Mas não grito, e abaixo a cabeça. Porque Zeca não quer saber das minhas verdades. De qualquer forma, se a verdade movesse o mundo, eu não estaria aqui contando esse tipo de coisa.

— Você também não sabe, não é? — dá um suspiro. — Na verdade, eu desconfio de quem tem resposta para tudo. Isso me lembra um político da minha terra. Um sujeito de boa vontade, subia em cima de um caminhão e falava como o povo gosta. E depois, bem, o resto você pode imaginar.

Zeca deve ter ajustado as contas com esse também. Ele às vezes me acomoda em algum cantinho dos seus princípios; é o jeito dele de me demonstrar sua amizade. O que não o impede de me jogar na água de novo no instante seguinte.

– Está vendo esses barcos? – diz, voltando à página da revista e apontando com o dedo o porto de Botafogo – Com esses troços de plástico não dá para passear pelo Pantanal. Aposto como aí dentro só tem gente fina.

Ele me dá as costas ao terminar a frase. Tchau, a gente se fala. Abandona-me no outro Rio, o Rio todo cromado, o Rio da minha solidão, perdido sob a luz lilás que recorta as íntimas silhuetas da *Zona Sul*. Em vão tento me furtar, procuro uma saída entre os mil rostos maquiados. Que amaldiçoo.

Zeca já dormiu. A tranquilidade que ele me passava logo dá lugar a uma sensação de estranheza, estupor. O mesmo antigo sentimento de um dia qualquer no Rio, vindo bater em minha mente dilacerada quando fitava os belos cariocas que passavam e tornavam a passar nas ruas de Copacabana e Ipanema. Sozinho, em meio ao fluxo dos carros reluzentes, das *garotas* deslumbrantes, dos *rapazes* musculosos de camiseta fluorescente, chaveiro girando no dedo, jogo de promessas, perdido no meio disso tudo, cansado de me buscar, buscando o Brasil de verdade nos rostos que passavam, riam, se moviam. Um gringo que tinha cortado fora metade de suas raízes, a outra metade secando sozinha e se agarrando a tudo para se manter.

Do mesmo modo, buscava apreender o espírito do tão famoso Carnaval do Rio, mas em vão; não ia além das conjeturas de um estrangeiro que se sente excluído e não acha nada melhor para fazer do que praticar a crítica equivocada e fácil. O Carnaval brasileiro é poderoso demais para que eu pudesse compreendê-lo ficando de fora como eu ficava. Ele decerto é mais do que peitos, rostos, músculos, quadris eletrizados, tudo isso sob o bombardeio de milhões de decibéis. Era difícil, para mim, compará-lo a outros carnavais, reduzi-lo ao mero ritual em que o animal que há em nós pode enfim libertar seus instintos diante da admiração dos turistas, que, assim como eu, não fazem a menor ideia do germe devastador que evolui nessa hora ante seus olhos atônitos. Então eu tomava minhas precauções. O Carnaval, uma final de campeonato de futebol ou a festa de um santo: três boas oportunidades para eu ficar em casa olhando o ventilador girar, com fones de ouvido bem grudados. Eu estava errado, é claro. Estava, na verdade, me protegendo do encanto irresistível deste país ao qual não podia entregar minha existência, não fazendo mais que deslizar em sua superfície.

Em meio a essa corrida frenética atrás da felicidade... Não, não foi bem assim.

Durante essa exaustiva busca de identidade, detive-me certa noite à luz de um poste de iluminação para consultar o relógio, que eu guardava no bolso, uma vez que os ladrões na avenida Atlântica têm olhos treinados. Nisso, ouvi um som de passos correndo. Virei-me de chofre, o coração na boca, já pronto a driblar o impacto de um ou mais assaltantes. Não era tarde, nove horas talvez, não mais que isso. O *Calçadão* estava repleto de gente. Os táxis embarcavam e desembarcavam sua mercadoria humana nas proximidades de bebedouros que prometiam noites inesquecíveis. Entre os transeuntes, casais ou grupinhos alegres, nem sinal de agressores. Mas eu tinha escutado, sim, o som de uma corrida. Quem sabe um moleque de passos pesados? Recomecei a andar, acelerando o passo. Atravessei a rua para pegar a avenida Princesa Isabel, no fim da qual, logo antes do túnel que vai dar em Botafogo, fica o Real Residence, onde eu alugava uma *kitchenette*. Ainda havia muita gente ao redor, era a hora em que as casas noturnas estavam em plena abordagem. O sexo explodindo à luz dos letreiros, os sorrisos padronizados, os repetitivos gestos de convite, tudo isso eu já conhecia a ponto de ser capaz de trocar gestos e palavras de conveniência com qualquer pessoa sem nem por isso desviar a atenção de questões que ocorriam bem longe daquele bairro. Enfim, uma noite em nada diferente das outras. Não encontrando nenhum bom pretexto capaz de me segurar na rua, tinha pressa de voltar para casa a fim de inventar algum que me obrigasse a ficar por lá.

Ziguezagueando entre mulheres trajando, sobretudo, suas próprias peles reluzentes, continuei pensando naquele som de passos que sumira assim que virei a cabeça.

Já estava defronte ao Real Residence quando – foi mais forte do que eu –, em vez de atravessar a avenida, dobrei subitamente à esquerda numa rua perpendicular. Andei apenas alguns metros e me recostei na cortina de ferro de uma loja, olhos crivados na esquina. Como esperando aparecer não sei que perigo, fiquei à espreita tempo suficiente para começar a me sentir ridículo.

Voltei bobamente sobre os meus passos. Ao entrar novamente na avenida, dei de cara com Janaína. Reluzente de suor, ela deu dois passos para trás. Em seus olhos, que me pareciam imensos, a angústia transbordava, a excitação da fuga explodia. Sem pensar, praticamente joguei-me em cima dela e segurei o seu braço. Ela quase deu um grito, e então me dei conta da violência injustificada de meu gesto. Resmunguei um pedido de desculpas, mas ela não parecia ouvir. Soltei-a rapidamente e ensaiei um sorriso descontraído. Ela abaixou a cabeça massageando o braço, e disse com voz insegura:

– É assim que você aborda as mulheres?

Janaína, uma mulher? Por essa eu não esperava. Meu olhar deixou seu rosto de adolescente maquiada para percorrer num relance o corpo de mulher cuja flor da idade era realçada por roupas de um manequim inferior às suas medidas. Concluído meu exame, enrubesci. Aquela mulher não tinha nada a ver com a pequena Janaína que eu conhecera enroscada numa poltrona, assistindo a uma novela enquanto eu procurava assunto com Sandra, que julgara ser sua mãe. A primeira mulher, no Brasil, a quem eu iria contar alguns pedaços de minha vida de errante.

Para entender por que apareci um belo dia na casa de Sandra, neste país, preciso remontar no tempo até o momento em que outra mulher, Áurea, me deu uma memorável bordoada lá do outro lado do mundo.

Capítulo 3

Estou ciente de que os fatos não se apresentam na ordem em que aconteceram, antes parecem surgir ao sabor do capricho. Mas será que posso clamar por algum tipo de lógica, eu que atualmente vegeto neste pátio, tendo por único objetivo acompanhar um raio de sol e observar o voo repetitivo de um pássaro, sendo que um e outro não estão nem aí para mim? No entanto, cá estou eu, todo dia à mesma hora, qual aquele enamorado dos tempos do cólera, certo de que mais dia menos dia sua amada irá acabar recompensando sua feroz persistência.

Enquanto não chega o meu dia, que receio possa demorar, tenho tempo de sobra para observar os mais insignificantes comportamentos e me dar ao luxo de filosofar sobre o problema humano. Não me iludo quanto à importância de minhas conclusões, não sendo esse o objetivo.

Zeca se põe às vezes a cantarolar uma música, sempre a mesma. É também a hora em que o sol começa a lamber a base da parede. Ele não gosta disso e, já que nunca solta uma frase à toa, eu o acompanho com os olhos e penso: será que a letra desse eterno refrão que ele canta, umas dez palavras no máximo, tem a ver comigo e seria capaz de contar, por si só, minha história inteira, sem deixar nem um pedaço de fora? Receio que sim. Se existe alguém capaz de uma façanha dessas, esse alguém é ele.

Aqui, não se tem nada a fazer além de exercitar a leitura dos pensamentos alheios. É claro que acontece de a gente acabar inventando coisas. Numa de suas idas e vindas, Zeca bate os calcanhares no pé do muro e me lança um olhar de soslaio. Eu ignoro, estou pensando em Áurea, perguntando-me se, uma vez cumprida sua missão de meganha, acabou por se estabelecer em Paris. Ela gostava de Paris, mas pode ter ficado na Ásia. No fundo, aquele país combinava com ela feito um pincel com uma tela em branco. Para uma caçadora como ela, não há nada melhor que um desses lugares de fronteiras incertas.

A essa altura do campeonato, já sei que, se Áurea tanto me falou na sua amiga Sandra, foi para que, ao aterrissar no Brasil, eu fosse procurar por ela e pedir uma ajuda. Ao elogiar a firmeza de Sandra, de que dera mostras ao livrar sua barra quando do assassinato de Ferro, Áurea só estava sutilmente antecipando esse encontro. Nessa época, meus perseguidores me vigiavam de perto e sabiam que eu não criara nenhum tipo de vínculo ao longo de minhas errâncias na Ásia. Andava de uma cidade para outra, atravessando fronteiras não raro fictícias, sem a menor esperança de algum dia plantar uma árvore naquela terra.

Eu então queria acreditar que ainda era possível uma reviravolta política que permitisse meu retorno à França. Vagueava assim, esperando a boa-nova, e refazer a vida em outro lugar, nem pensar. Áurea sabia muito bem disso; antes de topar comigo, ela e seus chefes tinham tido tempo para investigar minha vida, prever todos os meus movimentos e conhecer inclusive as mudanças de humor que me levavam periodicamente a deixar um lugar por outro, o que em nada alterava minha morna rotina. De modo que não é exagero dizer que Áurea e sua gente tinham tudo previsto de antemão. Tudo isso coroado por sua súbita decisão: notável jogo de cena numa tarde na praia, quando a caçadora supostamente arrependida abre o coração para a sua presa antes de deixá-la ir. Uma peça de fato magnífica:

A cortina ainda não descera, já estava claro que eu não tinha escolha. Precisava partir o quanto antes. Se ela tinha me dado uma chance, se arriscando a mentir para os seus superiores, era razoável supor que outros agentes logo estariam em meu encalço. *Ir para onde, senão para o Brasil? Não era um país distante e grande o bastante para apagar definitivamente o meu rastro?*[3]

Agora, sentado neste pátio de muros intransponíveis, com Zeca, que tem ciúme dos meus pensamentos, tudo isso me parece óbvio. Mas eu acaso tinha condições, na época, de detectar um plano tão geometricamente concebido? Não sei. Não tenho sequer certeza, na verdade, de que as coisas tenham sido assim. Tudo é possível, e o contrário também. Será que eu mesmo não provoquei essa sórdida sequência de acontecimentos ao me jogar estupidamente nos braços de Sandra e Janaína?

Disse Nietzsche certa vez que, quando acordamos desorientados no meio da noite, são os inimigos que vencemos há tempos voltando para nos assustar. Pois bem, ao longo de minha tortuosa viagem para o Brasil, aconteceu muitas vezes de eu acordar me perguntando, quase em voz alta, por que não dava meia-volta, uma vez que já perdera várias vezes a esperança de alcançar a costa brasileira. Se esses momentos de fraqueza se deviam, ou não, a inimigos vencidos, não saberia dizer. Seja como for, Áurea certamente não estava entre eles. Naquela época, eu não a via como a uma inimiga (no fundo, ela me deixara ir embora), e muito menos vencida.

Mas eu tinha inimigos para dar e vender, e tomava todas as precauções para não deixar pistas que estabelecessem um elo entre meu período oriental e meu futuro refúgio brasileiro.

Ainda assim, não parava de acordar no meio da noite, em algum deserto ou até em mar aberto, vazio de todos os pensamentos que, no dia anterior, me pareciam intacáveis.

---

3. Vide, do mesmo autor, *Ser Bambu* (Martins Fontes – selo Martins, 2010). (N. A.)

É tão fácil voar para o lado de lá do muro. Esse passarinho me põe louco; basta eu acompanhar por um instante o seu vaivém e ele me leva consigo. Zeca me olhou de novo. Desta vez, me encarou de um jeito esquisito. Esse velho malandro tem o poder de me desconcentrar. Ele sabe que estou pensando naquilo que não tem mais volta. Suas rugas são claras; dizem que o passado é uma boa caixa de ferramentas para quem não espera mais nada do presente nem do futuro. Zeca e eu já tivemos algumas discussões a respeito. Não consegui convencê-lo de que não esperar mais nada já é uma riqueza em si. De qualquer forma, essa hora do banho de sol também é minha, posso pensar no que eu quiser, e não serão as caretas de Zeca que irão me impedir de repensar, em todos os sentidos, a minha chegada ao Brasil.

Ao aeroporto de Fortaleza, para ser mais preciso, essa cidade do Nordeste em que eu acabava de desembarcar vindo de Cabo Verde. De Cabo Verde, onde, justamente, alguma coisa começou a dar errado. Até a Ilha do Sal – onde se encontra o aeroporto internacional do arquipélago –, meu novo passaporte francês tinha me aberto as aduanas de pelo menos uns dez países sem qualquer tipo de problema; cidadão francês, documento de última geração com um monte de marcas de segurança, os agentes mal olhavam para ele. Isso até Fortaleza.

É hora de me desculpar junto ao leitor por esses saltos atrás no tempo, muito incômodos, porém necessários para evitar confusões na sequência lógica da narrativa. Por isso preciso falar agora sobre esse famoso passaporte e a maneira como o obtive.
Era um documento tão perfeito que parecia saído diretamente da Imprimerie Nationale[4]. Uma peça rara, que me caíra do céu poucos dias depois da singular despedida de Áurea.

---

4. Imprensa Oficial francesa.

Ir de um país para outro não apresentou problemas enquanto permaneci na mesma região, pois não havia, naqueles lados do mundo, severos controles de identidade. Mas ficar por ali não me adiantaria em nada, pois cedo ou tarde eu teria que enfrentar o risco de um aeroporto internacional, e aí seriam outros quinhentos. Também era inútil perder tempo com vãos rodeios; o melhor era resolver o problema o quanto antes e alçar voo.

Já na manhã seguinte ao desaparecimento de Áurea, deixei a cidade e passei os dias subsequentes saltando de um trem para outro, acercando-me da capital. Era o único lugar do país onde, num círculo mais ou menos "respeitável", eu poderia comprar documentos aceitáveis para aterrissar o mais longe possível daquelas terras que tinham se tornado insalubres.

Numa dessas várias etapas rumo à capital (o trajeto era tão óbvio que Áurea seria capaz de adivinhar até o número de garrafas de água de que eu precisaria para chegar lá) é que vim a conhecer um suposto legionário da Guiana Francesa.

O sujeito estava hospedado no mesmo hotel que eu, era alto e forte, isso ele era, mas para mim tinha mais jeito de gigolô que de legionário. Andava acompanhado de uma tailandesa que, de forma meio extravagante, insistia em falar num francês ruim com quem quisesse ouvir e, dadas as suas curvas, espectadores não lhe faltavam.

Vou poupar o leitor de todos os joguinhos de sedução dessa mulher, num hotel quase que só frequentado por representantes comerciais que, obviamente, ficavam babando por ela. E, francamente, eu também. E isso ela deve ter percebido, já que, depois de uma ondulante volta pela sala, veio pousar na minha mesa perguntando, sem grande convicção, que tipo de produto eu vendia. Sem dúvida alguma, essa tailandesa era mesmo bonitinha. E perspicaz, devo dizer. Na manhã seguinte, eu estava no quarto de Jeff, o legionário guianense, negociando o preço do impecável passaporte francês. O qual, pouco tempo depois, eu revirava entre as mãos úmidas enquanto esperava a vez na fila de desembarque do aeroporto internacional de Fortaleza, no Brasil.

A fila era comprida, e eu dera um jeito de me colocar no meio: pegar o aduaneiro na metade da rotina.

O medo crescia à medida que eu me aproximava do boxe, e tomou conta quando a pessoa à minha frente recuperou seu passaporte carimbado. Quando chegou minha vez, enxuguei as gotinhas de suor que tinham se formado no meu antes de apresentá-lo. O agente não se dignou conceder-me um olhar sequer. Abriu maquinalmente o documento, passou-o pelo decodificador, repetiu mil vezes a operação, soltou um suspiro: "Não tem código de barras, senhor". Sem se perturbar, desviou a fila para outro guichê e, sem levantar os olhos para mim, saiu de seu boxe. Tinha o meu passaporte em mãos, não deu qualquer explicação, fiquei ali paralisado, com um pé no Brasil e outro no vazio. Ele não voltou. Em seu lugar, uma mulher e dois homens surgiram atrás de mim e pediram educadamente que os acompanhasse. Entramos num corredor, subimos uma escada, mais um corredor entre duas fileiras de portas fechadas e então um recanto para fumantes, com plantas e cadeiras de plástico, máquina de café. A mulher sorriu, tinha um sinal na face esquerda, "Aceita um cafezinho?", "Por favor, sem açúcar". Minha mão tremia, eu não ousava levar o copo à boca, embora os olhares parecessem tranquilos, compreensivos. Será que me compreendem? "Só dois minutinhos, não se preocupe, está tudo em ordem". Ela estava falando em francês? Saíram. Som de porta se abrindo, se fechando, o café me queimava a garganta, janela envidraçada dando para as pistas, avião preparado para decolar, eu o acompanhava com os olhos, ele sugava meus pensamentos todos, não, não todos, lembrei que a mulher com um sinal estava no meu voo! Minha cabeça ficou vazia, cerrei os olhos, busquei um pensamento qualquer, não vinha nada, ah sim, um som de passos abafados no corredor, risadinhas, eram os dois homens e a mulher com sinal. Ela me devolveu meu passaporte. "Está tudo certo – num francês impecável –, a gente só ativou o código de barras, bem-vindo ao Brasil". Olhei para eles, nada a acrescentar, a mulher me fez sinal para segui-la, os dois homens se afastaram em direções contrárias. Mesmo corredor, mesma escada, a sala de controle estava deserta, nós a contornamos, porta de serviço, calor sufocante lá fora, taxista segurando o porta-malas aberto, minha mochila já dentro dele. "Bom dia, meu senhor." Era de fato francês. Também falavam português, mas só entre si. Era o quê? Nada, eu estava no Brasil, era pelo menos isso. Que os brasileiros eram uma gente hospitaleira, eu até acreditava. Agora, retirar a minha bagagem e chamar um táxi já me parecia excessivo. Mas naquela hora eu me sentia levianamente satisfeito comigo mesmo, acabava de passar pela última trincheira. Como poderia imaginar, mesmo que só por um instante, que minha *via crucis* estava apenas começando?

É, diria Zeca prontamente, interrompendo por um instante seu caminhar ziguezagueante para retomá-lo em seguida, cantarolando algo do tipo: *Eu nunca vi guerra sem tiro, e nem cadeia sem grade...* Esse Zeca enxerga longe! Fico pensando em onde andava a sua esperteza no dia em que se deixou prender aqui.

Fortaleza limitava-se, para mim, a uma grande aldeia turística, ou pelo menos era essa a impressão que me dava durante minhas tímidas excursões, nunca muito distantes do hotel, a dois passos do oceano, cujas ondas amareladas vinham lamber a praia. Imagino que, atrás deste bairro, se espraiasse a cidade de fato. Digo "imagino" porque, não conhecendo nada do lugar, acatava prudentemente os conselhos dos funcionários do hotel, para os quais se aventurar a pé a poucas quadras dali era o mesmo que se expor aos assaltos. Eu teria ignorado exageros desse tipo se já não estivesse com a cabeça cheia de outras preocupações, como, por exemplo, a lembrança do meu estranho desembarque.

A lassidão de meu período oriental cedia lugar a algo que, sem ser propriamente euforia, tinha pelo menos o benefício da novidade. Depois de uma semana preenchida exclusivamente com idas e vindas entre o hotel e o calçadão vizinho, repleto de turistas e restaurantes, saí à procura de uma agência de viagens. Ao entrar, o ar-condicionado abafou de repente as vozes agudas dos vendedores ambulantes, introduzindo-me no ronronar deferente de uma fileira de computadores. Os clientes, todos vestidos como que para um congresso de negócios, aguardavam a vez, dando tossidinhas discretas a fim de lembrar às poltronas quem era quem. Peguei desanimadamente minha senha e me acomodei frente a um enorme pôster do país. O Brasil era imenso, será que eu teria tempo de percorrer parte de seus caminhos? Esse pensamento me pegou de surpresa. Desde a minha chegada, ainda não havia me ocorrido que outro país, mesmo que do outro lado do mundo, não fosse, por si só, a solução de meus problemas. Era uma simples mudança de latitude, significando apenas recomeçar a vida em outro lugar, tornar a enfiar aos poucos as costumeiras vestes de sombra ao som de uma língua latina falada por milhões de pessoas, entre as quais teria que me fundir qual corpo imerso em cal viva. Eu não queria, não queria mais isso.

Um país tão grande, as florestas e os rios, as praias sem fim e as cidades, pessoas rindo e dançando, e se apaixonando. Não era este o Brasil de Áurea? O que ela teria feito em meu lugar?

O painel no alto indicou o meu número. Não hesitei um instante sequer. Tentaria encontrar Sandra. Para ir a Palmas, havia uma escala em Brasília.

A cidade eu não cheguei a ver. Enquanto o avião era rebocado para o ponto de desembarque, o temporal que nos ameaçara durante todo o voo desabou com toda sua violência. Em poucos instantes, as pistas viraram poças d'água, e os edifícios do terminal, uma movente massa escura. Como que obedecendo a alguma ordem, todos a bordo fizeram o sinal da cruz, agradecendo a Deus em voz alta por não ter desencadeado aquele inferno poucos minutos antes.

Depois de recuperar minha mochila, esperei atrás do vidro do *hall* que o aguaceiro amainasse. Eu tinha descrições detalhadas da Comunidade da Papoula[5], a *fazenda* onde Áurea tinha vivido o seu amor

---

5. Comunidade agrícola do movimento que mais tarde seria conhecido como Movimento dos Sem-Terra. Vide, do mesmo autor, *Ser bambu* (Martins Fontes – selo Martins, 2010). (N. A.)

e consumado a sua tragédia. Meu único ponto de referência, porém, era o nome de uma cidadezinha situada a cerca de cem quilômetros da fazenda. Embora o reduto dessa organização camponesa tivesse, na época, se tornado conhecido em nível nacional, minhas informações datavam de pelo menos dez anos, ou mais. O que me deixava um tanto inseguro.

A chuva continuava caindo. A esperança de encontrar Sandra se esvaía junto com os rios de água terrosa que atravessavam a rua e se engolfavam no primeiro bueiro que aparecesse. Eu contemplava aquilo tudo, tomando consciência do absurdo de meus atos; sair assim, sem nenhuma pesquisa prévia. Tanto tempo depois, a Papoula podia ter se convertido até numa usina nuclear. Deixei afluir em mim a antiga tristeza que se tornara minha única companheira de viagem, e à qual uma chegada ou uma partida às vezes só dependiam do gosto mais ou menos amargo de uma cerveja tomada às pressas no quiosque de alguma estação de trem ou aeroporto.

O bar, nesse caso, estava fechado. Hesitei entre tomar o primeiro voo para uma das cidades do Sudeste que sempre justificam uma viagem ao Brasil, como o Rio, por exemplo, e uma pouco animadora escala em Palmas para tentar colher *in loco* alguma informação sobre a famosa Papoula.

Nenhum táxi à vista. Estava a perguntar-me se existia naquela cidade, que me parecia caída de paraquedas no meio do nada, algum tipo de serviço de transportes, quando um homenzinho vestindo uma camiseta com o número 9 da Seleção me abordou, todo sorrisos:

– Táxi, senhor?

Observei-o da cabeça aos pés: meio baixo, magro, em torno dos cinquenta, unhas sujas, olhos alertas por trás da lente grossa dos óculos. Ciente de minha desconfiança, dirigiu-se em seguida a dois policiais parados ali perto para pedir um cigarro, com a naturalidade de quem dá uns tapinhas nas costas de um amigo.

José, foi assim que os policiais o chamaram, era o *chapa* local, ou seja, um desses cicerones que estacionam junto aos acessos das cidades ou nos terminais, e cuja função é guiar os forasteiros e levá-los sãos e salvos ao seu destino, quaisquer que sejam seus negócios ou ocupações.

Descobri rapidamente que esses profissionais têm uma reputação a zelar e ganham o suficiente para não se arriscar com um golpe baixo. Mesmo no caso de um gringo desembarcando numa cidade sem qualquer atração turística.

Ele não quis falar em dinheiro antes de me acomodar na vistosa 4x4, à qual deu ré até grudá-la na porta envidraçada do *hall*, para que eu pudesse subir sem levar um pingo d'água sequer.

Foi somente ao sair do estacionamento que ele me perguntou a direção.

– Gurupi?

Ele deu uma olhada na minha mochila, largada no banco traseiro, e então soergueu os óculos para esfregar com energia seus olhos miúdos.

– Fica longe, com esse tempo – respondeu, aumentando o ritmo dos limpadores de para-brisas. – O senhor conhece alguém por lá?

Esquivei-me à pergunta e inquiri qual seria o preço. Depois de uma negociação acirrada, fechamos numa bela quantia, que incluía o trajeto até o aeroporto mais próximo caso não conseguíssemos localizar a fazenda, cujo nome não lhe dizia absolutamente nada.

Pusemo-nos a caminho sob um céu carregado de chuva. Ofendido com minhas respostas cortantes, José desistiu de conversar e dirigia em silêncio, enquanto eu me esforçava por contemplar uma paisagem destituída de interesse. Andamos um bocado antes de pegar a estrada federal Belém-Brasília. A não mais que sessenta quilômetros por hora,

José driblava os buracos, que chegavam, não raro, a meio metro de profundidade. Tinha-se a impressão de rodar numa pista devastada por um bombardeio. José avisara que era longe, e naquele ritmo não íamos chegar tão cedo. Ansioso, perguntei se a estrada inteira estava naquelas condições.

– Com alguma sorte, sim. Mas sempre pode aparecer uma ponte caída ou uma árvore atravessada na estrada, para a alegria dos assaltantes. – E mostrou com o cotovelo um calombo à altura de sua cintura.

Isso me deixou ainda mais preocupado. Não gostava nem um pouco de andar por aí com um homem armado, principalmente se parecia capaz de se envolver num tiroteio.

Apesar de todos os vidros abertos, o calor era terrível. Num piscar de olhos, literalmente de um metro para outro, tínhamos transposto a precisa fronteira entre a chuva e um sol de rachar, o qual agora nos cozinhava a fogo brando numa estrada incerta. Para me dar uma aparência idônea, eu tinha exagerado na escolha da roupa a fim de parecer um homem de negócios. Resultado: estava morrendo de calor.

José estava louco para puxar conversa, mas, ainda frustrado com minha indiferença, concentrava-se em evitar os buracos mexendo-se sem parar no seu assento. Eu estava furioso comigo mesmo por ter, uma vez mais, cedido aos meus desastrosos impulsos, e expiava a minha sandice observando teimosamente a paisagem plana, salpicada de arbustos poeirentos que se estendiam a perder de vista. Era desolação demais para eu conseguir suportar o costumeiro interrogatório: de onde você é, o que acha do nosso país etc. É assim em todo lugar, não há nada mais aflitivo que o orgulho de um pobre-diabo que nunca conseguiu dar sequer uma espiada fora de seu pequeno inferno. Mas eu não estava em condições de julgar quem quer que fosse, tendo eu mesmo o hábito de falar quando não devia, de acumular gafe sobre gafe, sem contar as decisões irrefletidas que transformaram minha vida num espinhoso percurso. Naquele momento, por exemplo, já não sabia por que tinha escolhido o Brasil, nem por que, depois disso, deixara o litoral. Para não falar em Sandra. Precisava me convencer de que aquela médica existia em algum lugar, talvez bem depois daquele relevo escuro que tremulava na linha do horizonte. Uma desconhecida que iria, sabe-se lá por quê, receber-me de braços abertos devido a uma "amiga" que, por pouco, não me entregara à polícia a apenas dois continentes daqui. Motivo suficiente para fechar os olhos e fazer força para me convencer de que estava em algum outro lugar qualquer.

Fui afundando mais e mais na negrura de meus pensamentos, o que não escapou aos olhares divertidos de José. Aquele gringo de paletó preto pagando para se perder por aí devia lhe causar uma impressão bastante estranha. Será que achava que eu também estava armado, que era algum tipo de bandoleiro pós-moderno? Tratei de tirar o paletó. A paranoia, que eu julgava ter deixado do outro lado do oceano, estava voltando com tudo.

Quando me lembro disso, aqui neste pátio, desarmado pela regularidade do vaivém de Zeca, imagino o quanto devia parecer ridículo aos olhos de José. Encontrava-me num estado de insegurança tal que, tivesse ele qualquer má intenção, poderia acabar comigo num vapt-vupt.

Ao invés disso, o bom José deslizava magistralmente sua joia cromada em meio aos caminhões forçados a ziguezaguear nos dois sentidos para não acabar deixando um amortecedor pelo caminho.

Começaram a aparecer, de quando em quando, alguns acampamentos, todos arvorando uma bandeira com bordas vermelhas contendo um mapa do país e a imagem de um jovem casal de trabalhadores. À sua volta, homens, mulheres e crianças circulavam entre barracas de plástico preto remendadas. Ao ver que algo enfim despertara minha atenção, José aproveitou para quebrar o silêncio.

– É o Movimento dos Sem-Terra – suspirou. – Eles invadem as fazendas, há ocupações como esta em todo lugar.

— E deixam que eles façam isso?
— Imagina. Mas quando tiram esse pessoal de uma terra, eles em seguida ocupam outra logo adiante. E, assim que conseguem a expropriação, vendem tudo por uns trocados para o sujeito que manipula todos eles, e começa tudo de novo em outro lugar. É o que eu digo, isso não vai acabar nunca.

Eu já não estava ouvindo; perscrutava intensamente aqueles rostos marcados pelas privações. Eles mal se voltavam para a caminhonete novinha, como se fora alguma miragem que já não enganava mais ninguém. Seriam aquelas pessoas que haviam transtornado a vida de Áurea? Eu procurava um rosto entre eles, algo que se encaixasse com a imagem de um médico. O que eu muito bobamente buscava era Sandra.

As palavras que fluíam da boca ressecada de Áurea enquanto ela me contava a sua vida voltaram a pairar em minha mente. Palavras que me falavam desse mundo distante, desse mundo que eu ia agora despir de todo imaginário para restituí-lo à sua impiedosa nudez. Estava remontando as cataratas, acercando-me da fonte da qual jorravam as águas puras da revolta, as águas que tinham inundado a mente de Áurea. Eu queria ver tudo, como se, ao explicar o extravio de Áurea, pudesse também compreender o meu próprio.

Nesse momento, soube que o motivo de eu estar no Brasil era uma imperiosa exigência de reconstruir, uma a uma, as pontes que tinha queimado atrás de mim, em uma retirada ordenada digna desses grandes ideais capazes de transformar um espírito revoltado em carne de canhão.

Pensava nisso tudo e na possibilidade de um retorno a uma nova vida, com uma excitação tão inesperada quanto incompreensível, quando uma terrível suspeita arrancou-me de súbito do meu devaneio: será que estava cumprindo uma missão para Áurea, que ela estaria me esperando atrás de um daqueles rostos ardentes para me desfechar o golpe de misericórdia? Nada de novo nisso; eu continuava inventando os mais mirabolantes pretextos para permanecer inerte diante da mesma porta fechada. A porta do meu passado. Ainda assim, sentia que, dessa vez, alguma barreira estava cedendo. Seria vão tentar consertá-la com argumentos surrados; só estaria, com isso, adiando a avalanche que já vinha, havia tempo demais, mantendo um equilíbrio, agora insustentável.

Não sei o que José deve ter visto em meu semblante; o fato é que, de súbito, tratou rapidamente de corrigir seu juízo torto sobre aquela gente que cozinhava debaixo do sol, só para, como ele dava a impressão de achar, estragar a paisagem do seu país. Decerto alguma coisa em mim o levou a repensar sua primeira impressão sobre o que eu pretendia naquele lugar. Desistiu do sorriso sardônico e começou a se aventurar numa montoeira de argumentações visando me esclarecer a diferença entre os pobres coitados a soldo de indivíduos inescrupulosos, que enriqueciam à custa do sonho da *Reforma agrária*, e os outros, a maioria, que ocupavam a terra para cultivá-la, que se organizavam para tomar e fazer frutificar propriedades abandonadas por latifundiários que nunca tinham posto o pé naquelas bandas.

Nossa desconfiança recíproca dissipou-se totalmente ante o pequeno frigobar com cerveja que ele fez surgir como num passe de mágica entre os muitos acessórios da sua Chevrolet, a qual, segundo disse com profunda aflição, acabava de sofrer alguma disfunção em já não me lembro que órgão vital, o que danificara o ar-condicionado.

José apertou a garrafa gelada na testa:

– Este país fica muito mais interessante com uma *geladinha*, não é?

Não fui eu quem disse que o homem traz em si não apenas sua própria individualidade, mas também a humanidade inteira, com todas as suas possibilidades. São de Goethe essas palavras, mas é exatamente nisso que penso neste exato instante em que ergo os olhos para os meus colegas de pátio. Talvez não tragam em si a humanidade inteira, mas trazem certamente o Brasil. Neste momento estão todos falando ao mesmo tempo, as cartas do baralho espalhadas sobre o cobertor. Vão se levantando, um a um, com ar cansado, disfarçada tristeza, cada qual expondo sua opinião sobre o jogo, ao mesmo tempo que fitam aquilo que a grade pesada deixa ver do céu azul turquesa. Conheço-os bem demais, nem uma palavra do que dizem reflete seus pensamentos. É este o seu verdadeiro jogo de azar: bombardear a morte latente com palavras inúteis, na esperança de que um dos projéteis atinja um ponto ainda sensível à dor, o que os traria de volta à vida, ao riso solto. É sempre assim: no pátio, eles implicam sem parar um com o outro enquanto fingem se ignorar.

Comigo também implicam, me provocam. Espreitam qualquer motivo para poder me chamar de gringo safado, e logo em seguida vêm os abraços para lembrar que a gente se gosta, *irmão*. Hoje, porém, não entro nesse jogo; estou precisando me afastar, remexer nas feridas de meu passado recente. Aperto no ponto mais doído e entrego a alma ao pássaro branco para que ele a leve longe, para além de seu voo medonhamente repetitivo. Quanto tempo será que vive um pássaro, aliás? Bobagem, depois dele decerto haverá outro. Estou tendo a oportunidade de estudar de perto a evolução do voo em várias gerações de passarinhos brancos. Às vezes me pergunto se os agentes não o terão treinado só para nos fazer entender que a vida não é mais que a repetição de um voo demasiado breve: da antena da polícia ao cume de uma árvore da polícia. Voem, rapazes, até o último bater de asas.

Não, seria simples demais. Deve haver um mistério, uma razão profunda para esse feroz apego à vida. Não fosse assim, ficaríamos todos sentados, costas contra a parede, esperando serenamente o fim. E é justamente o que afinal me esforço por fazer, embora sem muito êxito. Por mais que me obrigue a ficar parado, minha cabeça fica dando voltas.

Escapo e depois volto, sem parar, e os outros às vezes me flagram a rir sozinho. Tenho que tomar cuidado para não deixar transparecer nada. Ao menor sinal estranho, eles vêm assuntar, saber por onde eu andava. Censuram essas minhas viagens solitárias. "Aqui tem que dividir tudo, a gente sofre junto." Isso é coisa do Aleluia; era esse o seu *leitmotiv*. Aleluia era o gordo ingênuo da cela 3. Assim era chamado por causa da mania que tinha de cantar *Glória a Deus, aleluia* toda vez que ia se aliviar na privada. Não que quisesse, com isso, zombar de Deus. Muito pelo contrário. Aleluia era um crente fervoroso que agradecia a Deus toda vez que o Divino tocava seu corpo ou seu espírito. Eu uma vez lhe disse que isso podia ser mal interpretado, mas muitos aqui têm um jeito esquisito de invocar o Senhor. Aleluia era o barítono dos cânticos vespertinos. Todo dia, às seis da tarde em ponto, e apesar da fome que lhe retorcia a barriga, deixava a marmita intacta para, primeiro, clamar a plenos pulmões pela graça do Espírito Santo. Um bom sujeito, o Aleluia. Morreu semana passada. Uma facada, logo depois da oração.

Foi por causa de um fósforo. Não um fósforo qualquer: era o último daquela cela. E, agravante fatal, não era propriamente seu. Mas não foi isso que lhe custou a vida. Aqui se divide tudo, não é mesmo? O problema foi ele ter riscado mal, o fósforo ficou grudado no chão. E ele se apresentou para o legítimo dono exibindo um pedaço de palito inútil e um sorriso excessivo. Fogo, aqui, é algo difícil de se conseguir.

José, em compensação, poderia fornecer fogo para um batalhão de detentos privados de cigarros. Quando ele me convidou a passar em revista os mais curiosos acessórios de sua caminhonete, eu ainda não fazia ideia do que eram presos em crise de abstinência ou guardas antitabagistas. Ele me mostrou um troço capaz de acender quatro cigarros ao mesmo tempo, mas, infelizmente, também ele era proibido de fumar a bordo. Por causa dos estofados de couro, ao que parecia. Paramos na beira da estrada para fumar. Com a ajuda da cerveja, a conversa se fez mais fluida e acabou se focando nos prós e contras daquelas ocupações de terra sobre as quais José tinha afinal muito mais a dizer do que as críticas vagas com que me brindara de início.

– Os *coronéis* continuam por aí, sabe, e embora tenham trocado o cavalo por uma Mercedes, ainda são eles que ditam as regras por aqui.

As coisas talvez mudem algum dia. São necessárias várias gerações para curar um país como este. O povo teria que ser educado como Deus manda. De modo que essa questão dos Sem-Terra...

Esfregava maquinalmente, ao falar, o retrovisor lateral com a ponta da camiseta. Acendi um segundo cigarro. Ele ergueu os olhos para o sol que ia rolando para o horizonte e fez a pergunta que lhe queimava a boca:

– Mas afinal, o senhor está procurando o que por aqui?

Apesar de seus olhos faiscantes de malícia, julguei perceber no seu jeito uma sinceridade genuína. Era como se, de certa forma, suas palavras simples reavivassem para mim aquele mundo autêntico fossilizado por Áurea em sua vergonhosa fuga. Pela boca de José, Áurea, a mulher árida da intriga oriental, adquiria por fim um contorno humano na vida real de seu país. Sempre tenho a impressão de que é impossível, no Brasil, se refugiar por muito tempo atrás de pensamentos tortuosos.

A Áurea que eu conhecera em suas vestes de sombra parecia agora se revelar a mim como a jovem mulher que abandonara a vida abastada dos bairros chiques pelo amor de um homem, Ferro, e seu sonho rústico. Eu estava refazendo sua trajetória em sentido inverso, e, quanto mais me aproximava do ponto de partida, mais sentia nascer em mim uma nova esperança. Talvez visse a mim mesmo remontando o tempo, quem sabe, para alterar o curso da história; mas que história?

Ao ouvir o nome de Ferro, José me desfiou num sopro só toda a história da comunidade da Papoula. Conhecia bem a fazenda – quem não ouvira falar em Ferro? Os acontecimentos da época tinham causado uma comoção tamanha que ainda hoje se falava a respeito.

– Ninguém aqui esqueceu o assassinato do Ferro, nem o do irmão dele, o Rolo, nem o dos outros todos. Aquela mulher, a burguesa que era parente de um coronel da Marinha. Foi ela quem atirou no Ferro e depois sumiu.

Ele conhecia bem o lugar, e só não tinha entendido antes porque eu indicara o nome "*coquelicot*", que é como se diz "papoula" em francês.

– Mas hoje, *caro senhor*, isso tudo já não existe mais. Depois do assassinato, ficou tudo abandonado. O Ferro era quem segurava essa história. Os outros ainda resistiram um ou dois anos, aí foram obrigados a vender, e agora... Bem, o senhor vai ver com seus próprios olhos.

Com meus próprios olhos eu revia a expressão do rosto de Áurea, deformado pela dor enquanto relembrava o instante em que descarregara sua arma em Ferro, seu homem, porque este sacrificara o próprio irmão, Rolo, às tramoias da política. E agora cá estava eu, a dois passos da famosa tragédia, com receio de descobrir, uma vez mais, que a verdade nunca aparece quando esperada, que as próprias lágrimas de Áurea não eram lágrimas, e sim gotinhas de veneno de efeito retardado. "Aquela mulher, a burguesa nojenta", dissera José.

Voltei para o carro às pressas, incomodado e louco para saber mais. José tornou a sentar-se ao volante sem nada dizer. Também eu permaneci em silêncio. A desconfiança se reinstalara entre nós. Ele aumentou ligeiramente a velocidade, e eu pedi que se concentrasse a fim de desviar dos buracos da estrada.

A um pequeno descuido, os amortecedores estalaram feio. Ele soltou um palavrão e me olhou como se eu fosse o culpado.

– Mas o senhor, afinal, está procurando o quê? O antes ou o depois de Ferro?

Surpreso, ele próprio, com aquela irritação despropositada, acrescentou em tom de desculpas:

— De repente estamos andando isso tudo por nada. Falo pelo senhor, por mim tanto faz, o senhor é quem está pagando.

José foi obrigado a reduzir a marcha e se conformar ao passo de uma carroça puxada por uma mula. As grandes rodas de madeira emergiam dos buracos em meio a um rangido de madeira e ferro; a mula não se dava ao trabalho de evitá-los, e o carroceiro de chapéu de palha acompanhava os sacolejos com um lento molejo do corpo. Impaciente, José se inclinou para avaliar a fila de caminhões que vinham em sentido contrário.

— *Puta merda!* — exclamou, buzinando.

O camponês não foi para o lado, a mula mexeu uma orelha e continuamos seguindo os rangidos da carroça sob um calor de lascar.

— Idiota. Ele faz de propósito.

José lançou a picape pelos cerca de vinte metros que nos separavam dos veículos que vinham em sentido contrário. Fitei o bico do caminhão em frente que vinha direto para cima de nós.

Não tive nem tempo de sentir medo. Outra imagem, outros lugares me vieram de repente, arrancando-me àquela morte iminente e projetando-me em outro fim. Nessa outra cena não há caminhão, nem estrada esburacada. Há uma pistola preta, uma manga de camisa arregaçada num braço peludo, a viseira de um boné brilhando ao reflexo de uma lâmpada logo acima de nós. Ele ia atirar. Eu sabia disso pelos seus olhos, duas fendas escuras, por sua careta obscena, por seu dedo crispado no gatilho. Eu esperava a explosão, que não chegaria a ouvir, porque a bala é mais veloz que o som. Eu sabia disso também. Fechei os olhos no exato momento em que as veias se inflaram no pescoço avermelhado do policial. Então uma força sobre-humana ergueu meu corpo como se fosse uma palha levada por um vento de verão.

– Cacete, a gente quase se ferrou!

Eu mantinha os olhos fechados; tinha medo de abri-los diante do diabo.

– E aí, gringo, tudo bem com você?

Só uma alucinação, uma mordida do passado. Não era a voz de Enzo, meu companheiro manco que se jogara sobre mim bem a tempo de uma bala de 9 não explodir minha cabeça. Tampouco estava na escada bolorenta de um prédio de Milão durante os "anos de chumbo". Aquele era José, me dando um tapinha no ombro, numa estrada brasileira do século XXI. A primeira entre os milhares de outras que eu ainda teria a percorrer neste novo país, que eu teria que transformar em meu. Quantas estradas, espaços, lugares, sempre novos, sempre mais distantes, e eu, teimoso, arrombando, dia após dia, portas abertas para o sonho sonhado. Caminhos para só percorrer de olhos fechados, como me dissera Áurea um dia. Como esse que me levava, num sábado de festa, para a Papoula.

Homens armados barravam a entrada de um estacionamento lotado com os últimos modelos americanos e alemães. Uma música nos chegava, mesclada de risos e cheiro de carne assada vindos de uma casa em estilo norueguês, cravada em meio a bananeiras e mangueiras carregadas de frutas, em cuja volta esvoaçavam insetos.

Era a nova Papoula. Um oásis embrulhado para presente, para além do qual se estendia atualmente a terra árida e coberta de mato que um dia fora o orgulho dos Sem-Terra e hoje simbolizava sua decadência.

José não gostou nada daquilo. Por acaso aqueles ricaços, aqueles "barões de merda", achavam que a sua picape não estava à altura das Mercedes estacionadas ali? Não, não gostou nem um pouco, deu uma cuspida e tornou rapidamente a sentar-se ao volante, antes que os gorilas de chapéus puxados sobre os olhos levassem a mão aos seus argumentos.

— Eu não perguntei se o que o senhor queria era o antes ou o depois de Ferro?

Era o depois, mas que eu queria tal como Áurea o deixara após descarregar seu 38 no corrupto em que Ferro se tornara. Eu estava querendo demais. Será que esperava chegar na Papoula bem na hora em que Sandra estivesse voltando, depois de deixar sua amiga sã e salva do lado de lá da fronteira? Sim, sei que é bobagem, mas era isso mesmo que eu imaginava. Ver Sandra descendo do carro, dar um suspiro de alívio, missão cumprida. "Cheguei, *amigo*, você veio da parte dela? Tudo bem, entre, deixe eu lhe mostrar nosso pequeno paraíso." Eu acreditava, sim, acreditava que o mundo, à direita e à esquerda de meu caminho, tinha parado e virava a cabeça para me ver passar, igual às vacas embasbacadas por detrás do arame farpado.

— Isso está assim há quanto tempo?

Parado na encruzilhada, José esperava, impaciente, que eu lhe dissesse o rumo a tomar. A recepção que tivemos na Papoula o deixara de mau humor, e estava ressabiado comigo por causa da minha insistência. Ele ficara em posição de inferioridade, e agora estava matutando sobre que atitude tomar com o passageiro que lhe fizera perder horas na estrada para ser humilhado pelos cães de guarda dos ricaços.

— Desde que o profeta quase sacrificou seu filho pela glória de Deus — respondeu ele, entre dentes.

Não gosto de motoristas filósofos. Ele deve ter percebido, pois acrescentou em tom conciliador:

— Uns dez anos, doze talvez? Seria muito mais fácil se o senhor me dissesse...

Não deixei que terminasse a frase. Acabava de lembrar um detalhe importante do relato de Áurea. Ela havia mencionado uma casinha à beira da estrada, a meio-caminho entre a Papoula e a cidade de Gurupi. Segundo o seu relato, morava ali uma família que, no térreo, mantinha um café onde os caminhoneiros paravam para comer. Havia uma criança, uma menininha que se safara de uma infecção grave graças aos cuidados de Sandra. Os remédios provinham do estoque de amostras grátis da indústria farmacêutica em que Áurea havia sido diretora executiva. Depois desse fato, as relações com essa família se estreitaram a ponto de Áurea se tornar madrinha de primeira comunhão da pequena Janaína. Mas, na história de Áurea, esse lugar também tinha sido palco do acontecimento que iria transformar sua vida para sempre.

Isso se dera durante um período de distanciamento entre Ferro e ela na época em que ocorria na Papoula uma profunda divergência entre os militantes. De um lado, os que se contentavam com os privilégios que Ferro negociava com o governo em troca de alguma moderação no tocante à ocupação de novas terras. Principalmente quando essas terras pertenciam a algum peixe graúdo do meio político. De outro, os mais radicais, liderados por Rolo, seu irmão, que reivindicavam o direito à ocupação de toda terra não cultivada, sem nenhum tipo de concessão para os proprietários, os quais não raro residiam em Brasília e gozavam de privilégios políticos. Essa cisão acabou por colocar os dois irmãos um contra o outro.

Muito antes dessas lutas intestinas, Áurea se envolvera apaixonadamente com a causa, esquecendo-se de suas origens. Ela, filha de latifundiários, meio racista passiva, inclusive, viria a sacrificar sua brilhante carreira para se lançar numa luta implacável contra os mosquitos e os *capangas*. Por fim, em menos de um ano, a bela Áurea já ostentava cicatrizes suficientes para ocupar seu lugar de militante rural, no mesmo nível dos revoltados da terra que, quando ela era criança, eram chamados de "bandidos safados" ou, como seu pai gostava de dizer, "povo-gafanhoto", que saltava de uma terra para outra deixando o deserto atrás de si.

No início, Áurea tinha certeza de que sua estada na Papoula não passaria do tempo necessário para seduzir Ferro. Ela o achava fascinante, ajudava-o a aprimorar seus discursos revolucionários de modo a torná-lo conhecido e apresentável para o dia em que iria mostrá-lo à cidade, à sociedade, sua própria sociedade, é claro. Acabara se enredando em seu próprio jogo e descobrindo que, afinal, ela é que até então vinha levando uma vida fútil e insensata. Por fim, ao invés de levar Ferro para a cidade, acabou ela própria permanecendo no campo. Sua nova missão passou a ser a dedicação sem reservas aos mais desfavorecidos, e ela sonhava com justiça social. Encontrou sua razão de ser em meio àquele povo que de início desprezara, e que agora lhe dava um lugar de honra. Esse mundo onde viera parar devido a um problema banal no seu carro agora se tornara o seu.

Áurea e Ferro já não dividiam o mesmo quarto quando um bando de capangas massacrou Rolo e outros quatro militantes que estavam reunidos no tal barzinho à beira da estrada de Gurupi. Uma ocupação inconveniente, a má escolha de uma fazenda pertencente a um poderoso político, uma série de circunstâncias, enfim, estavam na origem da terrível tragédia. Ferro, que se opunha a essa última ocupação, e informado do que estaria acontecendo no bar naquela noite, não ergueu um dedo sequer para salvar a vida do irmão, o que acabou custando a sua própria, pelas mãos da mulher amada.

Capítulo 4

Se paro para pensar no tempo, minha impressão é de ter vivido anos contando os dias, esperando a noite, na expectativa de, mais dia menos dia, acordar em casa. Abro os olhos, temeroso. O pátio não se mexeu. Nada se agita, aqui só quem tem pressa é o sol. Os detentos ficam parados, aspirando o ar quente do entardecer que se aproxima. Seriam capazes de aspirar qualquer cheiro só para provar que suas narinas continuam no lugar, pois já se esqueceram do cheiro dos vivos, do cheiro das pessoas que andam na rua à vontade. Essa privação os desespera, os deixa loucos e, por isso mesmo, capazes até de matar.

Vou sonhando, enquanto isso. Sonhando, olhos abertos, que o sol lá no alto, muito acima da grade dupla e do cume do eucalipto, bem mais alto que a antena, mais longe do que o passarinho branco jamais irá alcançar, sonhando que esse sol não vai mais se pôr, que ele só avança e recua num imperceptível e confortável movimento para a minha exclusiva e eterna clareza. Tenho assim toda a luz de que preciso para ver os pensamentos que vão e vêm, incessantes. Sentado em meio ao seu caminho, eu os observo. Parecem todos iguais, mas meu olhar treinado sabe distinguir entre uns e outros. Como o pastor que, sentado na orla da pastagem, abarca suas ovelhas num só olhar, também eu, a cada certo tempo, detenho-me num pensamento e o ajudo a engordar. Ele então assume formas estranhas, esticando-se para um lado, inchando de outro, ele se alarga e se estende, recusa-se a mim, não quer mais meu olhar. Debate-se, quer reintegrar o rebanho, mas eu não o solto, quero vê-lo crescer sozinho, saudável e forte, e então abatê-lo quando não precisar mais de mim. Assim é que trato, aqui, meus pensamentos. Pensamentos são seres vivos. Qualquer um, neste bloco, sabe que eles se alimentam, andam, trabalham, adoecem, sentem, morrem, e não ressuscitam. Não é raro por aqui ver um detento chorar pela morte de um pensamento. Alguns vivem muito tempo, mais tempo que o homem que os pariu, e quando esse homem morre, seu pensamento segue sozinho o seu rumo, rejeitando teimosamente qualquer tentativa de adoção.

 Dentro de mim não há grandes lutos. Meus pensamentos vão bem. Ainda vão acabar me matando. Só quero ver como vão se virar sem mim. Acostumados que estão a correr de um lado para outro, saltar uns sobre os outros, vão decerto acabar se dispersando e enlouquecendo o pobre coitado que topar com eles. Neste exato instante em que escrevo, não consigo ordenar minhas ideias. Elas passam de José para Janaína como se tudo tivesse ocorrido num mesmo momento. Agora, por exemplo, só sou capaz de acompanhar meus pensamentos por uma estrada em declive que se afasta do centro da cidade de Duque de Caxias, na grande Rio de Janeiro. Vejo-me andando depressa entre duas fileiras de casas térreas, num bairro sem futuro. Localizo a padaria, e depois o portão de ferragem azul, sem número. Era só o que eu sabia sobre o último domicílio de Sandra.

 Era quase noite quando José parou a picape na frente do boteco, na estrada para Gurupi. Dois cavalos amarrados numa árvore seca e um carro coberto de pó indicavam que o local continuava em atividade. No caminho, eu lhe contara sobre Sandra e a família que mantinha o boteco na época.

– Muito me espantaria – disse ele.
– O que espantaria?
– Muito me espantaria que essa gente ainda estivesse aqui. De lá para cá rolou muita água debaixo da ponte. Eu avisei. Mas vamos dar uma olhada assim mesmo. – Ele abriu a porta do carro e entrou na minha frente.

Havia um negro atrás do balcão, e também muitas moscas. Fitei as mesas enfileiradas ao fundo, junto à parede de tijolos. Procurei aquela em que Rolo e os demais tinham esperado a morte. Na época eram mesas de madeira, que tinham sido substituídas por outras, de plástico branco, e estampando o logo de uma marca de cerveja.

José se encarregou das perguntas. O dono, mais os quatro clientes ao balcão, pareciam ser meio ariscos. Decerto não diriam uma só palavra caso eu estivesse sozinho. Mas com José foi diferente. Começaram pelo futebol e, uma palavra puxa a outra, vieram naturalmente a falar sobre o passado e, não demorou, sobre os antigos proprietários. Com o olhar fixo no fundo de seus copos, contaram para nós a morte da dona e do seu marido.

– Um assalto, ao que parece, pouco tempo depois do outro acidente. Sabe, dizem que os comunistas da Papoula plantavam droga por lá.

O dono lançou um olhar para o fundo da sala. Para onde, provavelmente, ficava a tal mesa de madeira.

– Mas a menina, filha deles, se salvou – ele especificou –, foi acolhida por uma mulher, uma daquelas comunistas. Mas era uma mulher importante, uma médica, e era até amiga da família. Disso eu tenho certeza. Essa mulher foi embora sabe-se Deus para onde, levando a menina.

Insisti para saber onde estava a mulher. O dono nem se deu ao trabalho de erguer os olhos para mim. A um sinal inequívoco de José, pus uma nota de cinquenta reais sobre o balcão sujo. Ele embolsou o dinheiro rapidamente e, depois de abrir duas cervejas para nós, desapareceu atrás de uma cortina de onde vinha um forte cheiro de coentro. Menos de dez minutos depois, voltou com um pedaço de papel encardido.

– O número da casa a minha mulher esqueceu – resmungou, retornando em seguida para seus fregueses e copos.

Desembarquei no Rio, na cidade maravilhosa, como em qualquer outro lugar do mundo. Os aeroportos se parecem todos e o trajeto percorrido pelo táxi até o Hotel Aeroporto foi demasiado breve para que eu pudesse formar uma ideia. Além do mais, estava exausto.

Na manhã seguinte, arrumei meus parcos pertences no armário de um quarto igual a qualquer quarto de hotel de preço módico do mundo.

Precisava de um mapa do estado para localizar a cidade de Sandra. A banca de jornais ficava perto, bem em frente ao consulado francês e ao consulado italiano. Entre os dois havia uma passagem que levava ao estacionamento do meu hotel.

Com o mapa na mão, contemplei, atônito, as duas bandeiras tricolores penduradas em seus mastros inclinados. Ao sabor da brisa do mar, balançavam num movimento ondulante que as aproximava e afastava uma da outra. Eu me encontrava, naquele momento, justamente entre as representações dos dois países do mundo que mais me perseguiam. No ar ainda fresco da manhã, encaminhei-me assobiando para o primeiro ponto de táxi.

Duque de Caxias é uma cidade operária, como tantas da Baixada Fluminense. Pedi para ficar na praça central. Não foi difícil encontrar a rua Santa, que, partindo da praça, descia em linha reta em direção a uma periferia cheia de mato. Eu tinha apenas aquele semiendereço que, ao longo dos milhares de quilômetros percorridos até ali, assumira as proporções de um mapa em que estavam traçadas as linhas do meu futuro no Brasil. Aproximei-me a passos firmes do meu objetivo, sentindo-me como um soldado que, depois de abrir uma brecha inesperada, avança para uma vitória garantida. Um ponto marcado, por menor que seja, ou a mera ilusão de ter marcado um ponto: o estrangeiro caído de paraquedas não precisa mais que isso para focar a mente nesse ponto, não cogitando por um instante sequer a possibilidade de topar com uma porta fechada. Tinha essa hipótese como impossível. Não podiam fazer isso comigo. Não depois de eu ter cruzado terra e mar, fuçado as entranhas de um país à cata de um grão de esperança, depois de ter enfim conseguido dar alma e corpo a um simples nome mencionado numa história que nem era minha. Não, comigo não. Sandra era agora uma realidade, estava ali, atrás de uma daquelas paredes cobertas de cartazes eleitorais: *A graça do Senhor esteja com todos nós, unidos no partido...* Outro cartaz dizia: *Jesus é meu Pastor, eu prometo...*, e assim por diante. Já não restava um único centímetro livre nos postes ou paredes. Os candidatos, pelo visto, dividiam religiosamente a cidade entre si, cada qual reivindicando, e para o seu culto, a verdadeira palavra de Deus. As paredes, as sacadas e até as janelas eram sacrificadas a esse fim. Tudo ali prometia a vida eterna.

Somente muito depois, certo dia em que me achava prostrado sob os ventiladores de um dos meus incontáveis quartos de hotel, é que tive tempo para entender detalhes desse tipo. Dissequei então a história do Brasil e deparei, inevitavelmente, com a época em que o país experimentava a influência dos jesuítas da *Companhia de Jesus*, aportados aqui em 1549. Esses tenazes guerreiros da Contrarreforma não eram conhecidos por sua tolerância. Tentei imaginar que tipo de dogma aqueles homens, já bastante engajados na manutenção do obscurantismo na Europa, teriam que instaurar ao chegar numa terra virgem, com total domínio da situação. Francamente, não invejava os indígenas nem seus patrões brancos. A doutrina dos jesuítas deve ter sido tão esmagadora que não é de surpreender que diversos cultos evangélicos tenham proliferado ao longo dos séculos, talvez como forma de reação.

Aqui há igrejas por toda parte. Não sou especialista no assunto, de modo que não saberia dizer qual a diferença, por vezes extremamente sutil, existente entre um e outro local de oração. Os nomes variam bastante e não carecem de criatividade. Esses locais também têm em comum o alarido: neles se ouve rezar ou cantar a umas dez ruas de distância. Para saber mais, teria que ter empreendido uma pesquisa de campo. Mas eu estava na época muito ocupado, contando os giros dos tantos ventiladores suspensos no teto de meus quartos de hotel. E o tempo, quando temos de sobra, nos amolece o cérebro, e, por estranhos caminhos, acontece então de irmos para a outra ponta da História e compararmos a pesadez da nossa época com a leveza de que Cláudio Ptolomeu deve ter se beneficiado na sua, quando ele dizia: "Sei que sou mortal e efêmero, mas quando observo as múltiplas espirais circulares das estrelas, já não sinto a terra sob os meus pés, sinto-me ao lado, e me delicio com a *ambrosia* dos deuses"[6]. Eu não disse que tempo de sobra faz mal para a saúde mental? Ptolomeu tinha suas "espirais circulares das estrelas", ao passo que eu podia me dar por feliz com os giros rangentes do ventilador e, como única luz, um pedaço de *neon*.

No portão, a tinta azul já não passava de um vestígio manchado pelo tempo e pelo abandono. Ainda assim, não podia deixar de vê-lo: era o único da rua sem cartazes eleitorais. Não havia fechadura, só um buraco no qual se enfiava uma corrente cuja ponta pendia livremente do lado de fora. Testei a resistência do portão pressionando o pé contra a sua base. Com um pouco mais de força soltaria as dobradiças. Um cachorro apareceu latindo, recuei instintivamente para a calçada. Alguns rostos surgiram atrás das vidraças nas casas vizinhas.

Uma voz feminina chamou o cachorro de volta. Os vizinhos aguardavam, eu me preocupava. Não estava preparado para perguntas feitas dos dois lados de uma porta fechada, quando somente as respostas certas deixam entrar o desconhecido, obviamente estrangeiro, que resolve aparecer bem na hora do almoço. Deu-me um branco. O que

---

6. Citação livre do autor: "Epigrama", in *Almagesto* (livro 1), de Cláudio Ptolomeu.

dizer? Sou um amigo de Áurea e estou aqui para conhecer sua velha amiga Sandra? Ridículo. Eu não era amigo de Áurea, e só chegara até ali graças a indicações rabiscadas num pedaço de papel encardido.

Em meio a uma barulheira de ferragem oxidada, a porta se abriu sobre uma garota de *short* desbotado e pés descalços. Segurando as duas extremidades do portão, mais para impedir que ele caísse do que por desconfiança, cravou seus olhos pretos em mim sem nada dizer. Não demonstrou nenhuma surpresa, ou mesmo decepção, ante meu aspecto, nem nada capaz de animar o ovalado de um semblante sonolento, cor de chocolate.

– Quer falar com a Sandra? – perguntou

Uma voz áspera que parecia não lhe pertencer, como se a tivesse tomado emprestada de uma mulher da noite mal desperta depois da boemia.

Ela se afastou para me deixar entrar, tornou a fechar o portão com o pé e, sem dizer palavra, enveredou por uma comprida passagem cimentada. À direita se erguia um muro alto, toscamente pintado de amarelo e do qual pendiam vasos de plantas exóticas, em boa parte agonizantes; à esquerda, a casa, com sua fileira de portas e janelas; ao fundo, um barraco de zinco que fazia as vezes de canil e adega.

Ao passar, a garota bateu numa janela de cortinas fechadas.

– Tem visita! – gritou, e entrou sem conferir se eu ainda vinha atrás dela.

Era um cômodo bem pequeno, atulhado de móveis cujo estilo e idade sugeriam uma sucessão de diversas gerações de inquilinos. A televisão estava ligada. A garota sentou-se toda encolhida numa poltrona, deixando-se em seguida absorver pela telinha em que chiavam as vozes características das novelas. Logo esquecido, em pé, eu contemplava aquilo tudo, respirando o bolor mesclado a cheiro de cinzeiro.

Eu buscava nas paredes um sinal, uma imagem, uma foto, qualquer coisa que tivesse alguma relação com a ideia que eu fizera de Sandra. Entre as naturezas-mortas salpicadas de cacas de mosca, intercalava-se uma *via crucis* que dava a volta completa na sala. Nada ali me falava naquela Sandra militante de um movimento social, ou da heroína que salvara Áurea em circunstâncias extremas. Perguntei-me seriamente se, por alguma estranha coincidência, eu não viera dar na casa de outra Sandra. Afinal, devia haver alguns milhões de Sandra naquele país.

Eu já chegara à segunda queda de Jesus na *via crucis* quando a sensação de alguém atrás de mim fez com que eu me virasse. Sem dizer bom-dia nem qualquer coisa do gênero, a mulher contentou-se em me observar com a estranha expressão da dona de um vira-lata ao vê-lo voltando para casa. Tive que repetir várias vezes a mesma frase de conveniência, e proferir umas palavras de desculpas. Tudo isso para evitar seu olhar fixo, sem brilho. Havia qualquer coisa doentia na imobilidade de suas pupilas.

Ela recuou até a poltrona, na qual sua filha dobrou uma perna para lhe dar lugar. Uma vez sentada, escondeu rapidamente as mãos trêmulas, os dedos finos e brancos como cera, nos cabelos crespos da garota. Então, como se acabasse de reparar em mim, fez sinal para eu me sentar numa pequena poltrona ao lado. Após um instante de silêncio constrangido, parecendo surpresa com suas próprias palavras, ela disse:

– Você não é daqui, imagino que não goste disso tudo.

Estremeci. Ela aparentemente se referia à casa, mas sua voz vinha de tão longe que me fez pensar em algo bem mais pesado do que o ar que se respirava ali dentro. Sem jeito, olhei ao redor. Não saberia dizer por quê, mas era impossível esquivar-se da sombra de sua própria morte num lugar como aquele.

No silêncio que se seguiu, a idade e a distância foram opressivas.

– Áurea – disse maquinalmente. – Eu estive com Áurea.

Ela tirou a mão dos cabelos da filha, que deu um suspiro de alívio.

– Eu sabia.
– Sabia?

Nisso, com um gesto discreto, a garota cutucou-a com o cotovelo. Sandra ergueu-se de um salto:

– Aceita um café?

Ia pedir que não se incomodasse, mas ela encadeou:

– Uma cerveja, quem sabe? É, uma cerveja, a essa hora cai bem.

Reparei que, a essas palavras, a garota fulminou-a com o olhar. Sandra ignorou-a, foi direto até a geladeira e pegou duas latinhas. Antes de me dar uma, já tinha aberto a sua.

– Os copos! – vociferou a garota.

Mas Sandra a ignorou mais uma vez. Aliás, já estava bebendo, segurando a latinha com as duas mãos. A garota, num só movimento, levantou-se, desligou a televisão e saiu da sala.

Sandra terminou a cerveja em dois goles compridos e começou a tatear a beirada da poltrona à cata de cigarros e isqueiro. Suas mãos estavam visivelmente mais firmes.

Tinha o cabelo curto, grisalho, e óculos de grau com lente grossa. Era baixinha, sua pele era branca, branca demais para um país tão ensolarado. Tirando a camada de base recém-passada para disfarçar o vermelho do rosto, não parecia ser do tipo que se preocupa muito com a própria aparência.

Sandra era alcoólatra, disso não havia a menor dúvida, mas era como se, em vez de consumi-la, o álcool a tivesse habituado, dia após dia, à esperança silenciosa, aos desejos frustrados. Em outras palavras, era como se o álcool a tivesse conservado.

Ela puxou um cinzeiro cheio até a metade e, como que adivinhando minhas ponderações:

– A gente é tão bobo, tão desprevenido, quando se trata de conduzir a própria vida.

E se pôs a observar o fio de fumaça que subia para o teto antes de acrescentar de mansinho:

– A Janaína não gosta, não aguenta mais, tem muita coisa que ela não quer mais ver. Mas, me diga, então você conheceu a Áurea?

Capítulo 5

— É assim que você aborda as mulheres?

Eu já não sabia de que jeito olhar para ela. Em todo caso, era mesmo uma mulher que estava ali parada à minha frente numa pose provocante. Uma jovem mulher maquiada como uma garota de programa, e que eu achava difícil ressituar numa poltrona, carrancuda e novelômana, qual a Janaína que eu vira na casa de Sandra. Eu ainda não aprendera a falar com esse tipo de mulher. Não aprendera a falar com nenhum tipo de mulher. Ela percebeu que marcara um ponto e ficou feliz da vida.

— Para onde vai com tanta pressa?

Mulher fatal, dava-se o direito de me interrogar. De me dizer, de certa forma, que só um gringo tapado como eu podia estar andando com os olhos grudados no chão no meio de tantas beldades, de que ela era, sem dúvida, um magnífico exemplar.

— Você estava me seguindo? — perguntei.

– Seguindo você? Que ideia.

Seu cabelo não estava crespo e grudado na cabeça como antes. Estava comprido, caindo nos seus ombros em cachos pretos.

– Quer dizer, estava sim – emendou ela –, mas só agora, depois que te vi dobrando a esquina.

Dizendo isso, puxou a blusa numa vã tentativa de tapar o umbigo. Um gesto que eu já tinha reparado em outras garotas e que, segundo José, era de pura sedução.

– E aí, ainda está com pressa?

Eu evitava o seu olhar. Um olhar que dizia mais coisas do que deveria dizer o olhar de uma garota. Sentia uma vaga sensação de vergonha, na qual tinha medo de me perder. Janaína caiu na gargalhada:

– *Caramba*, cara, está tudo bem? Vem, vamos tomar alguma coisa.

Ela simplesmente me pegou pelo braço, obrigando-me a acompanhá-la na direção da avenida Atlântica.

Minutos depois, estávamos sentados em uma mesa de calçada, num desses bares em que se contam dez mulheres para cada homem. Perfeitamente à vontade, ela acolheu o garçom com um sorriso de cumplicidade. Pedi um chope, e ela, uma Smirnov. Não era vodca, como o nome levava a crer.

– Quer experimentar?

Molhei os lábios no seu copo, uma mistura enjoativa de limonada alcoolizada com açúcar se espalhou na minha boca. Ela ria:

— Eu sabia, ninguém gosta disso. Muito menos os gringos. Está gostando daqui?
— Não — respondi secamente.

Sentia vontade de contradizê-la, de mostrar que seu jeito de mulher da noite era deslocado, ridículo. Sentia uma vontade louca de colocá-la em seu lugar, mas não me vinham as palavras. Ela aproveitou para pôr mais lenha na fogueira.

— Não está gostando? Engraçado, eu já tinha te visto por aqui. Bem ali, sentado naquela mesa. Sozinho, coitado.

Perguntei-me por quê. Por que estava dando tanto espaço para uma menina, por que deixava que ela agisse e falasse daquele jeito. Aquele clima ambíguo me desagradava, me deixava travado. Aquelas garotas todas à minha volta, cada vez mais exaltadas. Cardume de piranhas em águas turvas.

Eu não largava o meu copo. Por que tinha de assistir àquele circo, já não tinha problemas suficientes para ainda me preocupar com uma garota largada na cidade, vestindo roupas de boneca? Não estava interessado naqueles sorrisos todos, aprendidos na tevê. Só me restava deixar algum dinheiro na mesa e sair de fininho. Era a coisa certa a fazer.

Mas por que eu tinha mais uma vez que ir embora, incapaz de sustentar o menor imprevisto? Por mim, ela até podia ir para o inferno, eu ia ficar ali o quanto quisesse, e azar o dela se não tinha mais o que fazer além de ficar me olhando feito uma retardada.

Bobagem, na verdade eu sabia perfeitamente que estava ali sentado, deixando que ela caçoasse de mim, porque não tinha nada melhor para fazer, porque não aguentava mais passar o tempo, sentado, em pé ou deitado, sempre sozinho. Porque eu fizera de minha solidão uma couraça, uma fortaleza, um antegosto da prisão. Que problema poderia haver em me soltar, já que não era nenhum herói e essa nunca fora minha ambição? A fuga. Sim, a ancilose da fuga me permitia justificar minha falta de jeito, meu maldito medo de respirar a plenos pulmões aquilo que a vida sabe soprar. E que soprava forte naquele café. Larguei meu copo. Ela era bonitinha, não dava para negar, mas havia dezenas como ela, todas apontando o peito qual pescador apontando o arpão. Um lado obsceno que, em Janaína, era redimido por dois olhos negros e fundos nos quais daria para mergulhar sem perguntar onde se iria cair. Eu já não evitava o seu olhar, ela apertava os joelhos nos meus. Ficamos assim, joelhos contra joelhos, cada qual esvaziando o próprio copo, enquanto eu tomava consciência de estar enfrentando uma crueldade sensual à qual não tinha mais nada a opor. Minha incredulidade me feria o espírito.

Quatro italianos sentaram-se ruidosamente à mesa ao lado. A liga com as garotas paradas à entrada do bar foi imediata. Copo na mão, uma negra alta tomou a dianteira e foi juntar-se aos recém-chegados. Atrás de mim, um garçom argumentava discretamente com um cliente meio ébrio. Outras moças, as que não tinham dinheiro para aceder às mesas do café, corpos reluzentes à luz amarela dos lampadários, só esperavam o olhar mais insistente de algum cliente para se jogarem do lado de cá da sebe que nos separava da calçada. Mais adiante, três homens de camiseta chamativa cantavam e batiam em seus tambores um ritmo de samba cansado. Tal como as garotas, também eles só esperavam um olhar de aprovação para vir cobrar o seu.

Eu observava aquilo tudo como já fizera dezenas de vezes, na tentativa de injetar algum ruído em minha solidão. Mas agora não estava sozinho, o ruído se convidara à minha mesa.

– Eu, por mim, tomava outra – disse ela –, e você?

O mesmo. Eu tinha vergonha de estar ali naquele tipo de situação. Ela sabia, e por isso mesmo não parava de sorrir. Meu constrangimento devia lhe parecer cômico. Moleca danada, será que já tinha a idade da minha filha mais velha?

Minhas filhas. Só faltava essa agora, pensar nelas, para sumir de vez embaixo da mesa. O que eu faria se as visse sentadas num lugar como aquele, sorrindo para um velho babaca? Dava arrepios só de pensar. Expulsei essa imagem da minha cabeça, minhas filhas certamente não costumavam passear à noite apertadas nuns vestidinhos para mostrar o que ainda não tinham. Não tinham? Quantos aniversários já não teriam comemorado, minhas filhas, durante a minha ausência? Caramba, eu tinha perdido isso também, não tinha visto minhas filhas crescerem, tinha perdido tudo. E não havia mais volta.

Sentia demais a falta de minhas filhas. Com o tempo, tinha me conformado com a ideia de renunciar à única vida que era capaz de construir à luz do dia, mas a lembrança de minhas filhas era demasiado intensa. Eu às vezes precisava lutar com todas as minhas forças, criar paliativos de todo tipo para tirá-las de minha cabeça por um instante e poder seguir em frente, um passo depois do outro rumo a lugar nenhum.

Janaína continuava rindo. O medo da resposta me impedia de perguntar sua idade.

– A Sandra – perguntei, já não suportando seu olhar debochado –, a Sandra não é sua mãe?

Seus joelhos imediatamente se afastaram dos meus. Ela largou o copo, o olhar repentinamente perdido bem longe atrás de mim. Nesse exato momento me voltou à mente aquela sensação de estar sendo seguido que tivera pouco antes de topar com ela. Esse pensamento me devolveu um pouco de energia.

Recobrei alguma segurança, ela de repente me pareceu mais adulta. Suas feições endurecidas pelo provável trabalho de espiã que ela realizava. Imaginei o roteiro todo. O bar era agora o cenário de um filme *noir*, com o herói sentado à sua mesa, sorriso pendurado no canto da boca, bebericando sua cerveja enquanto encarava a boneca que tinham lançado em seu encalço.

Era ótimo me colocar assim no centro de uma trama, embora de fato não acreditasse nela. Queria apenas fugir de um clichê, não ser só mais um velho babaca, e entrar em outro clichê, fictício, não menos babaca, mas que pelo menos me ajudava a salvar as aparências. Eu queria um papel, precisava de uma pose que me ajudasse a amansar o sorriso zombeteiro de Janaína.

— Bem — disse então, adotando um ar entediado —, ela não é sua mãe, mas é como se fosse, não é?
— É, mais ou menos.

Isso a irritava, rebaixava, fazia com que voltasse a ser a garota que eu vira naquele dia, toda encolhida na poltrona. Pôs-se a olhar para os lados, tentando achar uma compostura, a cumplicidade de alguém, mas o bar estava agora lotado, e suas amigas, solicitadas demais para ajudá-la. Tirei proveito da minha vantagem.

— Você adora lugares como esse, não é? Aqui você se sente em casa?
— Não mais que você.
— Mas então?
— Mas então o quê?

O olhar pesado e a testa franzida traduziam sua agitação interior.

— Chega. Será que eu não tenho o direito de andar onde bem entender, preciso da autorização da Sandra para vir à cidade? E você, está fazendo o que por aqui? O Rio não é só Copacabana, mas fica aí zanzando de bar em bar azarando as garotas.
— Garotas que nem você?

– Canalha. Vai, diz logo que eu sou uma puta; se isso te excita, não se acanhe.
– Por que estava me seguindo?
– Porque eu não tenho mais nada a fazer além de dar bola para gringos velhos e amargos. Como é mesmo o seu nome?
– A Sandra não te disse?

Ela pôs as mãos sobre a mesa como se fosse levantar. Mas não, apenas deu um suspiro e se reacomodou na cadeira.

– Bem, olha, se você está interessado na Sandra, vou pedir aos bombeiros que a tragam aqui. Ela vai adorar ver o anjinho dela na sua salutar companhia. E agora, por favor, será que dava para parar com isso?

Então falamos sobre o mar, sobre as ondas, e ela, principalmente, falou sobre as noites de boemia no Rio.

Eu escutava, encantado. Cativado pela naturalidade com que descrevia o ambiente dos bares noturnos com boa música, os banhos de mar à noite, o velho bairro da Lapa com seus antros de travestis, as ressacas curadas com cocaína: "Sem exagero, sabe, os gringos adoram. Mas eu não curto. Você já arrumou uma namorada por aqui?".

Depois de alguns instantes, já disposto a esquecer sua idade, mandei às favas minhas reticências todas e me deixei deslizar de mansinho naquele lugar feito para afogar minha eterna indiferença.

Devia haver alguma virtude benéfica em sua bebida xaroposa, seus olhos brilhavam quando ela disse:

– Você prefere me pagar um táxi até Duque de Caxias ou me convidar para ir até a sua casa? Já vou avisando que a corrida até a minha sai caro a essa hora.

Rodeados de mulheres, os italianos da mesa ao lado erguiam seus copos e entoavam *Garota de Ipanema*: *Olha que coisa mais linda / Mais cheia de graça / É ela, menina que vem e que passa...*

Capítulo 6

Bem antes de o sol tocar o alto do muro, como a um sinal combinado todos começam a se animar. Aqui, muita coisa acontece com a gente que não tem explicação. Como esse raio de sol pulando por cima do muro, e nenhum de nós precisa olhar para o outro para saber perfeitamente o que cada um estará pensando neste exato momento. Falo, é claro, de coisas sem a menor importância para aqueles que estão, lá fora, correndo atrás da vida, driblando as armadilhas sem fim que a liberdade estende para eles. As estranhezas aqui, entre nós, residem tão somente nos gestos repetitivos, nas imperceptíveis impurezas de uma linha reta que, mesmo assim, não deixa de causar impressões contagiosas e não menos dramáticas que em qualquer outro lugar.

Esta é a hora em que os jogadores de baralho dobram o cobertor às pressas, Zeca faz uma pausa no seu vaivém, eu saio dos meus devaneios, e nos encontramos todos no meio do pátio, cada qual escondendo o olhar melancólico na linha de sombra que vai subindo, lá no alto, e a gente ali, abobalhado, com a secreta esperança de que pelo menos uma parte de nós vá-se embora com ela, para o lado de lá do muro, lambendo a calçada, respirando a rua, as pessoas da rua que andam depressa porque estão voltando do trabalho e não prestam atenção em nós, que, no entanto, estamos logo atrás do muro, estamos ali com elas, sob o mesmo pedaço de céu, sentimos o mesmo cansaço e também, como elas, vamos voltar para o nosso canto, só que nossos filhos não estão aí para nos dar um beijo, mas, mesmo assim, a gente também é gente, e gente, onde quer que seja, volta para casa cedo ou tarde; para alguns é muito bom, para outros menos, e é por isso que eles param no bar da esquina, um traguinho antes de ir para casa, a família, sabe, os moleques enchendo a gente de perguntas, e o cansaço, e a mãe deles que há muito já perdeu o hábito de dar um beijo, com a cabeça cheia de um dia comprido. A rua é tudo isso. Todo mundo aqui sabe disso, mas gostamos dela assim mesmo, mora em nosso coração essa rua, que está tão próxima. Gente, tão próxima!

A sombra azulada desce lascivamente sobre os detentos que a esperavam de pé. O anoitecer, para nós, é algo bom, maquia nossos rostos, nos dá uma máscara de paz. Uma raridade.

Dura apenas um instante, o banho de sol não acabou. Não vamos nos despedir assim, seria pedir demais, levar a máscara de paz até as nossas celas, respirar de mansinho para que as brechas da angústia não nos peguem durante a noite. Súbito, um burburinho no pátio; é uma rabanada, o último espasmo do peixe antes de mostrar o ventre branco aos pescadores. Isso pode levar algum tempo. Vamos lá, pessoal, uma última volta na pista, uma troca de par, para espantar a tristeza. Uma voz se ergue, uma primeira estrofe, aí a música pega e todos se envolvem com vontade.

É uma música alegre, que zomba da rua, do homem que trabalha e daquele que descansa, daquele que manda e daquele que obedece, da mulher e do homem, do céu e da terra. É do Tom Jobim, o melhor. Zomba da gente também, o que nos faz um bem danado. Eu não sei cantar.

Nem vou dizer o quanto sofri com isso na época em que não havia técnica melhor de paquera que cantar e arranhar um violão. Fiz de tudo para conseguir, coragem não me faltou, mas era muito claro que a harmonia ficava muito melhor sem mim. Aqui, pelo menos, não sou o único a apenas mover os lábios. Cruel tampouco sabe cantar.

Pelo menos, é o que ele diz. Embora eu sempre desconfie que ele está é fazendo gênero com essa recusa ostensiva de se unir ao contentamento geral. Assim que começa a música, ele vira secamente as costas e se afasta cabisbaixo da turma de cantores. Depois de algumas voltas, vem invariavelmente ter comigo. É a hora dele. Cruel não pode voltar para a cela sem antes trocar algumas impressões comigo. Um hábito de que também tiro proveito. Cruel não perde uma notícia, seja ela sussurrada no bloco ou transmitida na tevê, e sabe que eu gosto de esmiuçar os acontecimentos significativos de um país do qual fui arrancado antes de ter tido tempo de compreendê-lo. Ele começa pelas costumeiras brigas entre os detentos, depois passa para as críticas generalizadas, supondo, imagino eu, que é diferente dos demais.

– Que idiotas – diz ele, enojado –, você acha que eles deixam a gente escutar o noticiário? Durante a droga da novela dá para ouvir até uma mosca voando, mas é só começar o noticiário que os burros começam a berrar. Que estúpidos, dia desses eu ainda...

Mas ele tem, sim, uma notícia, e é exatamente por isso que veio me procurar.

– Você viu esse canalha que eles pegaram em Mônaco? A tonelada de grana que esse cara roubou dos brasileiros... Mas ele tem cidadania italiana, né? Mônaco não é um refúgio financeiro lá da sua terra?
– Isso mesmo. E é o paraíso fiscal dos jogadores de futebol – não consigo evitar dizer.

Basta mexer no futebol para a legendária tolerância brasileira desaparecer. Cruel percebe que eu me divirto com esse tipo de provocação, o que, com o futebol, se torna muito fácil nestas paragens. Por isso é que ele evita esse assunto comigo.

Cruel inclina um pouco mais a cabeça, queixo grudado no peito e mãos enfiadas nos bolsos. É o seu jeito de parar para pensar, não sendo assim tão óbvia a relação entre a sua adorada Seleção e um banqueiro ítalo-brasileiro detido pela Interpol na Europa. Ele diz, enojado:

– Lá vem você de novo com o seu veneno. Queria entender qual é o seu problema com o futebol. Não vem encher o saco com essa história de "ópio do povo", não tem nada a ver. Isso é besteira para disfarçar a raiva. Sim, raiva, seu filosofozinho de merda, porque vocês italianos não engolem as derrotas que tomaram da gente. Esse esqueminha de defesa de vocês, o *catenaccio*[7], isso é pura covardia, e não conseguiu barrar os nossos dançarinos. Porque para a gente – a essa altura, ele já está em pleno Maracanã – o futebol é dança, sabe, não é geometria, e a bola, óbvio, segue o nosso compasso.

– Claro que sim. É uma pena que a renda desse show não retorne para o país. Porque, olha só, a grana dos seus dançarinos fica mesmo é lá em Mônaco, meu chapa.

Indignado:

– Qual é a tua, cara?
– Por enquanto, as grades. Mas pelo menos não fico correndo atrás desses jogadores milionários que, mais do que depressa, esquecem da favela onde se criaram e preferem guardar o dinheiro em outro país, e não no deles.

Touché. É mais forte que eu. Fico o tempo todo pensando que preciso parar com esses julgamentos baratos, que só me envelhecem, mas não adianta. Não é fácil estar preso entre dois séculos.

Cruel torna a enfiar energicamente as mãos nos bolsos, enquanto se obriga a levantar a cabeça, o suficiente para fitar os holofotes pendu-

---

7. Tática de jogo baseada em uma sólida defensiva. (N. A.)

Ao pé do muro 101

rados lá em cima, no arame farpado. Daqui a pouco eles vão se acender, espalhando uma luz doentia entre o concreto e as grades.

– Eles não vão entregar esse banqueiro para o Brasil, sabe – ele retoma. – Com a grana toda que ele deve ter levado para lá, não vão abrir mão dele assim tão fácil. Enfim, talvez seja melhor que esse canalha fique por lá. Digo isso por você.

– Não entendi.

Cruel tira as mãos dos bolsos e esfrega uma na outra.

– Ah, não entendeu. Muito bem, vou esclarecer, porque você, meu irmão, é inteligente, isso é verdade, e fica enchendo o saco com esses seus princípios de merda, mas na verdade não enxerga nada além da ponta do seu nariz. Vou te dizer. Passou pela minha cabeça ontem à noite. Eu não conseguia pegar no sono. Um pensamento ruim começou a dar voltas na minha cabeça. Até podia ser por causa de um cara que eu ainda vou pegar assim que sair daqui. Mas tinha outro assunto me fazendo revirar na cama, e eu não conseguia perceber o que era (Cruel, quando acha um interlocutor, estende suas anedotas de maneira um tanto confusa). Você sabe como é quando a gente não consegue dormir e não dá para deixar as pernas quietas. Um inferno. Enfim, numa dessas, lembrei do tal banqueiro. Pensei nele por causa do Piauí. Esse cara é uma verdadeira máquina de falar. Parece até que faz de propósito, toda vez que dá o noticiário na tevê ele começa a gemer. Quando não é um problema com a comida, é coisa de reza. Dia desses... Enfim, ontem à noite eu quase parti para cima dele, porque o banqueiro apareceu na tevê, estavam falando sobre a extradição dele, e por causa desse idiota do Piauí eu não consegui entender direito. Seja como for, acho que não era muito importante. Imagina, acabaram de pegar o cara, e você sabe, por experiência própria, que o julgamento ainda vai demorar. Enfim, como eu dizia, estava na cama e de repente a droga de uma ideia me passou pela cabeça. Cacete, pensei, vai ver esses cretinos vão propor uma troca: a gente entrega o banqueiro para vocês, e vocês entregam o nosso terrorista. Não faça essa cara, não é assim que eles te chamam? Pois, bem, meu irmão, era isso que estava estragando o meu sono: você. Você não chegou a pensar numa negociação desse tipo? Pois eu pensei, esses escrotos são bem capazes de uma coisa assim.

Cruel torna a enfiar as mãos nos bolsos, seu queixo cai sobre o peito. Não, eu não tinha pensado. Quer dizer, não nesses termos. Não gosto do jeito como Cruel finge estar dando um presente para a gente. Dá impressão de que ele inventou isso tudo só para se vingar da história do futebol. Não que ele seja má pessoa, ou pelo menos não é pior que qualquer um de nós, mas é difícil confiar nele. Não dá para negar que ele é mais esperto que bem-intencionado. Dormiu mal na noite passada, como ele mesmo disse, e, por algum motivo muito próximo do sadismo, deu um jeito de passar sua angústia adiante. Construiu todo um delírio em torno desse banqueiro com o único intuito de me transferir sua insônia.

Volto para o meu lugar, sentado ao pé do muro. Afinal, não posso negar que há certa lógica no raciocínio de Cruel. Talvez devesse dar um pouco mais de atenção à sua hipótese ao invés de rejeitá-la de todo só porque ele é metido a esperto. Seja como for, não é nada que vá me perturbar o sono. Vejamos: eu, em troca de um grande banqueiro? Que tipo de negociação seria essa? O governo brasileiro provavelmente só ganharia com isso um problema jurídico, pois muito me espantaria se o dinheiro roubado voltasse junto com o banqueiro. Além disso, o que a Itália e a Europa levariam em troca? Um restolho dos anos 1970, que já na época era um pequeno sonhador, e hoje é um velho sonhador babaca. Nada para se entusiasmar. Enfim, não estou realmente aflito por desvendar as entrelinhas das conjeturas de Cruel.

Não gosto de passar a vida matutando sobre fantasmas, e muito menos os fantasmas de Cruel. É terrível olhar para a noite interminável enquanto os outros dormem, com o ouvido grudado o tempo todo no estalido da porta blindada do fundo do corredor, que soa a hora de um novo dia sem vida. Eu penso, porém. De dia, de noite, é só o que faço: pensar. Mas, de uns tempos para cá, já não são os fatos jurídicos e políticos em torno do meu caso que dominam as minhas reflexões. De que adianta preocupar-me, se o meu futuro já se foi embora, sem se despedir? Além disso, meus adversários não precisam de complicações diplomáticas desse tipo para me pegar. Meus inimigos não precisam de mais nada, eles já levaram a melhor sobre a História. E quando o tempo e o lugar de onde viemos se diluem no obscurantismo do tempo e do lugar onde se está, a História foge para trás das palavras de um magistrado de capa lustrosa.

Eles tanto já levaram a melhor que não sabem o que fazer com a própria vitória. O que não é tão ruim assim: agora eu finalmente posso dormir.

– Foda-se.

Cruel ergue as grossas sobrancelhas.

– Quê?
– Eu tenho uma reserva de comprimidos milagrosos.
– E daí?
– Você não tem ideia do efeito que eles têm contra os perturbadores de sono, principalmente banqueiros.
– Você é que sabe, eu só falei para o seu bem. Afinal, se eles já te entregaram uma vez em troca de uma estrada de ferro, não é, seriam bem capazes de tentar de novo com um banco ambulante.
– Capazes eles são, mas eu não estou nem aí.
– Às vezes eu não te entendo. Aliás, não sou só eu.
– Como assim?
– Ué, você é esquisito. É esperto, não dá para dizer o contrário de um cara que escreve livros. Mesmo assim, você não é muito certo.
– Num lugar como este, não me parece que seja um grande problema.

— Pois isso é que é estranho em você. — Cruel enfia as mãos com tanta força que por pouco não rebenta os bolsos. — Você tem sempre uma resposta. Pega as palavras no ar, e a sua língua junta essas palavras. Isso não está certo, você tira com a cara de todo mundo.

— Mas eu não disse nada!

— Aí é que está. Outro cara daria uma resposta sensata, sei lá: eu sou normal, o que você tem a ver com isso, ou vai te catar. Você não fala nada, e ao mesmo tempo a gente fica com a sensação de que falou demais. O pessoal aqui não aguenta isso. Percebe o que eu quero dizer?

— Nem um pouco. Por que você não canta junto com o resto do pessoal?

Ele deu uma olhada no grupo e repôs energicamente as mãos nos bolsos.

— Eu tenho mais o que fazer.

— O quê, por exemplo?

— Um monte de coisa, não se assuste, eu me mantenho ocupado. Você é que tinha que escrever um livro sobre a gente. Assunto por aqui é o que não falta.

— Não diga.

— Eu podia te dar umas ideias. Sabe, sempre pensei em escrever um livro. Eu já tentei, mas, depois de uma ou duas páginas, eu desando para a rima. É mais forte que eu. Ela vem sozinha, está em mim. Eu tenho um fraco por poesia, e a poesia, sem querer te ofender, não foi feita para contar as porcarias daqui, não é verdade?

— Mais ou menos. O que houve com o seu olho?

Cruel me lança um olhar furibundo antes de assentar o queixo na gola da camisa.

— Nada — diz ele asperamente —, aqui é tudo uma droga. Já te disse. Ontem de manhã. O idiota daquele pastor da cela 4. Mas esse ladrão de *dízimo* ainda me paga.

A coisa promete. Sem falar que eu finalmente dei um jeito de encaminhar a conversa para assuntos mais cristãos. Insisto sem dó nem piedade.

– Já disse que não foi nada. Foi por causa do pão. Eu estava distribuindo o pão e ele, todo santo dia, tenta enfiar aquela mão suja de padreco na sacola para escolher o pedaço maior. Já pensou, se todo mundo fizesse igual, quando eu chegasse no final do corredor, na sacola só iam sobrar uns farelos misturados com os pentelhos das celas de 1 a 7 – ele se exalta. – Eu estou fazendo o meu trabalho, não dá para ficar me aporrinhando com essas besteiras. O que esse comedor de Bíblia está pensando? Em Deus? Que nada! Sabe o que esse cara acha de Deus? Já te digo. Um dia, ele falou para quem quisesse ouvir que, com uma Bíblia na mão, ele é capaz de ter todo o mundo na palma da mão. E, quer saber, eu...

– O olho.

– O que tem o olho? Já disse. Eu estava fazendo a minha ronda, e quando cheguei na cela 4, ele foi logo esticando a pata. Você já reparou nas mãos dele? Imundas, ele deve ter uma porqueira qualquer na pele, juro. Onde é que eu estava? Ah, sim. Ontem de manhã, eu estava de bom humor. De noite, tinha sonhado com a minha menina. Já te mostrei a foto, lembra, da primeira comunhão dela. Parecia um anjinho. Eu até mostrei essa foto para o juiz, na audiência. Imagina, ele olhou para ela com um olhar feroz e aí perguntou, o canalha, fazendo uma cara de surpresa, se ela era mesmo a minha filha. Já pensou? Em outras palavras, me chamou de corno. Mas você viu a minha menina, e aí, quando lembro que esse padreco de merda tem a pretensão de falar em nome do Deus que a minha filha recebeu, eu fico danado, fico mesmo. Esse cara é um pilantra, um bandido de plástico[8], juro, está enrolando todo mundo. – Ele dá uma risada – Menos você; também, ateu do jeito que é. Aliás, nem sei se não é pior.

8. Na gíria da prisão, "bandido de plástico" significa alguém que não vale nada. (N. A.)

Digo para ele que não sou ateu, mas desisto de me definir com algum outro rótulo, já que isso poderia piorar minha situação.

– Você é o quê, então? Budista?

Confesso certa simpatia pelo budismo.

– Está vendo, bem que eu desconfiava, com essas suas esquisitices. Mas já vou avisando que ele não é um deus. Eu li num livro que Buda é representado como um grande fidalgo, gordo feito um porco, enquanto lá na terra dele as pessoas morrem de fome. Isso é suspeito.

Observo que, segundo minhas informações bíblicas, Abraão, Davi, Salomão e sua descendência também não viviam de dieta. Ele não gosta. Aqui nestas paragens, não se mexe impunemente com o bendito cristianismo. E muito menos pela boca de um gringo. Porque nós, os gringos, "temos tudo, ao passo que eles, os brasileiros, só têm a misericórdia de Cristo".

Também seria vão explicar para eles que os pobres não são um atributo exclusivo do Brasil. Olham para mim como se eu fosse um tratante quando falo nos "sem domicílio" que são encontrados mortos de frio ou fome nas opulentas cidades europeias. Não, um gringo definitivamente não tem o direito de ser um desfavorecido. Cruel não é uma exceção.

– Mas voltando ao seu ateísmo. O seu problema, vou te dizer, é que você tem sempre resposta para tudo, até quando está errado. Isso é coisa do *capeta*, que põe as palavras na sua boca. É muito suspeito, pô. Não falo por mim, eu te conheço, os escritores são assim mesmo. Eles têm que duvidar de tudo, senão, em vez de romance, eles acabavam escrevendo inventários. Aliás, tem um troço que me intriga nessa história: no que é que você pensa quando escreve?

– Na escrita.

Aquilo saiu sozinho. Cruel não gostou, claro.

– Não provoca. Quer dizer, você está ali, sentado no seu colchão, com um papel e uma caneta, que você deixa escondida senão te mandam para a solitária, talvez já com uma ideia na cabeça. Mas como é que você pensa essa ideia? Quer dizer, bem... você entende o que eu quero dizer.

Entendo, sim, ele não precisa entrar em detalhes. Muitas vezes me fiz essa mesma pergunta, mas nunca cheguei a uma resposta exaustiva. No entanto, todo operário, de qualquer tipo, deveria ser capaz de dizer com toda a clareza como procede para realizar sua obra.

Não sei a que categoria de operário eu pertenço. Eu poderia dar uma resposta qualquer e encerrar o assunto. Mas não tenho coragem de jogar para ele grandes teorias de atacado. Escrevo porque é o único jeito de eu me livrar dos meus pensamentos. Além do quê, sinceramente, me sinto mais próximo de um pedreiro que de um intelectual. Um pedreiro que faz seu trabalho de coração encaixa uma pedra na outra, mas não escolhe as pedras que outros vão lhe passando. As pedras vêm parar nas mãos dele, como as ideias do escritor, que surgem de um lugar inesperado. E é com isso que ele vai preenchendo suas páginas, distanciando-se cada vez mais do seu projeto inicial, vai abrindo seu caminho e, quando chega ao fim, já não há mais o que fazer, e ele então experimenta, de início, um sentimento de estranheza, de desapossamento. E depois, aos poucos, reconhece seu tema, no qual enveredou por vias desconhecidas. Já não pode voltar atrás.

Cruel não vai gostar.

– Não sou eu que penso. Eu me deixo pensar pela ideia. Não é nada extraordinário.

Cruel remexe os bolsos, balança o queixo:

— "Eu me deixo pensar". É verdade isso? Puta merda, "eu me deixo pensar". Tem coisas desse tipo nos seus livros? Quer dizer, frases assim são decerto atraentes, enigmáticas, é essa a palavra. Não pense você que eu sou bobo, não, eu sou poeta. Mas o que isso quer dizer, afinal? Você saberia dizer isso em língua de gente? Ou é com coisas desse tipo que você pretende escrever um livro sobre nós?
— Quem botou na sua cabeça que eu estava escrevendo sobre vocês?

Cruel dá uma pestanejada e, se eu não o conhecesse, diria até que está esboçando um sorriso.

— Você quer dizer o contrário, quer dizer que a minha cabeça é que se enfiou nessa ideia — e então, coisa inédita, ele ri francamente. — Ah, gostou dessa. Pois te dou de presente, presente de poeta. Seja como for, todo mundo aqui anda falando no seu livro. Quem ouve acha que tem um monte de personagens principais. Não tem um cara aqui do bloco que não se ache o protagonista da sua história. Se for verdade, eles não vão entender nada quando lerem. Se você "se deixa pensar" por esses vagabundos, imagina no que vai dar. Igual, mesmo que você pegue um por um, cada um com a sua babaquice, mesmo assim eles vão ficar frustrados e ressabiados com você. Que droga de profissão é essa sua.
— Pode ficar tranquilo, não tenho a menor intenção de fazer isso.

Cruel se impacienta:

— E por que, em vez de se preocupar com esses vagabundos, você não escreve um romance de verdade? Um desses tijolões, com pernas de cortar o fôlego no meio da capa fluorescente, e páginas que queimam os dedos da gente? Cheio de acontecimentos importantes. Catástrofes, mortos empilhados. Olha só, tive uma ideia, e eu é que tive, não foi ela que me teve. Aqui mesmo, por exemplo, está vendo, aqui mesmo. Nem precisa buscar em outro lugar. Bem. Estamos todos aqui, tranquilos. Quer dizer, não exatamente tranquilos, afinal estamos em cana, mas enfim, você entendeu. A gente não espera nada, é a maldita rotina: chama um para um cigarro, outro para um biscoito, um terceiro para mandar ele pastar, grita pela marmita que está atrasada, e assim por diante, dia após dia; nada de novo, um tédio só, a ponto de uma revista violenta ser quase que bem-vinda. Pois é, de matar. Enfim, lá estamos nós arrumando a cela devastada pelos agentes, quando de repente um rumor surdo começa a se espalhar. Um som nunca antes ouvido, que dá medo, cada vez mais forte, não se sabe de onde ele vem, todo mundo entra em pânico, as privadas regurgitando de merda, tudo rebentando por todo lado, mãos na cabeça, sempre se protege a cabeça quando não se sabe de onde vem o golpe, a gente corre para a direita, corre para a esquerda, tudo treme, a gente se agarra na grade, quer sair daqui, os agentes jogam fora as chaves e saem correndo, estamos trancados, de repente um silvo de rebentar os tímpanos, entendeu – Cruel está ofegante –, num crescendo, alguém já começa a sangrar pelas orelhas, o chão começa a subir e descer, cada vez mais depressa, a terra, o céu, o telhado, a ferragem, tudo se põe em movimento, ao mesmo tempo, o padreco da cela 4 arranca os cabelos, se bem que ele já não tem muito cabelo, berra ordens para as suas ovelhas, quer que elas se ajoelhem, metade obedece, sempre tem os idiotas, a outra metade xinga, o Deus dele não está aí, teve um impedimento, um engarrafamento, você inventa – Cruel retoma o fôlego. – Quer dizer, um inferno, é o fim, todo mundo já percebeu, os detentos se deixam arremessar de uma parede para outra, já não reagem mais, os chacoalhões chegam ao máximo, o concreto se abre sob os nossos pés, só rachaduras, os muros desabam, as grades entortam, parecem cabelos sobre a brasa, muito boa essa imagem, e então, assim como começou, o barulho cessa, de repente. Está todo mundo com as mãos na cabeça, a cabeça entre os joelhos, olhos fechados, assim. O padreco está com uma perna presa nos escombros. Aos poucos, os outros vão tomando consciência da situação, já não existe bloco, pátio, portas, janelas, muros, agentes, já não existe mais nada. Só existe, quero dizer, como uma miragem, uma luz brilhando lá longe. No começo, a gente acha que são as luzes fluorescentes da entrada. Mas não existe mais entrada! Mas, então... A gente vai se mexendo devagarinho, esfrega os olhos e... é o sol! Ficamos todos boquiabertos, não dá para acreditar, era impensável o sol do lado de cá, o sol ascendente, entende, ninguém nunca tinha visto. Estão felizes e atordoados ao mesmo tempo, é preciso se mexer, fazer alguma coisa, mas eles ficam como que paralisados e aí, aí vem você! Parece justo, no fundo, que você seja o herói, já que a trabalheira vai ser toda sua. Aí você começa a andar sobre os escombros, não chega a ser como Cristo sobre as águas, mas, mesmo assim, a diferença salta aos olhos. Você avança cada vez mais depressa, a luz é ofuscante, me avise se eu estiver exagerando, mas já dá para ver a avenida cheia de carros rebentados, ouve-se o padreco gritar por socorro, alguém menciona a mãe dele, você para um instante e olha para trás, estamos ali como um só homem, não vamos te largar, de agora em diante vamos te seguir por toda parte. Estamos livres, porra, a rua está ali, você é o nosso guia. Vamos lá, pessoal!

Cruel se deixou envolver por sua história, já não consegue parar quieto. A alguns metros dali, Zeca, que se juntara aos cantores e batia o ritmo numa garrafa plástica, olha para nós e nos reprova, mas eu o ignoro. A curiosidade é mais forte que a vergonha de ter me deixado envolver. Espero pela continuação.

– E aí?

Os punhos cerrados formam duas bolotas nos seus bolsos. Cruel acaba de cair de volta no pátio, não está sendo uma feliz aterrissagem.

– Bem, aí você vai ter que se virar sozinho, feito um menino crescido, e a primeira coisa vai ser se livrar de todos os idiotas que estavam te seguindo. Ora, também não dá para eu escrever a história inteira para você!

Dizendo isso, sai devagar para um canto afastado dos demais. E, principalmente, bem fora do alcance do olhar severo de Zeca, que, nesse exato momento, pega os outros de surpresa entoando uma nova música, cuja letra, em minha opinião, é especialmente dirigida a mim:
Vou contar o que nunca vi pro sertão e pra cidade / Nunca vi guerra sem tiro / E nem cadeia sem grade / Nunca vi um prisioneiro / Que não queira a liberdade / Nunca vi um mato-grossense / De medo andar tremendo...[9]

O que o Zeca decerto quer, com suas estrofes, é me alertar, me lembrar um incidente ocorrido não mais de quinze dias atrás. Foi durante uma revista geral de rotina.

É preciso saber que estamos num pequeno estabelecimento piloto. Aqui vêm fazer seu treinamento agentes que serão mais tarde enviados para os Presídios de Segurança Máxima, onde poderão aplicar seu rigoroso aprendizado em detentos considerados "perigosos e irrecuperáveis". Enquanto isso, nós lhes servimos de cobaias. Nosso bloco não passa de uma toca, uma carceragem abrigada na delegacia central. Ainda assim, e por misteriosas razões, alguns de nós chegam a ficar aqui vários anos.

A revista faz parte dos tais cursos de formação, e nossos bravos agentes a cumprem com vontade. Na semana seguinte a esse viril exercício, são substituídos por novos aprendizes, de modo que essa é a última oportunidade que lhes resta de mostrar de que fibra são feitos.

Nós, detentos, obviamente não sabemos qual é a data do tal exame. Mas o momento sempre se deixa anunciar por uma atmosfera insólita. Uma tensão no ar que se espalha de uma ponta à outra do bloco e só se explica por detalhes aparentemente insignificantes: a imperceptível mudança de atitude de um dos agentes; a maneira como gira uma chave na mão; um olhar fugidio; passadas menos ruidosas. Sinais que não escapam à percepção aguçada dos detentos, mas não são suficientemente tangíveis para constituir um alerta claro.

---

9. *Bandeira Branca*, de Tião Carreiro e Lourival dos Santos. (N. A.)

Nesse dia, foi logo depois da marmita do almoço, na hora em que o calor seco de Brasília rarefaz o oxigênio do ar, a ponto de as próprias moscas relaxarem seu voo. O ronco do gerador de energia foi subitamente abafado pelo estrondo da porta dupla de acesso ao bloco, batida com tal violência que não restava a menor dúvida quanto ao que viria em seguida. A partir daí, tudo transcorre muito rapidamente. Antes de qualquer esboço de reação por parte dos reclusos, o bloco é assaltado pelos agentes: uniformes pretos, óculos pretos, cassetetes pretos, fuzis de pressão pretos, bombas de gás pretas, as cabeças são raspadas e somente a do chefe é preta. No espaço exíguo vibram ordens gritadas por gargantas bem molhadas. É preciso molhar a garganta para ter coragem de apontar para os cerca de quarenta detentos prostrados, agrupados atrás do aço de várias grades e que, a prudência obriga, ainda seriam capazes de opor resistência a golpes de unhas e dentes. Em poucos segundos, estamos todos pelados, sentados direto no chão, de frente para a privada, cabeça abaixada, pernas afastadas, cada qual bem grudado no traseiro do outro: "Vamos, seus merdas, se mexam; se apertem aí, seus merdas; queixo grudado no peito, seu merda, estou mandando; o primeiro que tirar os olhos dos colhões, se é que tem colhões, a gente quebra a cara, seus merdas; você aí, seu merda, empurra a linguiça para o cu, você é veado ou o quê, seu merda". Enquanto isso, somos proibidos de falar, de fazer barulho ao respirar, de tossir, se mexer nem pensar. Erguer imperceptivelmente a cabeça seria uma provocação grave, podendo acarretar lamentáveis consequências.

Os berros raramente duram mais que cinco minutos depois da entrada em cena. Trata-se de uma espécie de apresentação da orquestra e de seus instrumentos. A abertura da sonata propriamente dita, com inflexões wagnerianas, é dada em seguida por uma cadência em crescendo de ruídos secos produzidos pelos saltos no piso de concreto. Os sons metálicos fazem sua entrada abruptamente com rangidos ritmados, dezenas de algemas se abrem e se fecham. O tempo é marcado pelas triplas batidas de cassetetes, primeiro contra a parede, depois rebatendo com estrondo na grade.

Não sei dizer com precisão quanto tempo dura essa primeira parte. Acachapados pela surpresa e pelo poder instrumental, prostrados de medo de levar um golpe na cabeça, o tempo deixa de existir, assim como qualquer referência física e sensorial. Nós agora não passamos de "merdas", acreditamos nisso piamente e estaríamos até dispostos a clamá-lo cem vezes seguidas, caso os agentes permitissem. Antes, não era proibido. Lembro que, quando cheguei, durante uma dessas brilhantes operações de estímulo à reinserção social, o detento ainda era autorizado a responder, para que ninguém tivesse dúvida: "Sim, senhor, o merda aqui entendeu". Parece pouca coisa, mas essa pequena concessão era um alívio. Pelo menos nos dava a possibilidade de extravasar um pouco a tensão, pois a palavra "merda", quando bem pronunciada, é um excelente estabilizador de energia.

Não sei dizer se os agentes acabaram descobrindo que gritar "O merda sou eu" nos fazia bem, se viram nisso uma improvável ironia ou se foi por simples ciúmes de sua palavra favorita que acabaram por detonar a cara de alguém. O fato é que nenhum detento, nem mesmo o indomável Zeca, teve mais coragem de chamar a si mesmo de merda em voz alta. Se bem que, para mim, não chegou a ser pior, pois sempre tive dificuldade em declarar publicamente minhas virtudes.

Quando a revista chega a galope, dou um jeito de ficar na última fileira, evitando assim ficar ensanduichado em aproximações demasiado íntimas. O que, evidentemente, me expõe ao risco de levar, se lhes der na telha, a primeira cacetada ou bala de borracha nas costas. Mas há sempre um preço a pagar por esses velhos preconceitos acerca de reações físicas involuntárias causadas por uma mescla de estresse com abstinência sexual. Isso é um pouco de paranoia de minha parte, pois não creio que Gordinho, Zeca, Pata Louca e os outros da minha cela fossem capazes de se entregar libidinosamente a entretenimentos desse tipo, calejados que estão no papel do merda inveterado.

Os agentes dão seu show e muitas vezes não se limitam aos efeitos psicológicos. Ficamos ali de costas e nunca sabemos o que pode acontecer. Nem se os agentes invadiram apenas a nossa cela ou todas ao mesmo tempo. Este é um dado importante, porque, quando concentram a ação numa única cela, pode-se esperar o pior. Mas isso a gente só vem a saber depois; por ora, esperamos até eles revistarem, quebrarem, espezinharem nossos parcos pertences, esperamos que cesse esse barulho que ecoa em nossas cabeças baixas, amassadas nas espáduas do detento da frente, as vibrações do piso sob os golpes ininterruptos. Nossos corpos retesados, buscando a insensibilidade, tornam-se a embalagem de feixes de nervos e farrapos de pensamentos contorcidos. Às vezes acontece de a embalagem ceder à pressão e um grito escapar. Não propriamente um grito, antes um som inarticulado que força a barragem e ricocheteia na falange da ordem. Uma nota desafinada. O "merda" de um provocador abre sua boca de esgoto. Escondo a cabeça o melhor que posso, eles poderiam ver meus pensamentos, descobrir o esconderijo onde guardo minhas canetas, há várias delas no buraco. Eles vão achar o lugar, vão fazê-las em mil pedaços e nos obrigar a engoli-los. Uma caneta, aqui, constitui uma infração. Um livro também. Eles não gostam, são coisas que os enchem de raiva. O esconderijo está bem ali, do meu lado, basta eu virar minimamente a cabeça para saber se eles já o encontraram. Mas não devo, eles espreitam nossos olhares e vão direto para cima. Já devem ter quebrado tudo. Alguns ficam buscando, enquanto os outros seguem batendo com mais e mais violência no chão, nas paredes, nas grades, ou numas costas não tão curvadas como deveriam. Não vejo nada, só sinto, estão espalhando pasta de dente em nossas camisas, eles sempre fazem isso. Com os músculos tensos até o ponto do espasmo, sinto dor em tudo. Preciso me mexer, só um pouco, mudar de posição, nem que seja um centímetro. Dobrar a perna, assim, endireitar imperceptivelmente as costas e deslocar o peso do corpo para a outra nádega. Pronto. Eu agora poderia avistar o esconderijo, uma rápida olhada para a direita; poderia, mas não devo.

    Cruel jura que, durante a revista de sua cela, quando virou o rosto na direção do esconderijo, este já tinha sido esvaziado pelos agentes. É bem possível, não existe esconderijo seguro. Infelizmente, porém, ele de fato se mexeu: Cruel cedeu ao jogo dos agentes, Cruel é culpado, a honra de Cruel sofreu um golpe daqueles. O prejuízo foi, aliás, considerável: três esferográficas quase novas, dez comprimidos para dormir, seis aspirinas, além de um precioso corta-unhas. Duro de engolir, impossível de esquecer. E Zeca, mesmo não tendo sido em sua cela, não é dos mais indulgentes. Essa é uma questão de honra, e ele não esquece.

Capítulo 7

Não havia nem um sopro de vento em Copacabana naquela noite. Uma chapa de ar quente e úmido cobria a cidade.

– Vai chover – disse Janaína –, é sempre assim antes da chuva.

Minha camisa grudava na pele, Janaína passara o braço úmido sob o meu e caminhávamos em direção ao Real Residence como dois namorados recentes com pressa de chegar à cama. Essa era exatamente a impressão que ela queria passar. Eu suava muito, e aproveitei a desculpa para soltar meu braço do dela. Estava sem graça. Era apenas impressão, mas sentia sobre mim os olhares de censura das pessoas com que cruzávamos. Julgava ler seus pensamentos: olha aí o gringo velho levando uma das nossas garotas, eles acham que podem tudo. Era o que eu pensaria se estivesse no lugar deles. Janaína abria caminho de cabeça erguida, com seu troféu vacilante ao seu lado.

Eu estava atônito de ver a naturalidade com que Janaína se movia naquele ambiente de enganação. O pelotão dos recepcionistas nos seguiu com os olhos desde a entrada do hotel até a recepção. Aquele que parecia ser o gerente franziu o cenho. Não consegui sustentar seu olhar enquanto, com seca cortesia, pedia-me os documentos da senhorita.

Janaína hesitou por um momento, tempo suficiente para eu sentir o chão se abrir sob os meus pés: seria ela menor de idade? Sem pressa, ela procurou na bolsa, desfrutando ao máximo o meu constrangimento. Então pôs a identidade sobre o balcão e, num gesto típico de profissional, virou-se para um espelho a fim de conferir a maquiagem. Por fim, pegou de volta o documento com dois dedos e o sacudiu ostensivamente diante de meu nariz. Uma expressão amarga, acentuada por um sorriso cruel, alterou por um instante sua fisionomia de menina. Havia às vezes em Janaína algo de monstruosamente sério. Ela tomou a dianteira e entrou no apartamento como se estivesse chegando em casa, deteve-se um momento no meio da sala, percorreu com o olhar a grande poltrona revestida com um tecido metálico que combinava com a mesa de centro, com o inox polido da cozinha e a esquadria da janela. Reparou na minha mochila ao lado da porta de entrada, sorriu maliciosamente ao ver as roupas espalhadas, e foi para a sacada.

Cotovelos apoiados no parapeito e o olhar pensativo pousado no morro em frente, sussurrou qualquer coisa para a lua amarela que se escondia entre os ramos cobertos de musgo de uma alta amendoeira.

Virou-se para mim, sorridente:

– É legal seu apartamento.

Fiz que sim com a cabeça, refletindo que não poderia mantê-lo muito mais tempo devido ao aluguel caro demais para os meus parcos recursos.

Olhando para a porta do quarto, ela dirigiu-me um sorriso de cumplicidade antes de abri-la, apenas o suficiente para dar uma olhada. Ouvi-a dar um gritinho de admiração, e ela correu para dentro. Quando entrei, estava estendida de bruços, pernas e braços abertos no meio da cama de casal. Engoli em seco. A saia arregaçada deixava à mostra duas nádegas bem firmes e redondas. Eu nunca tinha tocado uma pele assim. Mas havia quanto tempo que eu não tocava a pele de uma mulher? Cheguei a sentir vertigem, tentei me livrar da turbulência sentando na beira da cama de costas para ela. Mas não pude resistir à tentação de continuar devorando com os olhos aquele corpo que se oferecia sem reticências. Ela estava em minha cama, era uma garota apetitosa, e agora podia ser só minha.

Com o rosto amassado na colcha, ela respirava ruidosamente. Súbito, ergueu a cabeça e vislumbrou meu olhar no espelho do armário. Sorria para mim, estava excitada. Um pensamento rapineiro surgiu nos seus olhos, ficou ali um instante antes de sumir. Lentamente, ela esticou o braço e o colocou no meu ombro. Durante alguns instantes, apalpou com os dedos finos meus músculos retesados e então, de improviso, agarrou minha camisa e me puxou para trás. Em cima dela, meu rosto entre suas mãos, sua boca junto à minha. Sua língua era adocicada. Foi um beijo curto e violento, e então ela se apartou bruscamente. Fiz um gesto para segurá-la, queria sentir seu corpo contra o meu, queria tê-la, agora mesmo. Mas ela se soltou num gesto rápido e saltou da cama. Dando-me as costas, começou a se despir. Quando não restava nada além da pele, virou-se de frente. Sem dizer palavra, veio sentar-se ao meu lado e se pôs a desabotoar minha camisa. Sua mão foi descendo, meu sexo doía de tão duro. Quando a penetrei, ela cruzou as pernas nas minhas costas. Agitava-se em meu abraço, suas investidas eram fortes, cada vez mais rápidas, eu ia gozar, ela entreabriu a boca, gemeu como se tivesse tocado os limites do orgasmo.

A casa tinha a sólida aparência da nobreza. Parecia um desses castelinhos europeus construídos em meados do século XIX nas reservas de caça. Mãos nos bolsos, cabisbaixo, eu perambulava no jardim ao redor, entre os plátanos e carvalhos cuja folhagem se erguia alta rumo ao céu azul. Ia cuidando onde punha os pés, pois o chão estava coberto de folhas secas e galhos caídos ao longo de muitos outonos. Fui me afastando, a casa aparecia entre as árvores ou entre os desníveis do terreno. Podia vislumbrar o pesado portão que ficara entreaberto e, no piso superior, metade de uma janela, pendurada nas dobradiças, balançando suavemente ao som ritmado de um inseto ferido. Do telhado, verde de musgo, surgia um pedaço de chaminé encimado por uma bola de folhas e ramos finos: um ninho de passarinho, único sinal, por ali, de vida recente. Eu andava, sempre espiando a casa de longe. Estranhamente, aquele estado de abandono me parecia absolutamente normal. Eu estava em casa. Não sabia desde quando, nem por que morava ali, mas o certo era que acabava de sair daquela casa e, dali a pouco, teria de tornar a entrar, pois o céu vinha se carregando de chuva e eu não gostava de ficar no jardim quando não havia mais sol. Aliás, também não sabia por que tinha saído. Eu era o único habitante, isso também parecia ser normal, como se não pudesse ser de outro jeito, por isso eu não tinha nenhuma sensação de tristeza ou solidão. Estava desprovido de qualquer lembrança, não pensava em nada, o mundo em volta estava amorfo, o próprio vento arrancando as folhas das árvores cumpria sua tarefa em silêncio.

Estava para entrar em casa. Súbito, chegou a mim um som de vozes. Eram, de início, ininteligíveis, e então, aos poucos, como saindo de um rádio de que se aumentasse paulatinamente o volume, as palavras começavam a se distinguir uma da outra, formando frases completas, uma conversa. Várias pessoas falavam ao mesmo tempo, vozes de homens, mulheres, risos infantis. Era estranho ouvir vozes naquele lugar, mas havia algo ainda mais preocupante. Não pelo que diziam, que pouco me interessava. Mas falavam em francês, e aqui não era a França. Era um lugar longe, muito além, que não constava em nenhum mapa, nenhuma estrada conhecida, era apenas o meu lugar, era lugar nenhum. No entanto, havia gente ali, do outro lado do muro musguento que cercava o topo de minha colina, lá embaixo, perto de uma fonte, e essas pessoas falavam francês.

Falavam de mim. Turistas perdidos? Corri até o muro nos fundos do jardim, apoiei os cotovelos no musgo escorregadio e me debrucei para olhar. Estavam todos ali, sentados em volta da fonte, a uns trinta metros mais embaixo. Seus sapatos estavam cobertos de lama, eles não comiam, não bebiam, não se mexiam, falavam de mim. Intrusos. Faziam sinais em minha direção, sem nunca erguer a cabeça, falavam sem parar, isso estava me dando nos nervos.

— Ei, vocês aí, é em mim que estão tão interessados?

Não escutei o som de minha voz, mas eles sim, pois todos ergueram a cabeça ao mesmo tempo. As crianças pararam de pular na lama. Uma mulher de cabelo castanho oleoso e um homem barbudo retrucaram a uma só voz:

— De jeito nenhum, meu senhor, o nosso ônibus está logo ali, no fim da trilha.

A essas palavras, levantaram-se todos e olharam na direção de outro morro. Estavam indo embora, eu os perturbara, fiquei meio arrependido, mas fazer o quê?

Assim que dei as costas para o muro (naquele momento tinha a impressão de que já não era apenas uma cerca, e sim uma muralha intransponível que me protegia, ao mesmo tempo que me isolava, do mundo inteiro), as vozes retornaram, todas juntas. Eles agora pronunciavam meu nome e sobrenome, diziam:

— É ele, deu para reconhecer, ele mora aí, não tem vergonha na cara.

Imediatamente, dei meia-volta e tornei a me debruçar no muro.

Homens, mulheres e crianças, agrupados e mãos unidas sob o queixo, olhavam para cima, e seus rostos de pele lisa, artificial, eram terrivelmente inexpressivos. De repente, já não eram mais turistas, já não se pareciam com nada, nada deste mundo. Era só uma aparição fantástica à qual fora dado o dom da palavra num lugar onde isso não estava previsto.

— Vergonha de quê? — palavras que me ferem a garganta, parecem saídas de um cano de esgoto entupido.

– É ele mesmo – gritou uma voz de homem –, tenho certeza.

Senti um arrepio. Por que aquelas janelas condenadas com tábuas pregadas em cruz, aquela tinta inchada de umidade, com placas caídas em mil pedaços em meio aos lilases silvestres? Será que, sem me dar conta, tinha entrado em alguma propriedade vizinha? Pensei nisso tudo rapidamente, buscando alguma saída para aquelas esquisitices, mas, no fundo, sabia que não havia engano algum, que eu estava mesmo em minha casa e que aquelas pessoas não gostavam de mim.

Corri desabalado por um terreno inclinado enquanto eles, os intrusos, subiam rapidamente ao meu encontro. Agitavam os braços acima da cabeça, gritando palavras obscenas. Então gritei também. Mais alto que eles. Hesitei quando o primeiro chegou à minha altura, ele estava tão próximo que tive medo de um contato físico. Como se, pelo simples fato de tocá-lo, pudesse descobrir algo pavoroso. Ele apontou o dedo para mim, os demais já estavam bem perto, então explodi num grito que me dilacerou o peito. O homem continuava apontando o dedo para mim. "Você não existe", gritei. Movi o braço para afastá-lo, mas, para minha imensa surpresa, antes mesmo que eu o tocasse, o homem se encolheu e desabou feito um fantoche de papel. Encorajado, pus-me a correr em todas as direções e, toda vez que topava com algum deles, bastava gritar "vocês não existem, vocês não existem" para que fossem caindo, um a um, os membros se apartando do tronco, qual bonecos desconjuntados. Eu continuava correndo, descendo o declive, queria alcançar todos eles. No fim, quando me dei conta de que já não havia mais ninguém, estaquei de chofre. Em pânico, apontei então o dedo para o meu próprio peito e gritei o mais alto que podia: "Você não existe!"

Acordei sentado na cama, cabelos grudados de suor. Ao meu lado, Janaína dormia em posição fetal. Chupando o dedo.
Passei o resto da noite sentado na beira da cama. Já me acontecera sonhar algo parecido, certa noite de verão, em Milão. Naqueles

tempos de transição entre a efervescência revolucionária pós-68 e o baixo-astral dos anos 1980, eu vagava, com os outros todos, na névoa de uma clandestinidade sem volta e sem outro objetivo que não sobreviver. Éramos o que restara de um pequeno exército em debandada. Naquela noite, encontrei abrigo no apartamento de uma garota que, sabia de antemão, não me recusaria a sua cama. Fizemos amor como dois desesperados que se acabam num instante de prazer. Acordei no meio da noite em sobressalto. Não recordo o pesadelo em detalhes, mas a sensação de uma terrível vulnerabilidade era muito parecida com a vergonhosa frustração que senti naquela noite no Rio, trinta anos depois, quando, como daquela vez, acabava de fazer amor com uma mulher que eu julgava não me desejar a ponto de não poder passar sem mim: a covardia do homem em fuga.

Janaína continuava a dormir feito um bebê enquanto eu deixava afluir, desde a aurora de minha fuga, um rio de recordações. Com a garganta apertada e os mesmos batimentos cardíacos de trinta anos atrás quando, numa Milão ainda adormecida, a polícia ocupou o prédio e derrubou a porta do nosso apartamento.

Lembranças apenas. Sem qualquer relação aparente com o tempo presente. Ainda assim, deixei-me pouco a pouco invadir pelo medo de que a História se repetisse. Era difícil não me sentir impotente em face da sensação de um perigo iminente. Apeguei-me ao Rio, ao Brasil, tão distante de meu passado, ao cheiro forte da flora tropical que penetrava em meu quarto pela janela aberta, que dava para um *morro* de Copacabana. Queria acreditar na proteção oferecida por essa distância, mas algo dentro de mim tinha cedido, uma brecha aberta ao vento da fuga. Que bobagem.

Levantei-me para ir afogar os maus presságios na cozinha e, de repente, quando abri a geladeira, os acontecimentos da véspera me voltaram à mente com o estalar de uma bofetada. Janaína vinha correndo atrás de mim, estava me seguindo, não havia dúvida alguma, mas isso ainda podia se explicar como sendo o capricho de uma garota que vira a oportunidade de provar seu poder de sedução ao "amigo da família".

Aquele que lhe abriria as portas do mundo dos adultos, o homem vindo de longe, carregado de mistérios aos quais ela teria acesso mediante um simples rebolar de quadris. Mas eu não tinha certeza de que o objetivo de Janaína fosse assim tão inofensivo. Era meio estranho encontrar com ela exatamente no bairro onde eu morava, a dezenas de quilômetros de sua casa. Ao pegar a garrafa de água, revi os momentos passados, na véspera, no balcão da recepção. O homem que parecera ser o gerente, eu nunca tinha visto antes, embora já estivesse hospedado no Real Residence desde algum tempo e conhecesse de vista os membros das três equipes que se alternavam nos diversos serviços do andar térreo. Mas aquele fortão, que o brilhante na orelha e a falta de gravata não tornavam menos austero, pedira secamente os documentos de Janaína e, em seguida, mesmo não me conhecendo, abrira o armário das chaves e pegara a minha sem a menor hesitação e sem a ajuda dos colegas. E não era só isso. Ao chegar no meu andar, Janaína saíra do elevador e seguira maquinalmente na direção certa antes de estacar, instantes depois, exibindo um ar confuso.

Pus a garrafa de água de volta no lugar e peguei uma cerveja.

Quando voltei para o quarto, Janaína estava sentada na cama, os braços em volta das pernas dobradas, a testa apoiada nos joelhos. Ergueu a cabeça e seu olhar cortou o ar em direção ao meu rosto. Nesse instante preciso, meu ser inteiro estremeceu. Lembrei-me de Áurea. Com muita força.

Decerto disse alguma sandice antes de voltar à sala a fim de terminar minha cerveja, bobamente absorto por uma pintura abstrata pendurada na parede.

Eu não dormira quase nada. Depois de uma ducha fria e uma xícara grande de café preto, saí do apartamento a passos céleres. Na hora do café da manhã, a equipe diurna se juntava com o pessoal da noite para realizar as diversas tarefas matutinas. Percorri o andar térreo em todos os sentidos, mas nem sinal do fortão de brinco. Saí.

Chovera antes do amanhecer, o que tornara o ar límpido e fresco. Os coqueiros da avenida Princesa Isabel brilhavam aos primeiros raios de sol. Andei até o quiosque, comprei um jornal, cigarros e um isqueiro, já que deixara o meu sobre o criado-mudo com algumas notas, dinheiro suficiente para que ela pudesse se virar, e um bilhete de desculpas. Instalei-me na esplanada de um café no outro lado da avenida, bem em frente ao Real Residence. Sem saber ao certo quais eram minhas intenções, deixei-me absorver na leitura do jornal.

Não há nada mais eficaz que a privação de liberdade para nos dar uma nova consciência da importância de certos momentos de prazer, mesmo sujeitos à rotina. Aqui neste bloco, não passa um dia sem que eu relembre, com um aperto no coração, meus passeios matinais no Rio: o jornal e um café; as pessoas atrasadas se amontoando nos pontos de ônibus; as carrocinhas transbordando de frutas, empurradas por braços fortes, negros, ziguezagueando entre as filas de carros; os garis apoiados em suas vassouras; os olhos brilhantes dos estudantes; a vida frenética do verdadeiro Rio. O mesmo que se agitava diante dos meus olhos toda manhã, após o fechamento dos bares noturnos e pouco antes de os turistas despertarem. Aquela era a cidade que eu amava. Um Rio autêntico, povoado de cariocas e imigrantes nordestinos, do *cafezinho* preto por alguns centavos, sem os quais a cidade maravilhosa não passaria de um grande *shopping center* para turistas de gosto convencionado.

Eu adorava minhas pequenas rotinas cariocas. Mesmo que às vezes me acontecesse, sem outro motivo que não o de passar o tempo, de me perguntar, entre dois *cafezinhos*, por que eu tinha nascido e vivido naquelas circunstâncias e não em outras, menos complicadas e tão interessantes quanto, simplesmente porque o destino havia decidido assim. Existem outros destinos, como, por exemplo, viver tranquilamente a vida, e por que não na minha terra, no lugar onde eu abrira os olhos pela primeira vez, e mantê-los abertos no mesmo horizonte até o dia agonizante que não mais voltará.

Naquela manhã ensolarada, num bar defronte ao Real Residence, eu refletia que a minha vida transcorreria um pouco mais serena se eu não sentisse, por exemplo, a necessidade de ficar ali sentado espionando minha amante de uma só noite.

Ao sair do apartamento naquela manhã, deixara pendurado na porta o cartão verde para a faxineira. Com seu passe, ela entraria no apartamento às nove em ponto, acordando Janaína, que não ousaria permanecer na cama em minha ausência.

Eram 9h45 quando vi Janaína saindo do Real e se afastando em direção à praia. Estava com o cabelo molhado e o semblante baço. Preparei-me para segui-la, mas ela parou em seguida, misturando-se às pessoas que esperavam o ônibus no ponto. Vi que ela tirou um MP3 da sua bolsinha cor-de-rosa e, antes de grudá-lo nos ouvidos, deu uma olhada ao redor. Afastei um sentimento de culpa porque, durante a noite, embalado pela cerveja, eu a convidara para almoçar e depois acompanhá-la até a casa de Sandra. Mas, no instante seguinte, ao vê-la aos risos com um sujeito de músculos reluzentes, reconsiderei o valor dessa promessa.

Descontraído, o homem pôs a mão no seu ombro, enquanto dizia alguma coisa que ela achou engraçada. Vendo assim, mais pareciam dois velhos amigos que se encontram por acaso do que prováveis amantes. Pelo menos era o que pensaria um europeu ainda não habituado à alma de um país em que o contato físico não necessariamente implica algum tipo de relação.

Janaína parecia contrariada ao sair do Real. Agora, exalava alegria de viver, de ser admirada. O homem musculoso comunicara-lhe rapidamente sua alegria, e ela em seguida se fora para um mundo deles dois. Aquele mesmo mundo que eu teimava em recusar por medo de me perder nele.

Aquela exclusão mergulhou-me em dolorosa melancolia. Eu conhecia bem demais esse estado de ânimo, o suficiente para saber que não seria fácil me livrar dele. Era uma pesada mescla de sentimentos, desses que acompanham uma decepção ou uma angústia espiritual. Não se trata propriamente de uma negra percepção do mundo, mas antes de uma negridão que está na gente e que o mundo externo às vezes gosta de despertar para nos lembrar da nossa vulnerabilidade frente ao desconhecido. É uma febre negra, não benigna porque anuncia um mal pior. E pode acontecer de a gente sentir essa mesma dor difusa, não por melancolia, mas por falta de melancolia. É o que se chama de "paixão negra". Para dar uma ideia do que se trata, tem mais a ver com a negrura que às vezes acomete meus colegas de bloco. É assim que eles falam, para que a gente os deixe em paz nesses momentos de baixo-astral: *Pode deixar, irmão, vou ficar com ela.*

A paixão negra é algo que, na prisão, se respeita. Aqui, ela não raro é tão densa que daria para tocá-la. Falo desse recluso que fica fitando o teto à espera de que um estalido seco de aço com aço venha anunciar-lhe uma visita, dar-lhe um sinal de vida. Falo também de um assobio repetitivo, refrão de uma canção incessante; de uma foto de mulher colada ao lado do travesseiro; da voracidade pela marmita, uma forma de preencher o vazio com algo concreto; dos olhos sem olhar; das palavras que escapam e logo são detidas por um suspiro; daquela que vem ao parlatório acompanhada por outro, e de mim que sorrio para os dois; do sorriso esquecido de uma esposa; do gato que agora ronrona no colo de outro; de mim, mais uma vez, refletindo-me nisso tudo; de uma pergunta suspensa no ar, e sua estúpida resposta; do enésimo requerimento negado; de uma raiva exibida e de um choro mal disfarçado; de uma carta relida do avesso; de uma tatuagem queimada com cigarro; de um bolo passando de uma cela para outra e mãos ávidas esperando por ele; de uma discussão violenta terminada em risos; de um sussurro com cheiro de morte; de uma escova de dentes com os pelos cortados pelos agentes, e de Zeca, que recompôs o cabo com plástico queimado; do orgulho de ser infeliz como mais ninguém; dos dias sem barulho; de um grito obsceno rasgando a noite; do sono, precioso; de tudo o que está sempre alhures; das histórias de liberdade nunca vividas; das lágrimas de honra e das rezas covardes; daqueles que chegam; daqueles que se vão com suas resoluções que os reconfortam; do nosso companheiro Maguila, que vai matar seu advogado por causa de uma tevê que este tirou das crianças em paga de seus honorários; do silêncio que lambe as nossas feridas.

Capítulo 8

O prisioneiro não se livra de sua paixão negra como de uma dor de dentes. Pelo contrário, arrasta-a o quanto puder para mostrá-la a todo mundo e, mais que nada, provar que ele ainda existe enquanto homem, livre e capaz de escolher entre uma feroz negação desta vida ou uma estoica participação nela. É pela dignidade com que carrega sua dor que um novo prisioneiro traz uma amostra de "liberdade" para este lado de cá do muro. Mas, atenção, não há que confundir a nobreza da paixão negra com a frustração de um espírito revoltado. Como era o caso de Nem, um jovem gorducho que chegou entre nós nos meados do verão.

Nem foi preso com os pés mergulhados na fonte luminosa, perto da torre da televisão. Por causa de uma longa caminhada, justificou para os policiais que o tiraram de lá, junto com seu cartaz, que trazia os seguintes dizeres: "O povo soberano pede mais repressão e menos escola; mais policiais e menos médicos; mais novelas e menos livros; mais *cheeseburger* e menos churrasco". Mas não foi esse interessante cartaz o motivo de sua prisão. Isso lhe valeu, no máximo, uns minutos de fama. Sua solitária manifestação de apoio ao "realismo" de nossos tempos foi, com efeito, muito bem recebida pelas forças da ordem. Assim, nosso bravo Nem, embora um tanto desconcertado pela curiosa repercussão de suas reivindicações, foi brindado com uma aparição no telejornal nacional das 20 horas. O bloco inteiro aplaudiu o bochechudo na tevê, tirando seus Nike tinindo de novos para dar a seus pés gorduchos um merecido refresco. Com sua bonomia, que não se atinha à sua fisionomia, mas incluía também seus comentários e risos, não teria sido difícil para Nem ser bem acolhido entre nós. Isso se, logo ao chegar, não tivesse se sentido obrigado a explicar o ultrajante equívoco midiático de que, segundo ele, tinha sido vítima devido à sua ironia mal compreendida.

Aquilo nos pegou de surpresa. A gente aqui gosta de coisas claras, enfim, a gente quer saber a quantas andam.

Mesmo depois de sua inoportuna declaração sobre a suposta sátira política do seu cartaz, Nem podia ter conseguido alguma paz por aqui, e também alguns cigarros. Mas, aí é que está, com o Nem sempre tem um mas. Quanto a mim, tenho certeza de que, no fundo, era um cara legal, só que ele não se esforçava. Quando não estava animadamente insultando todo mundo, refugiava-se num silêncio acusatório, numa apatia desdenhosa que obviamente não tem nada a ver com nossa paixão negra. Ele tinha que estar sempre chamando a atenção com sua intolerância, motivo pelo qual brigou com o pelotão evangélico, que o incluíra, em suas orações vespertinas, no rol das almas a serem salvas. Que mal poderiam lhe fazer esses soldados de Cristo? "Eu nunca tive medo de Deus, confidenciou-me depois da briga, mas tenho medo de quem acredita demais nele." Bem, não vou dizer mais nada, limito-me a reproduzir aqui a carta "de explicação" que ele escreveu no dia seguinte a uma acalorada troca de opiniões entre ele e os fervorosos pastores de almas. Ele atacou com Mateus:

"Nem todo o que me diz: Senhor, Senhor! entrará no reino dos céus, mas aquele que faz a vontade de meu Pai, que está nos céus. Muitos, naquele dia, hão de dizer-me: Senhor, Senhor! Porventura não temos nós profetizado em teu nome, e em teu nome não expelimos demô-

> nios, e em teu nome não fizemos muitos milagres?
> Então, lhes direi explicitamente: nunca vos conheci. Apartai-vos de mim, os que praticais a iniquidade.
>
> Mateus, 7:21-23

Meus irmãos de bloco, principalmente os da cela 3 e 4, contra os quais decerto pequei por ira e intolerância. A vocês que clamam 'Senhor, Senhor!', permito-me lembrar: é certo chamá-lo de 'Senhor' se não obedecem aos seus ensinamentos? Serão cristãos esses que o glorificam com gestos exteriores (puro exibicionismo, acreditem) ao mesmo tempo que o sacrificam no altar do orgulho, do egoísmo, da ambição, de todas essas paixões baratas? Que mentirosos são esses que só andam atrás de benefícios pessoais? Serão cristãos esses que andam de Bíblia em punho para ter as pessoas na palma da mão? Esses que não sabem se unir para melhorar as condições de vida aqui e agora, neste lugar de sofrimento e humilhação? Esses que só se dirigem a Deus na esperança de que Ele os ajude a sair daqui, para depois voltarem a fazer as mesmas besteiras, para satisfazerem, às custas dos pobres, suas ambições imorais e estúpidas? Porque vejam só, meus caros irmãos, esses hipócritas não têm sequer a coragem de se meter com os ricos e poderosos. Serão cristãos só porque, antes de ir bater punheta na cama, se exibem no espetáculo da fé, gritando através das grades a plenos pulmões? Essas pessoas, na minha opinião, só estão dizendo o nome de Deus em vão. Com suas falsas cerimônias, talvez consigam se impor diante dos fracos, mas nunca poderão alcançar a Deus.

Desculpem-me, meus irmãos", concluía Nem, "se não aguento ouvir gritar o nome de Deus à toa, mas fazer o quê, não passo de um mero pecador e não me sinto digno de pedir Sua misericórdia. Glória ao Senhor. Nem."

Pôs a carta num envelope branco (repare-se na fineza, uma vez que artigos de papelaria não são nada baratos aqui) e o endereçou ao nosso aguerrido pastor e às suas ovelhas mais fiéis. O resultado não foi propriamente brilhante. Ao invés de pacificar os espíritos ou, pelo menos, induzi-los à reflexão, tornou nosso bloco um inferno. Bem a cara do Nem.

Quando lhe perguntei o porquê daquele apelido, ele respondeu: "Não sei. Na verdade, no começo era Nenoa, depois virou Nenzinho, e no fim, Nem". Um tipo estranho, é o mínimo que se possa dizer. Mas não quero passar uma imagem errada do nosso indomável rechonchudo omitindo o verdadeiro motivo de ele ter sido preso. Por isso, abstendo-me de qualquer comentário, transmito tal e qual o que ele me revelou sobre sua jovem vida.

Aos dez anos, Nem conheceu um policial que vendia bombas. Não dessas bombas que se explodem nos prédios, mas dessas que se injetam nos músculos dos hedonistas de praia, os anabolizantes. Foi o início de sua lucrativa atividade comercial. Nem comprava a mercadoria do policial, enchia sua mochila, subia na bicicleta e percorria as academias. De início, vendia apenas as marcas mais conhecidas, mercadoria de primeira, importada. Mas o mercado crescia a uma velocidade tal que, não demorou, teve que trocar a bicicleta por uma Suzuki 1100CC, e esta por um 4x4 japonês de luxo; roupas de grife, mulheres e muitos outros acessórios caíam bem. Quando a internet tomou conta do Brasil, Nem se globalizou. Começou a navegar na rede, as vendas se multiplicaram, e o trabalho também. A demanda era superior à oferta, e ele logo se viu obrigado a misturar aos anabolizantes para humanos aquele destinado aos cavalos. "Nem preciso dizer que, dado o tipo de consumidor, a diferença entre um e outro não era um problema", ele explicou. "É, vez ou outra explodia um tórax por aí", ele admitia, "mas não vamos todos morrer mesmo de um ataque cardíaco?" Isso também era a cara do Nem.

As coisas andavam de vento em popa, até o dia em que ele teve a infeliz ideia de refrescar seus pezinhos na fonte luminosa. Tinha criado aquele cartaz para tirar sarro enquanto carregava a mochila contendo anabolizantes suficientes para derrubar uma estrebaria inteira. Esse é o Nem.

É incrível a quantidade de fatos que se pode recordar num único instante neste pátio. Passado e passado recente se misturam num presente infinito, inchados de fatos que se vão e depois retornam, sempre os mesmos, mas nunca iguais. Cada lembrança, cada movimento imperceptível pode ter milhares de explicações diferentes.

Assim é que um nome, Nem, pode evocar uma quantidade de fisionomias distintas, conforme a maneira como é pronunciado: simpático, rebelde, assassino, gorducho inofensivo, ladrão de geleia, psicopata, espião. Tudo isso reunido num único número de matrícula impresso em caracteres pretos e graúdos, guardado no arquivo. O de Nem não está mais aqui. Foi devolvido ao procurador da República na semana passada. Não vi esse arquivo, mas todo mundo aqui diz que, quando morre um prisioneiro, eles escrevem, atravessado na capa, seu número de matrícula com hidrocor vermelha.

Não é sem uma profunda amargura que ouvimos os passos abafados dos agentes que vêm recolher um cadáver no bloco. Nesses momentos de silêncio sangrento, cada um de nós se sente na obrigação de ostentar a face mentirosa dessa amizade que não fomos capazes de demonstrar antes da morte, ou que ostensivamente recusamos.

Nem saiu daqui dentro de um invólucro preto. O sangue foi lavado por Cruel, e o bloco não demorou a retomar sua rotina. Em breve estaremos falando do morto como de uma lembrança pertencente às paredes. Aos poucos, ninguém mais irá prestar atenção nas orações para os finados gritadas feito um insulto pelo pastor da 4, adversário declarado de Nem.

Chama-se Binadab, e é quem mais chora a perda de uma ovelha. Seus fiéis o chamam de Bispo, e os outros de Bin Laden, devido a uma pretensa similaridade dos nomes, mas também por causa do nariz de rapina no rosto afiado e coberto por uma densa barba preta.

Contam-se muitas "verdades" acerca desse pastor. A Justiça o teria condenado por tráfico de cocaína, mas ele se afirma inocente.

Alguns mencionam um falso pastor a perambular pelo cinturão pobre de Brasília, de Bíblia na mão e uma foice no ombro, donde o macabro apelido "estudante da morte". Contam-se demasiadas coisas sobre esse nada engraçado "estudante da morte". Uma figura assim deve ser um prato cheio para a fantasia popular. O que mais se repete, pela boca de alguns delinquentes de periferia que vêm parar aqui, é que esse impiedoso "estudante" não era desconhecido do bando de crackômanos que há tempos vem espalhando o terror nas escolas primárias da periferia. Há inclusive quem jure a meia-voz que ele seria um pastor evangélico, desses que se escondem por detrás dos sem-Deus que invadem as escolas e matam o porteiro para roubar sacos de feijão e arroz, antes de entregá-los, nas quatro horas seguintes, para as crianças do Serviço Social.

Pois é, até parece uma história de mau gosto, mas esse tipo de coisa acontece na vida real. Verdade é que falo nisso como se nada fosse, e fico impressionado com minha própria impassibilidade diante desses horrores. É claro que, na época em que ainda era um estrangeiro em liberdade, não teria imaginado que coisas assim pudessem acontecer num país tão bonito. Mas agora estou aqui, entre essas paredes encrostadas de respingos de mijo e sangue, neste lugar onde o tempo perdeu o relógio e onde a luz brasileira só penetra por intuição, deixando em suspenso pensamentos e realidades. E, aqui, prefiro imaginar que lá fora o ar ainda tem o aroma de uma vida de sonhos, e que as mulheres andam nas ruas com o único objetivo de se fazerem notar pelos sortudos que podem segui-las sem ter de dar meia-volta a cada cinco passos. Assim é que eu vejo as coisas, daqui. Estou agora no meu cantinho do inferno, onde esbocei minhas próprias verdades, relativizei meus valores, inventei outras emoções, e não tenho a menor vontade de carregar comigo a individualidade desse cidadão que já não sou, e muito menos a "humanidade inteira" de Goethe. Sou um prisioneiro perpétuo, agora sou apenas eu e minha circunstância. Por isso é que, apesar de suas supostas infâmias, toda quinta-feira, às oito horas, ao passar frente à minha grade na sua vez de ir para o banho de sol, Binadab me estende a mão e eu a aperto, como aperto a de todo mundo, sem especular se ele será o futuro morto. E digo mais: agora que estou de volta ao inferno, sinto vergonha do tempo em que desprezava esses pobres-diabos. Mas ainda não sei muito sobre eles, sobre nós, e talvez nunca saiba o bastante para trazer a mim um desses olhares privados de luz.

Capítulo 9

Escrevo, e reflito que escrever sobre alguém, ou algo, significa destruí-lo. Não quero, porém, destruir Janaína, nem o Rio que vem com ela. Escrevo então para me anular, contando sobre esse eu que sempre me antecede a passos trôpegos. Janaína, que sobe devagar na parede, junto com o sol brincalhão do nosso pátio. Será que ela tem culpa do meu desejo mórbido de deixá-la brincar com minha própria vida só para algum dia, hoje, poder dizer "era uma pilantra, uma espiã, é culpa dela, fui traído, não sou responsável por minha descida aos infernos"?

A moça vinda do Norte, perdida nas entranhas luxuriosas do Rio. Clichê demais para ser verdade. Isso, na época, eu não percebia, ocupado que estava em observar um país que parecia se entregar sem trauma às emoções. Encantado com essa nova perspectiva de vida, buscava um lugar ao sol, tão gratificante quanto o que havia ocupado entre outros povos, que cultivavam emoções como quem cuida de um bonsai, para poder apreciá-las em doses homeopáticas. E, uma vez que é decerto mais fácil cuidar dos outros do que de si mesmo, Janaína era agora a minha missão. E lá estava eu, transformado em salvador de donzelas perdidas na cidade *maravilhosa*. Só esse estado de ânimo pode explicar eu ter deixado passar tantas evidências sobre sua verdadeira missão.

Devo dizer que ela atuava muitíssimo bem. Na primeira vez em que me pediu dinheiro, foi com tal naturalidade que eu o dei imediatamente. Sem pensar um instante sequer no número de vezes em que já recusara compromissos desse tipo, mesmo com garotas tão bonitas quanto ela. Como explicar essa minha nova atitude? Por que não admitir que eu simplesmente a desejava?

Já nem sei, na verdade, que estado emocional o encontro com Janaína causou em mim depois de tão longa solidão. No fundo, estava carente demais de companhia para me ater à costumeira cautela. Não há muito o que explicar; acontece de um homem da minha idade, depois de uma longa abstinência, ser atormentado pela necessidade de provar a si mesmo que a tal potência masculina ainda não o abandonou. Para atos que não são próprios de pensamentos muito elevados, só existem explicações prosaicas. Aliás, se eu até então não me entregara a esse tipo de prazer, fora por pura covardia. Eu olhava para trás, minha vida se desenrolava por trilhas de cabras selvagens que mudam de percurso a cada estação. O Rio era uma tentação, e eu precisava saber. Acontecia então de eu sair do apartamento resolvido a aceitar de olhos fechados a primeira mulher que aparecesse. Mas, toda vez, antes mesmo de chegar à rua, meu pudor (minha covardia?), reavivado à ideia de dar comigo deitado ao lado de uma desconhecida depois de uma cópula maquinal e com certeza medíocre, me empurrava para o primeiro bar de luzes ofuscantes, onde tinha pouca chance de encontrar companhia desse gênero. A verdade é que sempre fui complicado.

Uma imagem, porém, não pude alterar em minha memória. Era uma noite de chuva, estávamos enlaçados, abrigados sob um pórtico, quando Janaína se apartou bruscamente de mim. Fitou-me por um instante, parecendo assustada, e disse então, com uma voz afetada de atriz de novela: "O verdadeiro prazer está na entrega. E você está blindado, porra". Acredito que a primeira parte da frase não fosse sua, mas e as lágrimas, de quem eram?

Janaína despertara a minha curiosidade. Graças a ela, comecei a manifestar um novo interesse por tudo que me cercava. Muitos aspectos da vida carioca se me revelavam agora em todo o seu encanto. Janaína escancarava para mim as portas do seu país, mostrando-me que o que faz do Rio uma cidade *maravilhosa* é antes o modo de vida do que a beleza das praias. Encantada, levava-me a lugares em que eu jamais teria pisado de outro modo. Curtia o seu papel de cicerone carioca, que parecia lhe devolver o orgulho de ser brasileira. Eu estava amando. Depois de tanto tempo enlanguescendo em meio à monotonia da fuga, um dia novo explodia com todas as cores. Eu recuperava as minhas forças.

Aos poucos, até a aparência oca deste país moldado pela televisão foi readquirindo um tom carnal, se preenchendo com gestos reveladores, começando a me parecer inteiramente digno de consideração. De certa forma, me assustava conviver de perto com a "sociedade do espetáculo", que estava aqui em pleno florescer. Ao mesmo tempo, achava que talvez fosse essa a porta da frente para finalmente penetrar no Brasil em sua camada mais densa e, quem sabe, nele ter o prazer de descobrir em mim uma nova personalidade.

Eu não era um aluno fácil. Janaína, certo dia, interrompeu-me no meio de uma de minhas críticas para dizer assertivamente que, entre as pessoas que conhecia, nunca vira um estrangeiro se manifestar com tamanha dureza acerca de tudo o que se move, com um distanciamento assustador em relação ao mundo inteiro, sem um pingo de respeito por suas próprias raízes. "Você é um gringo nojento."

Ela, porém, não se perturbava. Para ela, eu era, a um só tempo, o amante e o menino que residem na alma do escritor. É claro que eu estava longe de ver isso tudo, como vejo hoje aqui deste pátio. Eu então mal conseguia perceber que, em meio a certas "lacunas culturais" de Janaína, surgiam de repente monstros de determinação e inteligência, considerando-se que a inteligência é saber produzir um máximo de benefícios com um mínimo de recursos. Eram, assim, surpreendentes suas intuições acerca de assuntos ou situações que teriam escapado a pessoas mais refletidas. Em vez de me levar a suspeitar de uma personalidade oculta, isso atiçava em mim um espírito de competição. Mas uma competição que, de certa forma, eu sabia perdida de antemão. Só me restava ceder ao prazer que Janaína sabia dispensar-me. Em pouco tempo, transformou-me num amante confiante, que intuía, pelo ritmo de sua respiração, pelo toque de suas mãos, o que lhe dava mais prazer. Ela me ensinava os caminhos a seguir, a abandonar ou a retomar, jogando com o tempo que se quer dar a um orgasmo.

Pensamentos preguiçosos, imagens a distância, lembranças que me obcecam e fazem com que nunca mais possa, depois do Rio, ser o mesmo de antes. Enfim, alguma coisa eu aprendi; mas a que preço?

Ainda não cumpri o luto. Luto por quê? Por aquela que não me pertencia ou pela liberdade perdida? Como é fácil, neste pátio, mentir para si mesmo; até as errâncias sombrias desses últimos anos pelas ruas do mundo se tornam, aqui, um passado livre.

Dividido entre a dor, o desejo e o desprezo, ainda respondo ao apelo do Rio, que reclama minha sombra rastejante em seus mais íntimos recantos. A favela impõe um inevitável subir de ladeiras. Reencontro suas vielas cheias de gente, o vaivém de mulheres sempre carregando todo tipo de coisas, as crianças correndo atrás, pés descalços saltando em poças de águas suspeitas e, no fio da sombra das fachadas crivadas de balas perdidas, os vendedores de laranja, abacaxi, e também de celulares roubados na praia poucas horas antes. A pobreza domesticada por rostos sorridentes, a alegria de viver transpirada pela pele desses esquecidos de Deus. É essa força estranha que me atrai nesses lugares. Afora isso, o que pode haver de belo, de romântico, nos muros arruinados de Tabajara, Rocinha, Santa Marta? Nos esgotos a céu aberto serpenteando entre os casebres? Na visão desses "meninos-soldados" que alimentam suas famílias a tiros de AK47?

Eu gostava, no entanto, de observá-los em suas manobras. Eu por detrás de minha cerveja, eles por detrás dos sacos de areia. Cabeças desgrenhadas e a ponta de uma arma, nada mais para se ver desde a minha mesa, mas muito para se imaginar.

Jonas não era diferente dos outros. Tinha apenas doze anos, mas parecia que uma vida inteira de barbárie já podia ser lida em seu rostinho moreno, endurecido pelo sol e pelos baseados de maconha misturada com crack, que o ajudavam a se aguentar em seu posto mais de quinze horas por dia. Depois disso, entregava a arma ao seu substituto e, antes de ir para casa, corria direto para a farmácia. Sua mãe, dona Ester, sofria de uma doença grave, precisava de duas injeções diárias para não morrer. O remédio era terrivelmente caro.

Dona Ester chorava toda vez que Jonas chegava em casa com seu pacotinho na mão: "Pobre do meu filho, do meu anjinho, ele tinha é que ir para a escola, aprender uma profissão honesta", ela repetia, sempre lançando um olhar sofrido ao São Jorge afixado acima da cabeceira. Mas só o tráfico é que dá dinheiro, de modo que dona Ester enxugava as lágrimas e se injetava alguns miligramas de vida.

Jonas não lhe dava ouvidos, corria para debaixo do chuveiro, voltava trajando uma bermuda fluorescente bem passada, cabelos achatados sob uma montanha de gel, e voava para a rua. Um menino igual aos outros, em aparência, pois já perdera o gosto das brincadeiras inocentes, preferia frequentar os bares – o meu, entre outros. Ele às vezes vinha sentar-se à minha mesa: *Uma pinga com cerveja aí!*

Apesar de seu esforço para adotar um ar de bandido, continuava sendo um moleque de doze anos: "Gringo, você me leva para Paris? Lá deve ser legal. Você me traz um boné da NTM?". Mas só concedia uns poucos minutos aos seus desejos infantis, e logo em seguida restabelecia os papéis: "Não se engane, não, seu gringo, se você aparecer na minha *boca* com as mãos nos bolsos, não vou pensar duas vezes antes de atirar. Não é só porque você me conhece que eu vou te deixar se aproximar numa boa".

Capítulo 10

No dia em que tornei a ver Janaína, eu acabava de descer do morro. Depois de abraçar dona Ester, aos prantos no seu quarto, todas as velas acesas diante da imagem de São Jorge. Jonas estava, naquela hora, no necrotério, com três balas no peito e uma na garganta. Uma facção rival tentara invadir sua *boca* ao amanhecer. Andar depressa, olhar tudo para não ver nada, sufocar a tristeza. Estava abafado na casa de dona Ester. O que eu precisava agora era respirar ar puro, vento, mar, o olhar perdido ao longe na superfície limpa da água, e me deixar levar pelo silêncio do desespero.

Jonas estava morto. Minha hipocrisia pagara em reais um ou dois meses de sobrevida à sua mãe. A coitada embolsara o dinheiro, depressa, antes de render longas graças a São Jorge, e a mim. Eu podia ir em paz. Em paz? Sim, a paz de todo dia, a que me esperava no meio de toda tarde depois de eu contemplar, incrédulo, as últimas palavras inscritas na tela de meu computador. Sempre a mesma sensação. Cada vez que eu emergia do trabalho, precisava de um tempo para me reconhecer naquilo que acabara de escrever. Uma sensação angustiante, da qual eu me arrancava pensando que, dentro de alguns minutos, estaria sentado nas pedras do Arpoador. Um lugar de beleza e morte. Eu tinha lido em algum lugar que, na época da ditadura, naquela rocha lisa e clara que mergulha no oceano separando a praia de Copacabana da de Ipanema, os militares aqueciam a pedra em brasa antes de nela estenderem os "subversivos". Seria isso que me consolava naquele lugar, depositar minhas dores junto à daqueles homens que haviam sido meus irmãos a distância? Não sei, só ficava ali olhando o sol confundir-se com a água. Era a minha parte preferida do dia. Sentado ali, no silêncio rompido apenas pelo quebrar das ondas, refletindo que, no fundo, eu ainda podia me dar por feliz: desfrutar de uma trégua em meio aos tumultos que percutiam em minha cabeça.

E Jonas, teria ele algum dia ido ali para admirar a beleza do seu Brasil, a poucos passos apenas de sua mureta de tijolos cor-de-sangue e seus sacos de areia? Era o que eu me perguntava no dia de sua morte, ao voltar a passos pequenos para o calçadão, com medo, sempre o medo, de que um desses pensamentos insidiosos conseguisse se infiltrar naquele instante de descontração.

Depois das profundezas marinhas, novamente a cidade agitada. Copacabana se preparando para a noite, um quiosque e uma cerveja, as mulheres andando pelo calçadão, os olhos mirando a aventura. E de repente, ela. Janaína atravessando a avenida em minha direção. O celular grudado no ouvido, um vestido branco bordado tremulando sobre as coxas morenas.

Estava a poucos metros dali quando hesitou ligeiramente antes de virar-se para mim.

– Oi, tudo bem?

Tudo bem. Puxei mais uma cadeira, ela pediu a costumeira Smirnov.

– Estava assistindo ao desfile? – perguntou, indicando por sobre o ombro as garotas que passavam em suas roupas esporte colantes.

Respondi com um gesto preguiçoso e fiz, por minha vez, algum comentário insignificante para disfarçar o desnorteio inicial, enquanto uma pergunta sombria pairava sobre nossos pensamentos.

O que eu queria perguntar não era assim tão anódino. Espantava-me aquela sequência de acasos. O Rio é uma cidade grande, e Copacabana se estende por vários quilômetros. Sem contar que, na ocasião, eu estava distante dos lugares que pareciam lhe ser habituais. Eu tinha me mudado na mesma noite do nosso último encontro. Antes disso, por pouco não fizera um papelão numa insana tentativa de segui-la. Ao vê-la pegar o ônibus na companhia de um homem, chamara um táxi para sair em seu encalço. Pouco depois, já sem saber se estava sendo ciumento ou paranoico (o que eu queria saber, afinal: ela tinha um homem ou algum superior a incumbira de uma missão?), sentira-me tão idiota que acabara desistindo. Ainda assim, motivos disparatados me levaram a deixar o Real Residence e me instalar num pequeno apartamento da rua Figueiredo Magalhães, num bairro mais próximo de Ipanema e menos frequentado por turistas.

Na altura de minha nova rua é que ficava o quiosque onde estávamos sentados. Não havia nenhum bar da moda por ali. Pelo menos não do tipo que ela, a meu ver, devia frequentar. Ela. Por que eu não ousava dar nome aos bois e dizer "prostituta"? Acaso Janaína tinha tentado de algum modo esconder o que ela era? Uma *garota de programa*, como se diz aqui. Uma puta. Caramba, será que Sandra sabia?

Eu a espiava, querendo descobrir o que, naquele rosto de candura e esperança, estaria ocultando a prostituta. Ela me parecia mais bonita vestida assim, com gestos e expressões que continham uma nova maturidade.

Observei sua mão sobre o copo, seus dedos miúdos, finos, prestes a levá-lo à boca, voluptuosamente como ela fizera com meu sexo. Essa imagem me inflamou, ela pareceu ter notado e sorriu um sorriso tímido, quase de desculpas.

– Você gosta, não é, de ficar olhando as mulheres? – disse ela em tom zombeteiro.

Eu gostava, sim, de olhar as mulheres passando, principalmente as de pele café com leite, como Janaína. Pareciam-me mais naturais, menos afetadas. Teria gostado, às vezes, de conversar com elas. Mas cortejá-las feito um galo, falar um monte de futilidades, disso eu não tinha a menor vontade. Além do mais, pareciam se mover dentro de um mundo, como dizer, de uma bolha de sabão que jamais suportaria o meu peso. Eu tinha a impressão, quando passavam todas sorrisos e requebros, que, se eu mal me atrevesse a erguer um dedo ou dizer uma palavra, pluft, só sobraria uma poça d'água na calçada. Enfim, não adianta negar que teria gostado de sair com uma dessas mulheres. Mas como fazer? Com Janaína tinha sido diferente. Ela viera por suas próprias pernas, se introduzira na minha própria bolha, não podia me obrigar ao insípido papo do conquistador barato, tinha de se adaptar ou ir embora.

E agora ela estava ali, tinha voltado. Eu me perguntava por quê, com aqueles sarados todos de camiseta regata rondando à sua volta. Será que tinha realmente cruzado comigo por acaso?

Um banco de nuvens escuras pairava no horizonte, separado do mar por uma fita sutil de brilhante luz amarela. Parecia irreal. Deixei brotar uma torrente de lembranças, de quando eu remexia os seixos das praias da Bretanha, os pés na água fria, minha filha soltando gritinhos de alegria a cada concha que encontrava, que ela esfregava na face antes de guardá-la no cesto: "Mãe, vem ver que bonitinha!" "Vamos, estou com frio, respondia sua mãe, vamos indo, você já juntou um monte", sua mãe sentada um pouco mais acima, as pernas enroladas numa toalha. Ela também lançava um olhar suplicante em minha direção enquanto eu corria atrás dos siris. Então ela ria: "Você é pior que uma criança". Estava sempre com frio, minha ex-esposa, mesmo em pleno verão. Mas eram os verões da Bretanha, com suas águas cristalinas sempre açoitadas pelo vento oeste.

Ao passo que aqui eu contemplava a praia envolvida no sol tropical, para além das fileiras de coqueiros, onde mães e filhos corriam na areia, entrando e saindo da água sem sentir diferença na temperatura. Minha pequena família teria gostado do Rio, daquele calor, dos cocos e de mim, finalmente junto delas. Elas seriam felizes, e eu teria pelo menos um bom motivo para estar aqui. Entretanto, naquele momento, eu não tinha outra ocupação que não me perguntar se devia falar com Janaína ou cortar a relação ali mesmo e me refugiar em casa depois de comprar uma planta no caminho. O novo apartamento era espaçoso, mas tremendamente austero.

Seja como for, pensava, um eventual relacionamento com Janaína estava fadado ao fracasso. Não adiantava me iludir, sem contar que uma garota cheia de vida como ela logo iria se cansar de um pobre velho como eu.

Fiz um esforço para ignorar sua presença e consultei o relógio, pensando no tempo que me restava para preparar meu jantar de sempre, para a leitura de sempre, acompanhada de um novo CD de jazz e, depois disso, mais um tempo para fazer malabarismos com as frases de sempre, que se acavalavam sobre várias épocas e acabavam por minar o meu sono.

Pedi mais uma cerveja.

– Quer mais um desses?

Ela fez que sim com a cabeça; parecia preocupada com um pensamento que a levara até a minha mesa. Encontrei um jeito de fazer a pergunta que tanto me apoquentava. Suas feições se endureceram de súbito.

– Para onde você foi naquela manhã? – ela perguntou à guisa de resposta.
– Fui passear na praia – menti. – Eu muitas vezes faço isso de manhã, quando ainda não tem muita gente.
– Você telefonou lá para casa – disse ela em tom de revanche. –, Sandra te reconheceu, até o seu silêncio tem sotaque. Você ligou para ela ou para mim?

Eu esperava algo do gênero, e tinha me preparado.

– A Sandra tem certeza? Não me lembro de ter anotado o número dela.

Estava mais uma vez mentindo. Na noite em que me mudara, não tinha resistido à curiosidade de saber mais sobre ela. Enfim, o que eu queria era conferir se Janaína estava em casa depois das dez da noite. O que seria revelador. Mas fora Sandra que atendera. Sua voz áspera, sua respiração pesada fizeram com que eu desistisse.

À noite, já não suportando o ruído da solidão, do vazio, acontecia às vezes de eu me entregar a um impulso irrefletido. No caso de Sandra, eu tinha uma desculpa: tinha vindo ao Rio por sua causa. Mas da mulher descrita por Áurea e que, em minhas divagações, deveria iluminar meu caminho futuro, não restava mais que o despojo de uma época finda. Janaína não estivera nos meus planos.

Ela bebeu um gole, e outro, antes de dizer:

– A Sandra queria te ver, conversar com você. Já aviso que não vai ser fácil, você tem que pegá-la entre meio-dia e quatro. Antes disso, ela não aguenta nem a si mesma, e depois, não lembra de mais nada.

Ela meneou a cabeça, e então acrescentou: "Ela me irrita, droga, às vezes dá uma vontade doida de..."

– Falar comigo?
– Como assim, falar com você? Ah, você quer dizer a Sandra. É, foi o que ela me disse.
– E o que mais ela disse?
– Que teme por você.
– Por mim? Você contou para ela?

Ela pegou um cigarro do meu maço e ficou apertando o filtro entre os lábios cerrados.

– Eu disse que ela teme por você, não que teme você. Eu não falei nada, mas ela sempre sabe tudo. Ela enxerga dentro das pessoas, mesmo bêbada. Engraçado – acrescentou, estalando o isqueiro –, a Sandra teme por você, você teme a mim, e eu temo por ela. Todo mundo vive no medo, todos o tememos, mas ninguém sabe viver sem ele. O medo é a pimenta da vida. Excita. Você não concorda?

Não era a primeira vez que os comentários de Janaína me surpreendiam. Eu tinha então a impressão de que era outra pessoa falando, uma pessoa mais madura, mais sabida. Eram alguns instantes apenas, durante os quais a garotinha desaparecia por trás de um véu de malícia e rigor.

Súbito, julguei perceber onde ela queria chegar exatamente, e o que secretamente temia. Deu-me então vontade de falar com ela olhos nos olhos, de acabar de vez com aquele joguinho e contar as dúvidas que não me saíam da cabeça.

Eu me sentia ferido. Tinha a nítida impressão de que ela estava confortavelmente caçoando de mim, e não me sentia em condições de dar o troco. Perguntei abruptamente se ela se lembrava de Áurea, sua madrinha. Era isso! Quando Janaína soltava suas frases de efeito, ela me lembrava Áurea. Eu continuava vivendo à sombra daquela mulher.

– Áurea – repeti.

– Sim, claro – ela suspirou. – A lendária, a fabulosa, a inominável Áurea, com seu nome esculpido, feito uma lápide, na caixa de cartas coberta de poeira. Áurea. Engraçado, acho que o sonho dela, de início, era ser freira. Mas acabou se tornando uma puta internacional. Meu Deus, como se sabe pouco sobre as putas, somos tão imprevisíveis como indispensáveis. Você não é o único que não entende, não se preocupe. Mas me diga, você a conheceu bem? Ela é tão grande assim? Não, claro que não – por um instante, ela mergulhou no copo um olhar tristonho. – Você não a conheceu, ninguém conhece de fato uma verdadeira puta. Muito menos a Sandra.

– A Sandra?

– Ela está diferente. Ela já não é mais nada. Teria sido melhor ela ficar lá no norte, aplicando supositórios nos sem-terra, em vez de me trazer aqui. De me obrigar a assistir à obscena decadência dos seus sonhos de justiça. Ela falava no Rio, mas você viu onde a gente foi parar? Numa caca de mosca da Baixada Fluminense. Coitada. Nos primeiros tempos, ela chegou a trabalhar. Visitava em domicílio uma gente pobre que, não podendo pagar pelos remédios que ela receitava, entregava como sempre seus males a Xangô. Ela tinha horror disso: "São todos macumbeiros, dizia, tudo besteira, uns charlatões que dizem curar as pessoas derramando sangue de galinha nas minhas receitas". Ela não entendia nada desses cultos, ficava furiosa ao ver toda a sua racionalidade deturpada pelos costumes ancestrais deste Brasil "artificialmente selvagem". É que, apesar de suas nobres intenções, Sandra continua sendo uma branca. Branca de espírito também, o que aqui só atrapalha mais as coisas. Em vez de tentar compreender, ela sempre negou um modo de vida, uma mística, que remonta a milhares de anos. Você viu no que ela se tornou? Essa é a mulher que queria fazer de mim uma grande antropóloga. Enquanto lá em casa a geladeira estava sempre vazia; arroz com feijão e feijão com arroz, era esse o cardápio, e olhe lá. Contas para pagar, o aluguel sempre atrasado, um inferno. Antropóloga. Em vez disso, larguei a escola e peguei um emprego de entregadora na padaria da esquina. Dois tostões por dia e mais uns trocados. A gente também vendia cerveja. Depois de um tempo, comecei a roubar umas para a Sandra. Eu a abastecia, assim ela me deixava em paz e fechava os olhos para a origem da bebida. No começo eram só umas latinhas, depois eram pacotes de doze, até que fui mandada embora. No meio-tempo, conheci pessoas interessantes. Você reparou naquelas duas ruas que sobem antes de chegar lá em casa? Elas vão dar em dois bairros controlados pelo tráfico, tem uma ou mais *bocas de fumo* no alto de cada rua. Os chefes dos dois bairros são de duas facções adversas. A gente acostuma com a guerra entre eles, eu cresci no meio disso. Eles tinham dinheiro, e vinham gastar na padaria, me tratavam bem. Sabe, para mim tanto fazia entregar pão ou cocaína, eram as mesmas malditas entregas debaixo de sol e chuva. Mas era mais interessante. Eu tenho um bumbum bonito, você não acha? Perdi a virgindade com o dono de uma das bocas de fumo. Não me arrependo. O nome dele era Evaristo, era um cara legal. Ele não deixava eu beber ou me drogar, como faziam os outros. Em troca, ele se encarregou de comprar bebida para a Sandra, que, enquanto isso, tinha passado para algo mais forte, a *pinga*. O Evaristo também pagava as contas, me dava roupa, e até me botou numa escola particular. Eu estava feliz da vida, tinha voltado a estudar, ainda acreditava nisso. Eu me esforcei, pulei algumas séries e, com as notas boas que tirava, até ganhava elogios. Sim, eu acreditei, achei que talvez conseguisse me virar, sair daquele buraco e internar a Sandra numa clínica, por que não. No momento, ela tinha o suficiente para se embebedar, chorava muito e, durante suas crises nervosas, também me batia. Nesses raros momentos de lucidez, queria saber de onde vinha tanta fartura, como se já não soubesse! Todo mundo sabia, comentava, e Sandra me batia. A única vez em que me rebelei, quase fui parar no hospital. Nem foi por causa da história com o Evaristo. Alguém disse para ela que eu tinha me envolvido com o pessoal do *Wicca*: um culto que, segundo os valores dela, encarnava a selvageria em estado puro, o demônio em pessoa. O mais engraçado é que, com o tempo, e com o álcool, ela acabou se apegando a ele.

– Wicca?

Janaína se endireitou na cadeira, meneou a cabeça.

– Deixa para lá, é complicado. Para você vai parecer bruxaria barata. Enquanto que para nós é uma dança do espírito, liberdade do corpo, explosão dos desejos – "sem nada nem ninguém prejudicar, faça o que desejar", declamou. Seja como for, era engraçado ela estar com a gente. Imagine, Sandra, a refratária, batizada no Materialismo Histórico, para quem a religião era o ópio do povo, se entregar ao sabá na Rua do Ano em troca de uma garrafa. Mas antes, teve a morte de Evaristo. No nosso mundo, nunca se vive muito quando rola dinheiro. Tive que largar a escola. E acabaram as provisões de álcool. A vida lá em casa virou um inferno. Eu não podia fazer muito por ela, então a entreguei nas mãos do mestre do culto.

A essas palavras, ela se deteve como que sem fôlego.

– Depois disso eu fiz umas viagens, vivi novas experiências.
– E agora?
– E agora cá estou eu – sua voz estava seca. – No fim da linha. Em Copacabana. A Sandra? Continua chorando. Eu? Bem, estou aqui só contando lorota. Você acreditou?

Ela tomou o Smirnov numa talagada só, e então cruzou os braços sobre a mesa. Rocei o seu rosto. Ela afastou minha mão, aborrecida:

– Agora chega, me deixe em paz.

Desencantado, miseramente comovido ou simplesmente covarde? Por onde começar? Por minha ridícula ineficácia em enfrentar a vida restrita que eu tinha costurado à minha volta? Qual o idiota de *La Giara*, de Pirandello – como era mesmo que ele se safava? Quebrar *La Giara* e recomeçar lá do começo? Se não era um bom começo, pelo menos era honesto. Sim, mas que começo?

Sua voz me chegou de longe. Estava sintonizada em outra frequência, e minha respiração era uma mera interferência.

– Vamos, se quiser vir comigo, estou indo para a minha praia.

Ergui a cabeça para o céu escuro. Não havia tempo para perguntas, a noite já estava ali, ignara, obscena, apagando qualquer perplexidade.

Caminhamos pela curva comprida do Calçadão, à luz intermitente dos lampadários. Janaína engatara o braço no meu e, a cada passo, apertava sua coxa na minha.

Chegamos ao mesmo bar da outra vez e nos acomodamos a um canto da esplanada, de onde tínhamos vista para o mar. Era sexta à noite. Várias *garotas* já estavam sentadas às mesas com os turistas. Ninguém prestava atenção em nós.

Janaína ostentava um largo sorriso ensaiado, desses que não se dirigem a ninguém, mas que todos tomam para si. Como se acabasse de perceber que tinha entrado no bar errado e na companhia errada, e tratasse agora de disfarçar seu desconcerto.

Eu, em compensação, sentia-me curiosamente muito à vontade, bem situado no centro do país, respirando seus eflúvios a plenos pulmões. De repente, sentia-me com uma tremenda disposição, impregnando-me de tudo o que escapa à compreensão racional, aos valores abortados pela sabedoria de nossa pesada história, pobres europeus. Tudo o que nos fascina e nos repugna, tudo o que nos atrai e nos assusta deve necessariamente, aos nossos olhos, encerrar um segredo, o mistério gerado pela todo-poderosa sensualidade física, que avança a passos ligeiros sobre a "podre cama de palha da cultura, gorda mãezona da arte e das academias". Nesse estado de espírito é que eu aquecia o meu copo, admirando esse Brasil que sai à noite, liberta o animal humano, mutila a religião para, em seguida, fazê-la dançar com pernas-de-pau graças ao *jeitinho brasileiro*.

Minha cerveja esquentava e o Rio blasfemador me enfeitiçava. Uma orgia de sorrisos *détraqués* pelo vigor, o sexo, a vida em três atos: antes, durante e depois do orgasmo.

Eu era incapaz de avaliar o que vinha daquele mundo. Só conseguia apanhar uns fiapos de sua exuberância e revolvê-los na cabeça até perdê-los na mata dos meus preconceitos.

Eu tinha voltado àquele bar uma semana antes. Passava por ali pelo menos três ou quatro vezes por dia? O Calçadão e seus bares são incontornáveis para um gringo morando na Zona Sul. Certa noite, eu tinha me detido a olhar para as mesas na calçada, talvez querendo ver se Janaína estava por ali. Após um momento de indecisão, sentara a uma mesa. Avistei uma garota que, na vez anterior, havia trocado umas palavras com Janaína. Ela também me reconheceu e, depois de pedir licença, sentou-se à minha mesa. Era uma garota magrela, com um vislumbre de tristeza nos olhos claros, mais velha que Janaína e, sem dúvida, com alguns anos de atividade nas costas. Foi bastante gentil, educada. Fatinha, foi assim que se apresentou, nem sequer pediu que eu lhe pagasse um drinque como é de praxe nesses locais. Havia pouquíssimos homens entre os clientes. Era, me parece, noite de segunda-feira. Só o que ela queria era cumprir seu trabalho o quanto antes, voltar para casa e pegar os dois filhos que estavam com sua mãe. Ela morava longe, em São Gonçalo, para lá de Niterói, segundo me explicou, e, se não conseguisse pegar um ônibus antes da meia-noite, só lhe restava o táxi, caro demais. Para não alimentar falsas ilusões, fui logo dizendo que só estava ali para tomar uma cerveja. Fica para outra vez, quem sabe. Ela não insistiu, ficou um instante em silêncio e, de repente, perguntou:

— Você gosta muito dessa garota? Está apaixonado por ela?

Enrubesci.

— Que garota?

Me segurei justo a tempo de não pronunciar o nome de Janaína. Aquele encontro podia ser uma boa oportunidade para esclarecer as minhas dúvidas.

— Ah, aquela da outra noite. Sim, ela é bonitinha, mas daí a se apaixonar há uma distância enorme. Aliás, nunca mais a vi, nem sei o nome dela. Como se chamava mesmo?

Fatinha fez uma careta.

– Não faço ideia, não conheço. Quer dizer, só a vi por aqui uma ou duas vezes.
– Mas ela não é, quer dizer, não é uma cliente habitual que nem você? Porque me pareceu que um dos garçons a conhecia muito bem. Olha só, ele também sumiu – concluí, lançando um olhar em redor.
– Os garçons aqui aparecem e somem. Em compensação, acho que a sua amiga, com aquele jeitinho de estudante, mal começou nessa vida. É sempre assim de início. Quando chega uma novata, a gente não trata mal, ela é bem recebida. Os clientes não devem nem reparar que ela é inexperiente, tem sempre aqueles porcões loucos para aproveitar.

Como quem não quer nada, fiz mais algumas perguntas. Por fim, concluí que Janaína não era conhecida entre as *garotas* do bar. Não fazia nem um mês que começara a frequentar o local, sempre chegava e ia embora sozinha. Nunca a tinham visto sair com um cliente. Isso não batia com o quadro que Janaína me pintara.

Estava claro que o comportamento de Janaína era, no mínimo, suspeito. Mas naquela noite, no bar, bem acomodado em minha cadeira, não havia espaço em minha cabeça para os meus eternos enigmas. Por que ficar inventando coisas se Janaína só estava ali para me dar alegria? Será que não era sobretudo a falta de amor e despreocupação que me minava por dentro, barrando-me o acesso a uma vida normal, me impedindo de ser como todo mundo?

Mergulhar no ilusório, deslizar sobre a sujeira da vida e sobre o peso dessa vivência que, no dizer de Heidegger, "oprime o futuro, e o homem não faz mais que voltar constantemente sobre seus passos devido à impossibilidade de ir além...".

Naquela noite, estava determinado a sair de minha solidão por todos os meios, inclusive o barulho e a farra, e só enxergava, em cada coisa, um objeto de consumo. O certo a fazer era abraçar a terra onde pusera os meus pés. Eu tinha vindo de tão longe, não podia voltar atrás.

Da cerveja, passei para o gim. Janaína pareceu surpresa, de início, ao ver-me tão descontraído. Então se juntou a mim, bebendo do meu copo, bebendo da minha boca. Eu estremecia frente ao Rio, sentia-me leve como nunca antes me sentira. O Brasil escolhera aquela noite para penetrar em mim. E era bem-vindo. Janaína desaparecera no toalete. Esvaziei meu copo, acendi mais um cigarro, estiquei as pernas debaixo da mesa, fechei os olhos, saboreando o bem-estar. Era uma sensação nova essa de me deixar invadir por uma espécie de paz espiritual em meio a todo aquele frenesi festeiro.

Um som doce, uma nota desfiada pela brisa do mar, chamou minha atenção. Um homem estava parado atrás da cerca que separava as mesas do bar da calçada. Olhos fechados, cabeça levemente inclinada sobre o ombro, ele soprava em sua flauta com tanto enlevo e candura que dava a impressão de estar pousando os lábios no umbigo do céu. O som melancólico de seu instrumento parecia contar uma história de uma época longínqua. Aos poucos, fui dando as costas para o bar, para Copacabana, deixando-me envolver pela lenta melodia, por lembranças que cheiravam a campo, a extensões de trigo nas tardes quentes, lá no meio da Itália, onde os salgueiros rodeavam a nossa casa de venezianas verdes.

O contraste entre a aflitiva doçura dessas lembranças e o tumulto presente era estridente demais para que o gim não tivesse algo a ver com isso. Mas o homem continuava ali, bem firme na sua nuvem, com a expressão extasiada de quem, já não tendo nada a fazer por aqui, segue o sopro que paira ao longe, em outras paragens. Mas ali, cercado por tantos corpos resplandecentes do desejo cá de baixo, perguntava-me no que estaria pensando aquele homem. Tocava só para si mesmo, ou para mim? Ou era sua flauta que me armava uma cilada, à qual eu me entreguei ao passar?

Porém, outro tipo de música, completamente diferente, ia explodir naquele instante em meu peito, quando vi Janaína saindo do bar de mãos dadas com outra garota. Com um jeito manifestamente íntimo, sensual, Janaína e sua amiga vieram em minha direção, atraindo todos os olhares. Ao invés de ficar constrangido, deixei-me embalar por uma excitação repentina.

Totalmente perturbado, já ia me levantar para pegar outra cadeira quando elas pararam no meio das mesas, onde todos podiam admirá-las. E motivos para isso havia: o desafio, o desprezo ao pudor, a exuberante beleza da juventude. Enfim, elas estavam de arrebentar. Janaína roçou com um beijo o pescoço fino e branco da amiga, a qual fechou os olhos com ar langoroso e a abraçou por sua vez. Nesse ponto, o local inteiro estava mergulhado no silêncio das preliminares, só a flauta do homem, aparentemente insensível a tão erótico apelo, continuava rodopiando na beatitude dos ares celestes. E enquanto nós, cá embaixo, lubrificávamos a garganta ressecada esvaziando o fundo de nossos copos, Janaína desfrutava. Seios palpitantes, boca entreaberta, olhos molhados pela indecência do prazer, enquanto um delicado e simultâneo movimento dos quadris balançava graciosamente os dois corpos colados.

Eu estava petrificado. Ela virou-se ligeiramente para mim e dirigiu-me uma piscadela. Em seguida, entrelaçou os dedos atrás da nuca da garota, as duas bocas pareceram testar-se por um instante antes de se entrechocarem num beijo, violento de início, e então doce, lento, apaixonado.

Não sei se Janaína tinha planejado isso, mas nunca antes eu me entregara em público a tamanha excitação. Estava fora de mim, já não enxergava nada além de um apelo claro, irresistível, uma incitação às práticas mais inconvenientes.

Eu já havia assistido a beijos entre mulheres. Mas isso sempre acontecera em circunstâncias anódinas que não me suscitavam mais que uma vaga curiosidade, quando não uma franca indiferença. Nada a ver com aquele momento. Olhos nos olhos, elas se desenlaçaram devagar. A garota voltou para dentro do bar enquanto Janaína, desafiando a todos com um olhar cortante, voltou a sentar-se à nossa mesa.

– Você gostou?

Respondi com um sinal afirmativo, tentando tomar suas mãos nas minhas. Com voz apressada, ela pediu a conta.

— Vamos indo? — Já estava de pé, saindo do bar a passos rápidos sem se dar ao trabalho de verificar se eu vinha atrás.

Na rua, vários táxis aguardavam. Os motoristas, acostumados ao trajeto entre esses bares e os vários hotéis vizinhos, vieram para cima de nós anunciando em voz alta a tarifa, bem acima da habitual. Não é o caso economizar quando se sai com uma garota de Copacabana. Janaína esgueirou-se entre eles, cabisbaixa, afastando-se da avenida. Era quase difícil acompanhá-la àquele ritmo. Dávamos a impressão de um casal saindo de uma discussão. Mas segui-la até onde? Desde que mudara de apartamento, prometera a mim mesmo não revelar meu novo endereço a ninguém. Muito menos para Janaína, não sem antes descobrir mais a seu respeito. Mas nada melhor do que um bar, música, álcool e uma mulher bonita para deitar por terra as melhores intenções de um homem sozinho.

Eu andava e respirava a tepidez de seu corpo junto ao meu. Em Paris, àquela época do ano, as pessoas andavam depressa, bem agasalhadas em suas roupas de inverno, atentas às folhas secas dos castanheiros que revestiam as calçadas. Não era o calor despreocupado do Rio que me levava assim de volta a Paris, mas os saltos agulha de Janaína, que, ressoando na rua deserta, me lembravam que havia tempo demais eu não passeava pela cidade na companhia de uma mulher. Eu esquecera, principalmente, qual a última vez na vida em que sentira uma sensação de profunda liberdade como a que tomava conta de mim naquele momento. A mão de Janaína apertando a minha, o cheiro de sua pele, seria isso o que me restituía uma plenitude sem dor, sem limites? E eis que minha solidão, de repente, já não era uma calamidade, e sim uma vantagem. Não tendo nenhum compromisso, meu isolamento forçado assumia ares de privilégio.

A mão de Janaína fez-se fria enquanto sua voz assumia um tom destituído de emoção:

— Quer dizer que você gostou, é? Não te imaginava assim.

— Assim como?
— Você é um depravado, mas podia ser pior.
— Pior?
— É, um depravado velho e frustrado. Eles se excitam que nem porcos com suas fantasias, mas escondem sua ereção. Já você – ela agora ria, com um risinho seco –, faltou pouco para não se meter entre nós duas.

Eu sabia que não podia fazer essa pergunta, mas ela saiu sozinha:

— E você, quer dizer, você gosta de mulher?
— Está perguntando se eu sou lésbica? Coitado, que decepção. Achava que você tinha uma cabeça mais aberta, mas não, para você também as pessoas têm que ser necessariamente uma coisa ou outra.

Eu estava paralisado. Havia nas suas palavras, na sua voz, um jeito de dizer e, ao mesmo tempo, acusar, que imediatamente me fez lembrar Áurea. A ponto de, por um instante, eu realmente achar que estivesse diante dela. Era o mesmo jeito inimitável de Áurea de jogar seus julgamentos na cara da gente, numa saraivada de granizo, exatamente como Janaína acabava de fazer. A impressão de estar ouvindo Áurea era tão forte, tão real, que me dava arrepios.

— Você mantém contato com sua madrinha?

Por essa ela não esperava. Um pânico súbito veio perturbar sua indiferença.

— A Sandra mantém. Elas ainda trocam longas cartas, e-mails. De uns tempos para cá, como é raro a Sandra estar sóbria, tem acontecido de eu cuidar da correspondência. Quer dizer, eu escrevo o que ela me dita. É um favor que eu faço para ela, só isso. São, aliás, sempre as mesmas coisas, lembranças dos bons velhos tempos, problemas que surgem com a idade. Enfim, coisas de velha, sem o menor interesse. Eu às vezes corto as partes mais delirantes, depende da hora em que ela me pede para escrever. A Sandra nunca teve coragem de confessar para a Áurea o seu problema com o álcool.

– Mas ela, a Áurea, nunca pede notícias suas?
– Ela costumava pedir, de vez em quando – disse ela, dando uma risada. – Aí a Sandra deve ter contado qualquer coisa a meu respeito, e ela acabou me esquecendo. Não faz mal – concluiu, recomeçando a andar.

Caminhávamos depressa, cabisbaixos, cada qual absorto nos próprios pensamentos, quando me vi diante do meu prédio. Ergui a cabeça, havia uma janela acesa no sexto andar. Ela acompanhou meu olhar.

– É aqui que você se esconde?
– Me escondo?
– Maneira de falar. Você mora aqui?

Meneei a cabeça, já não sabia o que fazer. Convidá-la para subir – a vontade era grande –, ou permanecer fiel às minhas precauções? Pergunta vã, cuja resposta eu conhecia de antemão. Ela se aproximou. Quase tocávamos um no outro quando ela sussurrou no meu ouvido:

– Você gosta de mim?

Não respondi, estava com um nó na garganta. Ela se acercou ainda mais.

– Então não gosta de mim?

Meu sangue estava em ebulição. Fiz um muxoxo e beijei-a. Ela se agarrou em mim. Mas alguma coisa se interpôs entre nós, um pensamento súbito, uma imagem. Ela recuou.

— O que foi?

Ela não respondeu, seu olhar estava sombrio, distante. Deu um passo para trás, lançando um rápido olhar para a rua. Não havia ninguém, só carros estacionados.

— Não sei — disse com voz triste —, somos dois estranhos perdidos. Eu não te conheço. Você me conhece?

Ela esperou, como se eu fosse mesmo responder.

— Está vendo, somos dois desconhecidos, o que estamos fazendo aqui?

Ela ergueu a mão e imediatamente apareceu um táxi na rua deserta. Eu não o vira aproximar-se, nem tinha reparado nos faróis ao longe. Na hora não pensei nisso, é claro. Boquiaberto, contentei-me em observar Janaína entrando no táxi, fechando a porta, abrindo o vidro e me mandando um beijo.

Capítulo 11

Peguei uma garrafa de cachaça na cozinha e, no escuro, deitei-me sobre a cama. Pensando em Janaína, não tinha outra escolha. Na sua fuga, no seu show homossexual, na sua pretensa profissão nos bares de Copacabana. Janaína já demonstrara amplamente sua inteligência, era uma garota sagaz. Ela tinha um segredo e, fosse qual fosse, não o dividiria comigo. A menos que eu o arrancasse à força. À força? De onde me vinham essas ideias indecentes? Rechacei o pensamento.

Tornei a encher o copo e tomei uma talagada. Pronto. No fundo, o melhor que eu tinha a fazer era beber e participar da festa ambiente. Esquecer que a vida, para mim, já não seria mais que uma interminável espera nos bastidores. E sentir o sono chegar afinal.

Acordei com o canto do galo. Estava escuro, e um galo já cantava em algum lugar no meio de Copacabana. O Morro do Tabajara erguia-se bem defronte ao apartamento, do outro lado da rua Siqueira Campos. Havia lá em cima casinhas com árvores frutíferas, hortas e, sem dúvida, galinheiros. Os galos cantam na cidade, isso também é o Rio. O canto do galo ia ficando mais forte, mas não conseguia abalar o ar parado da noite. Olhos abertos no escuro, eu pensava em outros cantos.

Havia um galo louco na casa de minha infância. Era um belo animal, de plumagem vermelha e branca. Trepava no alto de um pé de ameixa que encimava o galinheiro e cantava a qualquer hora do dia e da noite. Eu gostava daquele galo esquisito, talvez justamente porque não aceitasse conformar seus desejos às suas obrigações. Esse galo não deixava ninguém chegar perto, a não ser eu, mas também não tão perto, senão partia para o ataque. Eu achava divertido enfrentá-lo, acercando--me até a distância limite, quando então nos encarávamos, como esses nobres inimigos de outras épocas que respeitavam as regras do *front*. Éramos dois generais a lidar com a vida e a morte, das galinhas e dos homens. Um dia, porém, meu pai matou o galo. "É um bobalhão, não serve para nada". E arrancou-lhe a cabeça com um tiro de espingarda. O galo não caiu de imediato. Ainda ficou uns instantes bem firme sobre as patas, asas abertas, como que pronto para o ataque, e então, quicando de galho em galho, caiu ao pé da ameixeira. Naquele domingo, não toquei no meu prato.

Não era a primeira vez que eu recordava o galo vermelho e branco. Anos depois do seu sacrifício, quando já estava preso na roupa muito apertada de "soldado da liberdade" – como isso hoje soa ridículo! –, acontecia de eu passar noites em vigília, e lembrava então do meu velho galo, da sua tão nobre quanto inútil altivez. Será que identificara de antemão a arma que lhe arrancaria a cabeça e, mesmo assim, esperou a morte de pés firmes? Apenas uma pergunta entre tantas mais que eu me fazia toda vez que a Revolução me parecia já não ser mais que uma palavra, uma abstração fora de moda, que só servia para irritar os guardiões da ordem e do Estado, os "inimigos do mundo livre", que não eram menos ridículos que nós, mas nos transformavam no alvo a ser derrubado, ou confinado numa cela pelo resto da vida. Nessas noites de insônia, eu me lembrava do meu galo e via a minha cabeça jogada ao longe, contemplando o meu próprio corpo imóvel debaixo de uma ameixeira. E isso que eu já estava avisado, já tinha lido Sartre: "Todo projeto existencial do homem é destinado ao fracasso, porque suas possibilidades se revelam, em última análise, impossíveis de realizar".

O coração batia no meu peito feito um alucinado. Joguei os lençóis para o lado, ponderando que isso era coisa antiga, que eu já não representava mais perigo algum para ninguém. Seria melhor levantar e fazer um café em vez de ficar escutando um galo doido. E por que não me vestir e caminhar até o mar.

Saltei da cama, peguei uma camiseta limpa e fui até a janela do quarto. As ruas estavam desertas, não havia nenhum ruído. A *cidade maravilhosa* estava morta. Olhei para baixo, ainda com a visão de Janaína entrando num táxi, seu ar arisco, o beijo soprado. Algo estava acontecendo entre Janaína e eu. Surpreendi-me experimentando prazer nisso que sentia.

Resmungando, saí do quarto e atravessei a sala em direção à cozinha, quando a sensação de que algo estava errado me paralisou a meio-caminho. Virei-me devagar. Aquele calombo na poltrona, aquelas toalhas enroladas, não eram para estar ali. Estava escuro, aproximei-me na ponta dos pés. Entre as toalhas assomava a cabeça de Janaína. Ela dormia toda encolhida, o dedo na boca. Mantive-me a uma respeitável distância da poltrona. Mil perguntas.

Quantas vezes, desde que ando estagnado neste bloco, revivi esse momento, os sentimentos contraditórios que então me atingiram com sua precisão cristalina, cada suspeita e cada desejo. Janaína tirou o dedo da boca e pousou em mim um olhar inanimado.

– Estava aberto – disse, apontando o queixo para a porta.

Olhei para a porta, olhei para ela, e não me mexi. Sentia-me preso entre duas forças contrárias: aberta, que absurdo; conferir, que tolice.

– É sim – ela repetiu –, eu ia bater, e a porta abriu sozinha. Eu... desculpe, eu estava exausta, foi o gim, eu tomei mais depois e... É culpa sua.

Ela tentou sorrir. Eu estava sem jeito, querendo acabar com aquilo o quanto antes, alertado por um pressentimento desagradável. Ela antecipou:

– Esperei até entrar alguém no prédio. O porteiro estava meio dormindo.

– Você quer um café? – interrompi.

– Ora, dê uma olhada, pode conferir – ela insistiu, balançando a cabeça para ajeitar a longa cabeleira. – A porta não fecha direito, tem que dar uma volta na chave senão a fechadura não tranca. Dê uma olhada.

Eu tinha fechado a porta e a fechadura tinha trancado atrás de mim. Tinha certeza. Dei dois passos até a porta de entrada, tirei a cadeira que ela apoiara contra o batente, e a porta se abriu. Perplexo, inclinei-me para a fechadura. O pino estava travado. Olhei melhor, então fui rapidamente à cozinha e retornei com uma faca. Depois de várias tentativas, consegui tirar a guimba que estava travando a fechadura e mostrei para Janaína.

– Incrível – disse ela com voz inexpressiva.

Deu uma pausa e então acrescentou:

– Qualquer dia vou ter que te falar mais sobre o Wicca.

Então perguntou se o convite para um café ainda estava de pé. Fiz que sim com a cabeça, mas, ao ver que eu não me mexia, ela foi naturalmente em direção à cozinha. Minha voz a pegou de costas.

– Posso saber o que aconteceu? A verdade, quero dizer.

Ela girou sobre os pés descalços. Um ar de puta acompanhou sua resposta.

— A verdade, meu amor? Não sei do que está falando, nem quem você é. A questão é que não ficou muito claro para mim quem, ou o quê, você é. — Ela deixou as palavras em suspenso.

— Sou um estrangeiro por nascimento que está começando a virar um brasileiro por instinto.

Isso lhe arrancou uma risadinha autêntica. Girou os calcanhares e desapareceu na cozinha.

Não ia encontrar grandes coisas para o café. Eu costumava descer toda manhã até a padaria em frente, onde tomava um suco de frutas mistas enquanto folheava o jornal. Fui me vestir. Apalpando o molho de chaves no bolso, saí sem dizer nada.

O visor do elevador estava parado no número 7, um andar acima do meu. Subi pela escada e constatei que a porta estava mal fechada. Entrei e apertei o botão do térreo. O elevador movimentou-se com um assobio e logo em seguida parou no meu andar. A porta se abriu sobre uma mulher loira, que hesitou um instante antes de entrar, cabeça baixa, e ficou de costas para mim. Algo nela, indefinível, chamou minha atenção. Nunca cruzara com aquela mulher antes, e para estar descendo àquela hora, ela só podia morar ou ter conhecidos no prédio. Mas estava se escondendo, e me lembrava alguém. Eu tinha que descobrir. Dei um jeito para me recolocar na frente da porta, ela virou meio de lado, ocultando assim metade do rosto. Quando o elevador chegou lá embaixo, saí na frente dela, e ela foi obrigada a me mostrar o que eu temia: um sinal na sua face esquerda. Meu coração estacou. Quando voltou a funcionar, a mulher loira já tinha sido engolida pela rua.

Em meio a uma espécie de confusão mental, esqueci do jornal, do café da manhã e de todo o resto: o instante presente era aclarado apenas pelas luzes do saguão de desembarque do aeroporto de Fortaleza. Onde dois homens e uma mulher loira tinham examinado meu passaporte numa sala da Polícia Federal. A visão do exato momento em que ela me devolvia meu passaporte, desejando-me boas-vindas ao Brasil num francês impecável, ia e vinha em minha cabeça qual vento passando por uma caveira.

A fechadura de minha porta travada com uma guimba, e agora essa mulher. A desconfiança, o medo e tudo o que havia de mais razoável a ser feito naquele momento – expulsar Janaína – não eram nada diante do desejo urgente que eu sentia de voltar para o apartamento e fazer com ela um amor selvagem.

Não é difícil, revendo os fatos a partir deste pátio, compreender que já estava tudo arranjado de antemão, que aquilo não passava da encenação de uma peça escrita a várias mãos e que a ideia original pertencia ao mais insensível dos autores, à sombra entre as sombras, à gélida perfeição de Áurea.

Hoje essas lembranças me suscitam um sorriso cansado, um desses sorrisos que tanto intrigam meus colegas de prisão: "Vem cá, gringo", eles gritam para mim, "você não está ficando louco, está?".
E eu vou, reintegro o rebanho antes que o demônio da loucura, sempre à espreita nessas paragens, se jogue sobre a ovelha desgarrada. Um tapinha nas costas, uma palavra calorosa, é preciso proteger aquele que dá sinais de fragilidade. Vem, sai dessa, nós somos muitos, e mais fortes que a tempestade. A maldita loucura ronda por perto e é contagiosa. Quando alguém cai, abre-se a brecha, o terror se instala entre nós. É proibido. Olha para mim, gringo, o que você vê no meu rosto não é mais que seu próprio medo. Mas se prestar atenção, não vê também umas rugas? Não são fundas o suficiente para você se agarrar nelas com as unhas e se erguer acima desse fundo viscoso que está para engolir sua existência? Olha para o céu, gringo, daqui a pouco anoitece e vamos todos juntos para dentro. O escuro é bom, o corpo descansa enquanto o espírito voa, livre, revisitando os territórios puros de nossa vida eterna. Amanhã, estaremos fortes o suficiente para continuar mantendo o demônio a distância.

Nós? Olho para eles, um por um. Eles querem acreditar nisso, mas cada um sabe, no fundo, que, nos momentos mais difíceis, estará sozinho nessa luta perdida de antemão. Porque a escuridão não necessariamente significa descanso, e seus territórios não são pradarias para se dar rédea solta aos sonhos. A escuridão é também estar com a cabeça enfiada num capuz, é a garganta abrasada pela falta de ar, o ouvido rebentando, é o barulho ensurdecedor da morte rodopiando ao redor. Como que ouvindo meus pensamentos, Anão cruza o olhar com o meu por um instante, e então abaixa a cabeça e se afasta maquinalmente do grupo. É ali, no meio do pátio, com sua cabecinha redonda encaixada nos ombros largos, que ele dá as costas para os sonhos, para a promessa de uma luz esquecida.

Anão, longe de ser um nanico como seu apelido sugere, é um colosso de vinte anos capaz de tombar um boi com as mãos. Mãos que ele, no momento, enfia nos bolsos para disfarçar a rigidez de seus pulsos, quebrados pelas algemas. O gigante com cara de menino conheceu a escuridão do capuz e, desde então, ao que dizem, dorme de olhos abertos.

Anão, certo dia, foi levado, pela polícia, da fazenda do seu patrão, onde nascera filho de camponês e também se tornara camponês.

– Era um sábado à noite – conta, mordendo os lábios. – Eu estava contente; naquele dia tinha trabalhado duro para ganhar tempo e aproveitar a noite com a minha namorada. O filho do patrão ia me emprestar o carro, tinha baile no salão. A minha *neguinha* adora dançar. Eu estava no chuveiro quando minha mãe me chamou, dizendo que estavam ali dois homens querendo falar comigo. Pensei que fossem uns amigos. Na verdade, eram quatro homens me esperando lá fora, numa picape preta com as portas todas abertas. Quando os vi, senti um arrepio: os meganhas. Com aquelas caras, não havia como se enganar. Me aproximei. Minha mãe ficou olhando da soleira. Eles perguntaram o meu nome, mostraram as credenciais. Uma formalidade, como eles sempre dizem. Era para eu acompanhá-los. Não deu tempo de dizer nada, num vapt-vupt eles me passaram as algemas e me empurraram para dentro do carro. Mal tive tempo de ver minha mãe cair de joelhos, gritando, antes de me enfiarem o capuz e me obrigarem a deitar no piso.

Ver Anão, esse rapaz toscamente talhado num bloco de granito, falando com um fio de voz, torcendo as mãos nos bolsos sem nunca levantar a cabeça, feito um menino acanhado contando um pesadelo em fragmentos esparsos, causa de fato um efeito dramático e, ao mesmo tempo, grotesco. Chama a atenção, também, o quanto a nata do crime é capaz de se comover a ponto de envolver Anão como faria uma mãe com seu filho. Anão percebe a compaixão destilada por esses corações endurecidos e agradece os companheiros de pena com um respeito sincero, a cabeça ainda apoiada no peito, como que esmagado por uma vergonha que nunca o abandona. Mas vergonha do quê? De ter se tornado adulto e criminoso? Não, aqui isso seria mais uma honra. Vergonha, então, de ser inocente? Sim, inocente, pois os agentes da Polícia Militar que o levaram diante dos olhos de sua mãe pegaram a pessoa errada. Outro homem, com um nome parecido com o dele, com a diferença de uma letra, é que tinha participado do assalto do século ao Banco Central, e não o coitado do Anão, que nunca viu um maço de notas na vida. Os policiais, porém, certos de terem apanhado a galinha dos ovos de ouro, o levaram para um local isolado e lá bateram nele, submeteram-no a todo tipo de barbaridade para fazê-lo confessar onde escondera o butim. O que Anão não teria confessado para escapar do suplício do escuro! Porque o que lhe arrancaria um grito e rebentaria as algemas não eram os golpes e as queimaduras de cigarro nos genitais, e sim o escuro. O medo do escuro, esse pânico inconfessável que desde sempre o perseguia, foi mais forte que o aço e a tortura, ainda mais forte que seu intestino, que cedeu deixando escorrer a vergonha quente por suas coxas trêmulas. A maldita vergonha de ter cagado nas calças; a vergonha de ter sido resgatado naquele estado, graças a um controle rodoviário da Polícia Federal, quando seus carrascos o transportavam numa gaiola privada. A vergonha de entrar assim numa cela. Ele, o tombador de bois, não passava de um merdinha salvo pelo gongo. E depois, o golpe de misericórdia: acusado e condenado por "resistência à força pública" e "degradação do patrimônio do Estado", ou seja, as algemas rebentadas.

E cá estamos nós, ele no meio do pátio, ainda com as mãos nos bolsos para esconder a vergonha, e eu, evitando seu olhar. Ambos exaustos da miséria de um mundo que não queríamos, da sua tristeza tão imensa que faz empalidecer a nossa.

"Ei, gringo, levanta a cabeça, assim não dá, não dá mesmo. Vamos, pensa numa coisa bonita, uma coisa engraçada!" Uma coisa bonita. Eles estão certos, de que adianta se deixar ficar nas trevas. Obrigo-me a sorrir, deixo minha mente divagar, deixo vir as lembranças. O Rio sempre se apresenta como uma inevitável antítese de todas as privações, da feiúra que nos é oferecida aqui.

Imediatamente me vejo na sala de jantar do meu apartamento da Figueiredo Magalhães. A janela aberta de par em par, o sol do meio-dia espalhando sua luz quente na toalha branca da mesa, com os dois talheres dispostos frente a frente. No meio, uma garrafa de vinho *rosé*, junto a um grande buquê de margaridas brancas. Essa peça, que até então fora apenas uma passagem entre o quarto e a cozinha, recuperava de repente seu *status* de sala de jantar.

Apoiado na janela, observava Janaína ir e vir entre a mesa e a cozinha. Há quanto tempo eu não apreciava os preparativos de uma refeição, de uma verdadeira refeição feita em casa? Eu queria estar bem, destilar aquele prazer que me remetia a outras épocas das quais fora arrancado. Eu queria acreditar, me entregar à alegria de um dia de festa improvisada em minha casa, mas... qual mosca insistindo em torno de um prato, um negro pensamento indefinível voltava sem cessar, poluindo o instante.

Janaína estava toda faceira. Depois do problema da fechadura emperrada, ela se oferecera para fazer compras: "Meu Deus, isto aqui é uma casa? Só tem poeira, e uma geladeira vazia! Você sabe que tem um supermercado muito bom pertinho daqui, frutas e verduras frescas de encher os olhos? Bem, vou lá. Qual é o seu jornal favorito?". Eu não disse nada, minha forte impressão era de que estava de troça comigo. Ela esvaziou a bolsa para contar o dinheiro que tinha, recusando categoricamente o meu, um beijo na boca e: "Não saia daqui, *meu amor*, senão eu volto com um chaveiro".

Nunca vou esquecer a mescla dos meus sentimentos quando ela reapareceu à porta, carregada de sacolas transbordantes. Deixou cair tudo no chão para me entregar um saco de padaria. "Torta de framboesa, *meu amor*, você gosta?" Com que naturalidade ela falava *amor*. Sim, eu gostava; gostava também de olhar para ela enquanto ela tirava os sapatos, empurrando um pé no outro e deixando-os cair a um canto da sala. Olhava para ela sem dizer nada, com a torta na mão e minha cabeça perseguindo imagens perdidas. Enquanto a mosca, ainda aquela mosca, zumbia em algum recanto sombrio dos meus pensamentos. "E aí, não vai me ajudar?" Sim, abri os braços para a alegria, borrifei o rosto com gotinhas das alfaces molhadas, senti o cheiro de mato, a vida com sinal verde, o júbilo de não estar sozinho hoje. E essa maldita mosca, por que iria me proibir esses prazeres inesperados?

Proibição de entrar na cozinha, "é surpresa", ela exigiu. Mas o cheiro que chegava até mim era italiano: espaguete com berbigão.

– Onde você aprendeu a fazer isso?

Ela ergueu as mãos para o céu num gesto gracioso. A mosca zumbia por perto.

Fazia tempo demais que eu não me sentava a uma mesa não arrumada pelos gestos maquinais do garçom de um restaurante. Isso me emocionou. Contagiado por seu bom humor, eu sentia por ela uma alegre afinidade. Sua simpatia me era irresistível. Posso vê-la, ainda e sempre, chupando ruidosamente o macarrão ao comer, um por um, os espaguetes açoitando suas faces cheias de riso. Enquanto seu pé se aquecia entre minhas coxas.

Adorável canalha, devo-lhe pelo menos esse momento de vida normal. Apesar da mosca rondando, com cenas do passado e do presente se formando e se deformando. Num momento eu estava ali com Janaína, sentado diante de um prato de espaguete com berbigão, no instante seguinte era minha mãe dizendo: "Vamos, meu filho, onde está com a cabeça, assim a comida esfria", e logo as minhas duas filhas em Paris, com todos os meus amigos aos prantos, e eu erguendo a mão num adeus incompreensível. Tudo isso desde Copacabana, com uma bola enorme de espaguetes enrolados no garfo e o olhar divertido de Janaína. Ela tinha exagerado na pimenta, e minhas mãos trêmulas já não queriam servir minha boca porque a mosca tinha voltado e meus ombros se enrijeciam ao choque da lembrança de todos os conflitos. Lutas que forjaram minha vida ao longo de meio século de caça às moscas.

Eu vinha de uma viagem demasiado longa, e estava exausto, fragilizado por anos de perseguições, mentiras, ameaças e privações. Enfim, naquela época, sem ter consciência disso, eu chegara a um nível tão baixo de resistência que já me era impossível ver a diferença entre uma boa postura e um mau hábito. Tempo demais arrastando a vida numa mochila. De um lugar para outro sem destino certo, de avião, de barco, a pé, de táxi. Uma quantidade enorme de táxis amarelos sempre parando em ruas anônimas. Fugas grandes e pequenas, perigos reais e falsos alarmes, circunspecção legítima e delírio, medo, sempre o medo dos onipresentes perseguidores, homens e mulheres, caçadores oficiais e clandestinos, sempre no meu encalço, dia e noite, onde quer que eu fosse. Por que não me prendiam? Por que vigiar todas as minhas idas e vindas e esperar, dia após dia, durante meses, anos? E esperar o quê?

Em breve descobriria o jogo deles, mas seria tarde demais. Enfim, tarde demais para quê? Para continuar tremendo a cada porta que batia? Para optar pela solidão de modo a não poluir uma mulher com meus problemas? Para me alimentar aqui e ali, e dormir nos arredores das estações, sempre perto demais dos traficantes de toda espécie? Para quebrar a cabeça fotografando esses homens e mulheres que revistavam sistematicamente toda morada em que eu vinha parar, mesmo que por meio dia apenas, me obrigando assim, às vezes, a dormir na beira da estrada, pelo simples prazer de propiciar, também a eles, uma noite ao luar? Era nessas condições que eu vivia no Rio.

A esperança já nem era mais a questão. Sandra não estava, obviamente, em condições de me ajudar. Mas em breve eu encontraria alguém que iria se compadecer de mim pelo tempo de uma cerveja. Era simpático e caloroso, tinha um belo bigode preto (postiço, já que eu tornaria a vê-lo várias vezes, alternadamente barbudo, ruivo e até cabeludo, simulando as mais disparatadas profissões, que o traziam inevitavelmente para os meus arredores). Ele então me contou sua vida, tecendo elogios ao Rio, aos cariocas. Dizia que era a cidade ideal para encontrar a paz e o calor humano. Parecia saber exatamente do que eu precisava. "Você chegou ao seu destino, *meu irmão*, você, aqui, está em casa, e pode ter certeza de que existe, em algum lugar, uma linda carioca esperando por você."

– Comida sem pimenta não tem gosto de nada – dizia Janaína, respirando pela boca. Eu olhava para ela, fazendo força para acreditar que era verdade, que tinha realmente chegado ao meu destino. Janaína era pimenta, ardia com força, mas eu nunca recusava. Não esquecia a primeira vez em que cruzara com ela na rua, maquiada como uma *garota de programa*.

Eu sempre soube que, a partir daquele momento, estaria acrescentando mais um tormento à minha vida. Mas, no fundo, tratava-se apenas de variar um pouco o meu inferno, só para, com alguma sorte, suavizar o final. O contrário, porém, era igualmente possível; eu tinha absoluta consciência disso, mas não tive coragem de renunciar para sempre ao prazer de tê-la em meus braços. Uma força atroz me obrigava a manter contato com ela, a buscá-la assim que a rechaçava.

Eu passava muito tempo a perguntar-me por que poderosas razões eu teimava em prender-me àquela mulher quando minha situação já era, em si, um obstáculo à vida, enquanto o medo dos meus perseguidores me submetia a uma insuportável tensão. Não é, Janaína? Quem melhor que você pode entender o que significa estar noite e dia com uma dúzia de pessoas que não largam do pé da gente um instante sequer, nem na privacidade do toalete, que nos revistam a alma e puxam nossos lençóis, enquanto eu e você, Janaína, fazíamos amor. Como é que você conseguia suspirar de prazer sabendo de todos aqueles aparelhos apontados para nós? Você que eles tinham treinado para me seguir pelo Rio. Você, a pequena Janaína de Sandra, que, mais tarde, desgostosa com esse jogo cruel, iria desencavar uma a uma, em nosso apartamento, todas as escutas último modelo, tão minúsculas que tinham que ser procuradas com lupas. Mas, antes disso, antes de derramar lágrimas de verdade, Janaína, entre missão e paixão, você nunca pensou em mim um instante sequer, não pensou no desperdício daquele amor perverso? Como no caso daquele almoço para dois. Foi mesmo você quem escolheu o cardápio?

Era o que eu me perguntava enquanto a mosca esvoaçava sobre o prato de espaguete com berbigão e Janaína tornava a encher os copos. Seus olhos atentos diziam que ela estava ali para devorar, pronta para aproveitar a mínima brecha para me mostrar, definitivamente, quem dava as cartas naquela mesa.

Eu não podia deixar assim.

— Como é que você entrou aqui na noite passada?

Ela pôs a torta no centro da mesa. E então, inclinando-se para mim e me dando um beijo na testa:

— Por favor, para com isso.
— Parar com isso por quê?
— Porque sim, droga. Porque quando um homem está com algum problema, tem sempre uma mulher para dar um jeito.

Enxotei a mosca com força e declarei:

— Janaína, você é linda.

— Sim, linda, já me disseram isso — ela respondeu secamente.

Depois de refletir um instante, acrescentou com voz cansada:

— Mas você, sendo escritor, sabe que não dá para apreciar um livro só pela capa.

Capítulo 12

Janaína já estava instalada em minha casa fazia um bom tempo quando Sandra me mandou um recado pedindo que eu fosse visitá-la. "Sozinho", acrescentou o garoto, antes de subir na mobilete e ir embora.

Levantei cedo no dia seguinte, queria sair de casa antes de Janaína acordar. Eu não tinha dormido bem. O que se devia, em parte, à ideia de visitar Sandra às escondidas. Não me agradava esse clima de conspiração, temia ter que ouvir alguma coisa que já sabia e à qual não queria dar atenção. Enfim, em meio à minha apreensão geral, estava dando uma importância exagerada àquela curiosa convocação. Que sentido teria aquilo? Teria Sandra algum segredo para me revelar, um segredo que não podia dividir com a filha adotiva? Difícil de acreditar.

Fazia tempo que eu não tinha notícias dela. Janaína evitava cuidadosamente falar a seu respeito, e eu acabara por me esquecer da sua existência. Levávamos quase que uma vida de casados. Cada qual com seus hábitos, mas ainda distantes dos estragos da rotina. Ela às vezes se ausentava. Não mais que um ou dois dias, e então voltava com novas roupas, livros ou músicas. Eu supunha que tivesse ido buscá-los nas suas coisas em Duque de Caxias. Eu não fazia perguntas, nem ela, era uma regra tácita entre nós. Eu andava, naquele período, muito envolvido na escrita de um novo romance. Tínhamos conseguido criar uma boa convivência. Eu fingia não perceber a vigilância cada vez mais desenvolta dos meus bravos agentes, e ela já não precisava detonar a fechadura para entrar no apartamento. Tirando as horas que passávamos cada qual frente ao seu computador – Janaína estava se aprimorando na criação de logos para pequenas e médias empresas –, passávamos o restante do tempo numa lua de mel que raramente nos dava vontade de sair da cama. Sandra estava bem longe.

Era uma manhã ensolarada, refrescada por uma leve brisa do mar. No céu, só umas poucas nuvens brancas pairavam acima dos *morros*. Fui andando devagar, dando um tempo. "Nunca antes das onze", Janaína dissera uma vez acerca do humor de Sandra, pautado por seus "breves ciclos de sobriedade". Eu me esgueirava a passos lentos em meio ao movimento da rua, que já ressoava num alarido bitonal típico do Carnaval que se aproximava.

Andava me sentindo bem e reconsiderava com simpatia meus primeiros tempos no Brasil, quando não suportava o alarido daquelas manifestações festeiras, aquele imenso remexer dos quadris a que eu estupidamente associava o espírito do brasileiro médio. Nem mesmo um errante como eu escapava à tendência de julgar a torto e a direito as atitudes alheias, porque tanto parecem nos rechaçar que acabamos por padecer de um sentimento de exclusão.

Naquela manhã eu zombava mansamente de mim mesmo, agora que estava em condições de contemplar aquela eclosão de gente com um olhar indiferente, agora que podia admitir que, com um pouco mais de coragem, também eu me entregaria a ela de bom grado. Defronte a uma loja de truques e mágicas, uma senhora de idade jogava nos transeuntes uns confetes que ela juntava a mancheias de um saco plástico enquanto se sacudia numa dança desenfreada. Vi que vinha em minha direção, não ia deixar barato:

— E aí, meu bem? — interpelou-me — Vem, mostra para a gente como os gringos sabem rodar.

Sorri para ela, sorri também à ideia do que teria sido minha reação algum tempo atrás numa situação semelhante. Teria decerto abaixado a cabeça e apressado o passo, provocando uma gargalhada geral. Mas, desde que Janaína se instalara em minha casa e partilhávamos tudo o que o Rio tinha a nos oferecer, eu me permitia cada vez mais entregar-me àquele excesso de efusão coletiva. Enquanto me mantinha à distância de mais uma chuva de confete e purpurina, esbocei um passo de dança tal como tinha visto na tevê. Recompensado por belos risos e alguns aplausos, retomei meu caminho com um passo mais leve.

Ao longo de todo o trajeto, desde a Zona Sul até a Central do Brasil, e depois, de ônibus, até Duque de Caxias, o ritmo monótono e ensurdecedor das *marchas de Carnaval* não me deixou um instante sequer. A música surgia de todo canto, das casas, dos carros, dos potentes alto-falantes instalados na frente de todas as lojas e até, às vezes, no telhado dos prédios; a algazarra era grande. O "Brasil do Carnaval e do futebol", como resumia uma musiquinha que estava então em voga, desfilava diante dos meus olhos, agora abertos para aquelas festas e a alegria, para o entusiasmo de um povo que fascina o mundo inteiro por sua extraordinária capacidade de transformar, onde não há nada, a miséria em riqueza de espírito.

À entrada de Duque de Caxias, um grupo de garotas e garotos usando as cores da prefeitura distribuía gratuitamente aos transeuntes camisinhas e pílulas do dia seguinte.

Diante do portão azul, dei de cara com uma senhora que vinha saindo da casa de Sandra. Ela usava um boné vermelho atravessado e levava um cesto cheio de roupa suja. Examinou-me atentamente antes de me brindar com um sorriso.

— Eu sou Viviane, a vizinha. Pode entrar, a Sandra está te esperando, está de cama — disse de um jato só.

Hesitei:

– Ela está doente?

Viviane me observou mais uma vez com seus olhinhos bem fundos nas órbitas ossudas.

– Só um resfriado – respondeu, e se afastou a passos rápidos.

O pátio estava visivelmente ao deus-dará. Não que antes ele fosse um modelo de paisagismo. Eu lembrava que o cachorro fazia suas necessidades em qualquer canto e que as plantas eram um tributo à tristeza. Mas o cachorro já não estava mais lá, e a corrente pendia, enferrujada; das plantas, só restavam uns vasos, um deles derrubado em meio à poeira e um monte de folhas secas. A porta da casa estava entreaberta. Empurrei-a, meio inseguro, e entrei na sala, onde um cheiro de lavanda me saltou às narinas. Alguém acabava de aspergir o cômodo com um desodorizador de ambiente, que ainda escorria na superfície dos móveis. Olhei em volta sem fazer ruído, à cata de um sinal de vida, de um detalhe que me explicasse o motivo daquela convocação, quando uma voz ecoou no cômodo vizinho.

– Você está aí? Vem, pode entrar.

No quarto havia um armário velho, um criado-mudo salpicado de marcas de cigarro, uma cadeira de palha, uma escrivaninha antiga, dessas com cortininhas de madeira que baixam frente a duas colunas de prateleiras. A bancada estava limpa e arrumada: um copo de plástico vermelho cheio de canetas, meia resma de papel, um pacote de envelopes amarelos e, no meio disso tudo, um computador portátil de um modelo bastante recente. O cômodo estava banhado pela claridade que entrava pela janela, cujas cortinas bem abertas deixavam ver parte do pátio e um bom trecho da rua.

Sandra estava sentada na beira de uma cama enorme que, sozinha, ocupava o espaço restante do quarto. Usava uma camisa de manga curta branca com poás vermelhos e uma calça marrom que flutuava em suas pernas muito magras. Ela ajeitou os óculos.

– Bom dia, Augusto, como vai?

Sua voz estava fraca, percebia-se que fazia um esforço para as palavras saírem claras. Não havia, porém, nenhum indício de álcool ou fumo. Não havia sequer um cinzeiro, na verdade. Ela acompanhou meu olhar e pegou um, limpinho, na gaveta do criado-mudo.

– Por favor, sente-se – disse, indicando a cadeira e o cinzeiro. – Eu tive que parar, mas não se acanhe se quiser fumar, não me incomoda. Tenho horror a ex-fumante que vira um repressor fanático.

Acendi um cigarro. Numa casa vizinha, o rádio tocava *Mamãe eu quero... Mamãe eu quero... mamãe eu quero mamar... Dá a chupeta... Dá a chupeta... Dá a chupeta pro bebê não chorar!*

– Você gosta de Carnaval?

Eu gostava. Ela meneou a cabeça:

– O Carnaval é uma bobagem, eu tenho horror. Mas posso estar errada. Por que não? Afinal, o pessoal não tem muito com que se distrair. É sim, é isso mesmo. – E então, como que se lembrando de algo urgente: – Ah, me desculpe, você quer um café, um chá?

Dizendo isso, fez um gesto para se levantar, mas tornou a cair sentada, enquanto sua mão segurava maquinalmente o flanco direito. Tentou disfarçar, com um sorriso, uma careta de dor. Reparei então que sua pele estava feia, coberta de manchas amareladas nos antebraços e no pescoço. Súbito, seu rosto me pareceu miudinho por trás dos óculos, o queixo esguio, os lábios sem cor. Me impressionou o quanto emagrecera desde a última vez em que a vira. Seu cabelo tinha um tom grisalho, poeirento, o rosto com feições marcadas estava extremamente pálido, sua camisa escorregava pelos ombros, que ela se esforçava por manter eretos. A impressão geral era a de uma mulher cuja vida andava difícil. Ela esquivou meu olhar, mudando de posição com gestos desajeitados e nervosos.

– É um pouco de artrite – apressou-se em explicar –, não há o que fazer. É sim, é isso mesmo. Você, em compensação, parece ótimo. Melhor que da outra vez, graças a Deus. Mas deve estar se perguntando por que o chamei aqui. Caramba, uma bobagem, vacilei, me deu um momento de baixo-astral e despachei o Zezinho, sabe, o menino que levou o bilhete, como se fosse alguma coisa urgente. Que boba. É sim, é isso mesmo, só um momento de solidão à toa. Me desculpe. A Janaína tem aparecido tão pouco. Já não tem quase nada dela aqui em casa, só o cheiro. É sim, é isso mesmo. Eu ainda sinto o cheiro dela. Ela vai embora e o cheiro fica. Ele está por tudo. Você não sente? Ora, estou falando bobagem, a gente vai ficando gagá. É sim, é isso mesmo. É a idade.

Eu não me lembrava de ela usar com tanta frequência a expressão "É sim, é isso mesmo". Havia nela algo preocupante que, eu tinha certeza, não tinha nada a ver com sua saúde, com aquele envelhecimento espantoso ou uma súbita saudade de Janaína. Eu me sentia como à cabeceira de um moribundo que não quer abandonar este mundo sem antes se livrar de algum peso. Mas por que escolhera a mim? Essa pergunta fazia eu me remexer sem parar na cadeira.

Tratei de erguer uma barreira para não deixar transparecer minhas emoções. Parei de me mexer, fiquei ali parado, ainda atento ao que ela dizia, mas como se estivesse em outro lugar e pudesse observar a cena a distância. Sim, era isso mesmo.

Sandra tirou da gaveta uma cartela de comprimidos brancos. Com mãos trêmulas, destacou dois, fez um gesto para levá-los à boca, mas desistiu, meneando a cabeça.

– Não sei como tem gente que engole isso a seco. Eu não consigo.

Esticando os lábios finos num sorriso de desculpas, tentou juntar forças para se levantar. Me ofereci para buscar água.

Na cozinha, a mesa de madeira estava coberta por uma camada de sujeira; do guarda-louça emanava um cheiro de ovo podre; sobre o fogão, havia duas panelas sem tampa, uma com um resto de feijão e outra com um tanto de arroz amarelado. Era óbvio que alguém, a vizinha decerto, dera um trato na sala e no quarto pouco antes de eu chegar, deixando o resto da casa no estado lamentável em que devia estar já desde algum tempo.

Abri a geladeira para pegar a garrafa de água, o puxador grudou na minha mão. O que acontecera desde minha última visita? Voltei para o quarto com um copo de água. Sandra segurou-o com mãos trêmulas e então tomou os comprimidos. Mais tarde, vi que se tratava de um remédio à base de morfina.

Sandra estava com dor. Sua mão apalpava constantemente seu flanco direito, e sua testa estava sempre perolada de suor. Por um momento ficamos ali sentados, frente a frente, sem nada dizer. Aos poucos, suas feições foram relaxando enquanto uma paz diferente se espalhava sobre ela. Ela disse, por fim, não sem certa ambiguidade:

– Não é nada, diz o médico que daqui a pouco já não vou ter com que me preocupar. Mas chega de falar de mim. Na verdade, eu queria perguntar de você, da Áurea. Ela mandou você aqui e eu não mexi um dedo para facilitar a sua vida. É imperdoável.

Eu quase enrubesci, sentindo-me um tratante. No nosso primeiro encontro, eu estava tão sem jeito que, sem querer, passara-lhe uma impressão errada.

— Não, não foi bem assim – disse. – Ninguém me mandou aqui, foi só uma ideia minha. Uma bobagem, na verdade. A Áurea me falou tanto em você que, quando cheguei ao Brasil, simplesmente tive vontade de te conhecer. Só isso.

Ela pareceu não dar muita importância, como se aquelas explicações não passassem de uma delicadeza minha para eximi-la de qualquer responsabilidade. Prosseguiu no mesmo tom:

— Mas, quer dizer, você e a Áurea eram bons amigos. Sim, claro que sim. Se ela te falou sobre a Papoula, sobre o que aconteceu naquela época, ela necessariamente confiava em você. A Áurea deve ter mudado muito. Todos nós mudamos. Era inevitável. Mas ela, que Deus a abençoe, ela foi longe demais. Não por culpa dela, coitada, depois de tudo o que ela aguentou. Não, a culpa não foi dela, todos somos responsáveis por aquilo que cada um se tornou. Uma pessoa entregue a si mesma não é nada. O indivíduo isolado não pode nada; só no seio da sua comunidade, numa comunhão de espíritos, de ideias, é que ele dá o melhor de si. Heróis solitários não existem. É sim, Augusto, é isso mesmo. Pode acreditar. Se você soubesse do que a Áurea era capaz, na época da Papoula! Nada podia dobrá-la. Mesmo que o preço a pagar tivesse que ser a morte do seu amor. Você pode entender isso? É sim, nós éramos uma força. Mas depois, espalhados pelos quatro cantos do mundo, com a derrota na alma, o que foi feito de nós?

Ela abriu os braços, abraçando o quarto como se todos os resíduos de uma época, em que o povo unido pela esperança ainda cantava a verdade e a liberdade, estivessem agora ali reunidos para fazer um exame de consciência.

— O homem é um animal político – continuou. – Mais social que as abelhas e que todos os outros animais que vivem em grupos. O interesse tem que ser comum a todos, e se não for, já não existem cidadãos. Não me olhe assim, isso está em Aristóteles. Que nada – ela suspirou –, a gente não passa de fantoches obedecendo aos fios puxados por alguns fantasmas. Assim é que fazemos o jogo. Um jogo sujo, Augusto, você sabe o que eu quero dizer.

Não, eu não sabia ao certo. Minha visão, naquele momento, não ia além daquele rosto de mulher que, apesar de seu passado guerreiro, aceitava uma vida já despida de ideais. Sem mais nenhuma chance de erguer a voz em meio à revolta, acabara por se submeter ao inevitável.

E eu, então.

– Mas por que o Brasil?

Não era uma pergunta, era uma censura.

– Quer dizer – ela retomou, assumindo outro tom, medindo as palavras –, pelo que entendi, para você qualquer país dá na mesma. O que prende você aqui, afinal?

Nada. Foi o que quase respondi, mas isso não era verdade. Não era mais. Mas como dizer àquela mulher desiludida o que eu mesmo ainda não conseguia entender? E será que era sensato me deixar encantar assim por este país? Ficar intrigado a ponto de querer descobrir a todo custo o segredo da inquebrantável alegria de viver que eu encontrara aqui, justamente em meio a um povo que tanto penava, às vezes, para pôr comida no prato? Mas como é que eles conseguem? – era a minha pergunta toda vez que me achava num bairro pobre. Como é que conseguem lidar com a miséria, suportar todo tipo de injustiça com tamanha desenvoltura? O que de início me parecera pura inconsciência se transformara aos meus olhos, com o tempo, numa proeza. Estava me apegando a este país, esta é que era a verdade.

– A propósito, o que você sabe a meu respeito?
– O suficiente, meu pobre Augusto, e, acredite, este não é o momento para duvidar das suas escolhas.

Acendi outro cigarro.

– O que me prende aqui? – repeti como para mim mesmo. – Não, não saberia dizer, muitas coisas me escapam, Sandra. O certo é que estou cansado de arrastar minha vida de um lugar para outro, fugindo do inevitável. Não aguento mais, estou exausto, os anos vão passando e eu não vejo minhas filhas crescerem. Não consigo mais imaginar o rosto delas. Eu faço força, mas não consigo, e sinto vergonha disso. Eu perdi tudo. Mas não elas. Eu quero as minhas duas filhas. Eu sou o pai delas. Pai, você entende.

De uns tempos para cá, eu andava assombrado pelo medo de morrer sem tornar a ver minhas filhas.

– A mais velha já está com vinte anos, Sandra – continuei –, deve ter um namorado que eu não conheço. Ela vai ter filhos, meus netos, que eu também não vou conhecer. E você me pergunta por que aqui? E por que não, Sandra? Você quer motivos fortes, é isso? Pois bem: conheço a Constituição brasileira, o artigo 5 me protege. Não é o suficiente para eu ficar aqui e ter esperança de obter um refúgio político?

Detive-me bruscamente a essas palavras. Até então, nunca tinha comentado isso com ninguém. Apresentar-me às autoridades competentes tinha sido minha primeira ideia assim que entrei no país. Queria tratar dessa questão do refúgio o quanto antes, principalmente por causa da estranha recepção que tivera no aeroporto de Fortaleza. No Rio, eu podia contar com um contato político bem posicionado, além de um renomado escritório advocatício recomendado desde a França. No início, o caso parecia simples, diziam que não passaria de mera formalidade.

Um otimismo que não deu em nada. Os que supostamente iriam me ajudar nessa tarefa começaram a vir com uma conversa estranha. Enrolavam, chegaram a me aconselhar a não fazer nada, a ficar tranquilo e aproveitar a praia, já que a polícia brasileira tinha mais o que fazer do que se preocupar comigo. Intrigado, consultei meu advogado, pedindo-lhe que facilitasse minha entrega às autoridades. Para minha surpresa, porém, ele foi categórico: "É impossível, não há nenhuma denúncia contra você, nenhum mandato de prisão internacional, nenhum processo correndo por algum delito cometido aqui, de modo que é impossível entregá-lo a qualquer autoridade judicial. Eles não saberiam o que fazer". Também ele me aconselhou a frequentar a praia.

Existia, na verdade, uma possibilidade legal de acertar o meu caso. Mas isso eu só viria a descobrir muito depois, quando de minha prisão programada.

No meio-tempo, conheci Janaína e a praia acabou sendo um paliativo não de todo mau. No fundo, era fácil convencer-me de que o advogado certamente devia saber mais do que eu. Sem falar que, ao fim e ao cabo, me esperava a prisão preventiva. Seis meses, foi o que me disseram, era o tempo que os outros italianos tinham passado atrás das grades antes de obterem o direito de permanecer no Brasil. Em suma, quanto mais eu me envolvia com o Rio, mais achava que o advogado e os outros todos estavam certos quanto a "não se afobar".

E assim fui deixando passar o tempo, tentando entender as intenções daquelas sombras que me perseguiam até dentro do elevador. Como teriam chegado até mim? Através de Áurea? Ou de algum policial que reconhecera a minha foto? Verdade, também, é que eu não queria saber. E seriam mesmo reais aquela vigilância, as câmeras e as dolorosas suspeitas a respeito de Janaína? Seria mesmo verdade aquilo tudo ou minha mente já estava irremediavelmente enfraquecida? A loucura rondava minhas noites, o medo e a inércia me impediam de agir.

– Duas filhas – disse Sandra. – E a menor, que idade tem? Dez? Céus! Só Deus sabe como ela precisa de um pai. – Ela fez uma pausa. –

A minha Janaína não tinha nem oito anos quando mataram os pais dela. Talvez a Áurea não tenha te contado essa parte, ela já não estava mais lá naquela manhã de domingo, quando os *capangas*, os assassinos dos nossos companheiros, voltaram para o bar e eliminaram as testemunhas da primeira matança. A menina estava no andar de cima. Ela ouviu os tiros. Ficou horas escondida debaixo da cama, até eu chegar e tirá-la de lá. Passaram-se vários meses até ela voltar a falar. E muitos anos até ela esquecer. Mas será que esqueceu mesmo? Às vezes, quando está brava, ainda posso ver o ódio em seus olhos. Isso me assusta, me lembra o que dizia o meu pai: essa menina é uma esponja, pega tudo o que passa por ela e guarda para sempre. Não – retomou Sandra depois de alguns instantes –, ela não esqueceu. Ela me acusa de tê-la arrancado às suas lembranças. Eu nunca consegui substituir a mãe dela. Eu me culpo – ela enxugou uma lágrima – e ela também me culpa, cada vez mais. É sim, é isso mesmo. Ela mudou muito de uns tempos para cá, principalmente depois que foi para Brasília com o tal de Jefferson, o filho de um coronel da Marinha. Quando voltou, era outra Janaína.

Empalideci. Havia um coronel da Marinha na história de Áurea. Era o seu tio materno. Esse tio estava presente quando a polícia a apanhou no aeroporto de Orly, em Paris. Fora ele quem negociara a sua liberdade em troca de colaboração vitalícia.

– O que houve, está tudo bem? – preocupou-se Sandra.

Pedi que ela continuasse.

– A Janaína é muito inteligente, sabe. Se tivesse continuado os estudos, ela hoje não estaria nessa.
– Nessa o quê?
– Ela podia ter ido para a universidade, em vez de andar por aí com esse Jefferson. Um cara suspeito. Só o vi uma ou duas vezes, mas foi o suficiente. A Janaína estava enfeitiçada, fazia tudo o que ele

mandava, até no jeito de vestir. De repente se tornou mais dura comigo, autoritária. Por sorte, de um dia para o outro o cara sumiu. A Janaína nunca mais falou nele, mas também nunca mais foi a mesma. Nem eu, aliás. Aos poucos, fui aceitando que ela tomasse o meu lugar. Era ela quem decidia com quem devia conviver ou quem evitar. Cuidava de tudo, até das contas a pagar – Sandra baixou os olhos – e da correspondência que eu mantinha com a Áurea.

– Mantinha?

Os lábios de Sandra estremeceram.

– Antes mesmo de você chegar, eu já não tinha mais notícias dela, mas tenho certeza de que Janaína manteve o contato. No começo, eu achava estranho ficar sem notícias. Fosse por carta, por telefone ou por internet, eu nunca tinha perdido o contato com a Áurea. E, de repente, mais nada.

– Antes da minha chegada – repeti maquinalmente.

– É sim, é isso mesmo, pouco tempo antes. Fiquei preocupada, perguntei para a Janaína. Mas ela sempre desconversava. Um dia, tivemos uma discussão violenta sobre o assunto, e então ela me disse que a Áurea tinha morrido, que já fazia algum tempo e que não tinha me contado por causa da minha situação. Porque eu estava igual a um vegetal, disse ela, e que vegetais não têm amigos. E ela estava certa.

Quanto a mim, debatia-me entre sentimentos opostos. De um lado, tinha simpatia por aquela mulher, um sentimento de solidariedade que se devia, sem dúvida, à nossa experiência comum de vida política, à memória de uma mesma geração, aos comoventes esforços que ela fazia para se manter fiel a essa memória. De outro, a impressão de que seus discursos, suas desconfianças, seu mal disfarçado vitimismo eram mero efeito de seu alcoolismo me deixava com um pé atrás. "Áurea morta". Como teria Janaína justificado tamanha mentira? Eu não estava entendendo mais nada, observava Sandra e seus olhos molhados. Não parecia uma mulher em delírio, não naquele momento.

Tomado pela tristeza que aquela casa exalava, senti de repente uma dolorosa saudade de Paris, da minha pequena família. Uma saudade enorme.

Sandra continuava a falar:

– Se eu pelo menos pudesse fazer alguma coisa – suspirou. – Tanto sacrifício para acabar me instalando aqui. Tentar construir um futuro para Janaína e, depois de tê-la desenraizado, obrigá-la a conviver com minhas críticas ácidas a tudo o que ela fazia. Eu fui cruel. É sim, é isso mesmo. Que tipo de amor ela podia ver em mim, nos meus olhos fechados para a vida, no olhar de uma pessoa transtornada pela derrota? O Rio, sim, poderia ter sido legal. Poderia, mas eu já não tinha ânimo, e a Janaína, a minha pobre Janaína, teve que aguentar tudo isso.

Súbito, Sandra segurou minhas mãos e baixou a cabeça. Pensando que ela fosse beijá-las, retirei-as bruscamente.

– Augusto, perdoe a Janaína – disse ela com voz alquebrada. – Perdoe, por favor, se ela às vezes lhe parece injusta. É uma menina, sabe, a minha menina.

Retesei-me na cadeira. Perdoar.

– Mas, eu não tenho nada para perdoar a ninguém. Qual é o problema? Janaína? Não se preocupe, ela está bem, a gente está bem, está tudo bem nesta droga de mundo. Acredite, a Áurea não morreu, está bem viva e passa muitíssimo bem, a danada continua roubando mangas[10] dos gringos em fuga. Já a Janaína tem talentos de chaveira, você não acha? Ela entra em qualquer lugar a qualquer hora. E você, mantém

---

10. Ver, do mesmo autor, *Ser Bambu* (Martins Fontes – selo Martins, 2010). (N. T.)

acesa a chama da revolta! – eu estava quase gritando, não sabia mais o que dizia. – Está vendo, não é o fim do mundo, estamos todos vivos, por que essa cara de funeral?

Eu estava ofegante. Tinha alçado a voz, e agora sentia vergonha daquele desabafo inconveniente. Além disso, dissera "cara de funeral" sem lembrar um segundo sequer do seu estado de saúde. Sem saber como corrigir minha mancada, acrescentei em tom de desculpas:

– Vou conversar com a Janaína. É melhor ela ficar aqui por uns tempos. Vocês duas estão precisando.

E não é que, sem realmente querer, estava me livrando de Sandra e de Janaína numa cajadada só? Ao mesmo tempo, me era difícil despedir-me daquela mulher. O que restava da médica militante de outrora? Esmagada pelo peso da própria decadência, embrutecida pela frustração e o desespero que ela expressava em imprevisíveis crises nervosas, somente sua correspondência com Áurea tivera, no intervalo entre dois copos, o poder de apagar o tempo. A vida à sombra do próprio passado não a tinha preparado para a irrupção de um gringo cuja história ainda não se deixava escrever.

Sandra não estava à altura da missão que lhe tinham confiado em nome de uma antiga cumplicidade, pensei com um misto de raiva e aflição. Mesmo que naquele momento ainda não tivesse certeza absoluta da existência do plano maquiavélico de Áurea e do triste futuro que ela reservava para mim: enquanto me induzia a acreditar que, por compaixão, estava me deixando fugir, Áurea me orientara sutilmente para o Brasil. Era nesse país que o governo que a mantinha na coleira queria que eu estivesse no momento escolhido. O plano previa a presença, no local, de alguém de confiança, e Sandra era a pessoa ideal para ficar de olho em mim, ajudar os cães de caça a vigiarem a presa até o dia da entrega. Uma missão que ela não podia negar a Áurea, a única pessoa que ainda acreditava nela e em sua antiga integridade. Pobre

Sandra, disso também ela havia sido privada. Pois fora Janaína, sua doce menina, a escolhida para substituí-la nessa que podia ter sido sua derradeira aventura.
Eu refletia confusamente sobre isso tudo. Quanta mentira, pensava. Delírio, cansaço, não sabia o que ainda me retinha ali. O fascínio do abismo, sem dúvida.
Sandra estendeu maquinalmente a mão para o meu maço de cigarros, mas a retirou em seguida e me perguntou de chofre:

– Você ama a Janaína?

Sua pergunta me paralisou. Amar, atrevia-se a perguntar. Como saber? Vivíamos um período de embriaguez, seguido às vezes por longos momentos em que eu sentia pesar sobre mim um preço a pagar por ter mandado a cautela às favas. Lembrei dos dias inteiros que passávamos em casa. Só o tempo de fazer as compras e voltar rapidinho para fazer amor. Será que era amor? Obriguei minha memória a desencavar outros momentos, momentos que não aconteciam na cama. O que fazíamos quando não estávamos colados um no outro? Não me ocorria nenhum gesto, nenhuma palavra inteira. Apenas suspiros, suspiros de prazer, os "meu amor" ditos em voz rouca. Sexo. Seria possível que não houvesse mais nada? No entanto, nos sentíamos bem quando estávamos juntos. Não atrapalhávamos um ao outro. E era só encostarmos um no outro, e tudo recomeçava. Mas o que era o amor, então, se não isso? Sandra esperava.

– Amo, sim.

Pronto, estava dito. A mentira saíra, e quem sabe quantas vezes eu ainda teria que confirmá-la?
Eu te amo. Eu sempre achara difícil dizer isso. Muitas vezes tentaram me arrancar essa frase, mesmo que só para enfeitar um momento de ilusão, prolongar um gemido. E não é que agora, por causa de um

olhar aflito, de uma mulher aos prantos, de uma mulher que nem mãe dela era, eu acabava de dizê-la como quem não quer nada? Senti um arrepio. A possibilidade de que talvez fosse verdade acabava de me açoitar a mente.

Dei comigo na rua Santa, tamborilado pelo som do Carnaval. Sandra me dera um beijo na testa. Assim também se cumprimentam os mortos.

Viviane estava ao portão de sua casa, com um envelope na mão.

– É da parte da Sandra – disse ela. – Não abra agora. Você vai saber quando for a hora. Deus te abençoe, meu filho.

Fiz que sim com a cabeça. Também tinha lágrimas nos olhos.

Alguma coisa estava estranha. Uma impressão que, para mim, não deveria ser novidade. Mas, desta feita, parecia-me que alguma coisa cedera sob os meus pés, e que eu não ia me sair dessa saltando de um trem para outro, como costumava fazer.

Na primeira esquina, abri o envelope e peguei o CD-ROM. A etiqueta trazia o nome, escrito a mão, do cantor mais popular do país. Mais apático que decepcionado, guardei o CD no envelope. Um dia, pensei, quem sabe. No dia em que eu aprender a gostar do Brasil a ponto de apreciar até suas músicas bregas.

Capítulo 13

Enquanto nosso pequeno pátio se amodorrava ao calor seco da tarde, Bruno me falava da sua terra, lá no norte, na floresta amazônica. Eu escutava Bruno e pensava em Janaína, ao mesmo tempo que observava o meu passarinho branco, que não nos dava a menor bola.

– A gente tinha que descobrir o que fazer com os sentimentos que já não servem, de que a gente não consegue se livrar.

Ele disse isso com uma entonação teatral, como uma fala tirada de uma peça. Bruno tinha todo um repertório de frases de efeito, ao qual recorria sempre que queria chamar a atenção. Seu estratagema não parecia adiantar muito: se eu às vezes dava a impressão de estar com a cabeça longe, a culpa não era do passarinho branco, como Bruno teimava em acreditar, e sim de certa incoerência na sua narrativa, pela qual ele avançava aos saltos, feito um grilo. Mas não dava para criticá-lo por isso. Bruno tinha um bom nível de instrução e também, a meu ver, certo talento para contador de histórias. Infelizmente, os tantos remédios que ele tomava deviam revirar-lhe o cérebro, e sua história era, do começo ao fim, permeada de zonas obscuras e contradições.

Fazia três meses que Bruno estava com a gente. Era acusado de ter matado um agente do Ibama com um tiro no rosto. O delito ocorrera no estado do Pará, mas, sendo a vítima ligada a uma instância federal, o suspeito fora transferido para Brasília, capital da União. É difícil compreender as afinidades ocultas sob a pele das pessoas, mas, assim que chegou, Bruno imediatamente se afeiçoou a mim. Lembro-me de que, tão logo apareceu no pátio e o agente tirou-lhe as algemas, ele nem sequer se deu ao trabalho de examinar o local antes de vir em minha direção, com um sorriso de menino perdido. Aquela não era a norma. Um recém-chegado em geral ficava algum tempo andando rente às paredes antes de se aproximar de alguém. Bruno não. Parecia estar reencontrando um velho conhecido.

De início eu não sabia que ele se achava em observação psiquiátrica, ou essa afinidade fulminante dele comigo não teria me espantado tanto. Nós, os loucos, nos reconhecemos de longe, e esse recurso a frases de efeito é típico entre nós. Elas brotam de repente à nossa revelia, qual pedra líquida. Mas Bruno não era totalmente louco, ele só queria se tornar um, e já estava suficientemente alterado para, a um simples olhar, identificar um colega com quem pudesse contar para executar seu plano: eu. E deu certo. Semana passada ele finalmente obteve sua transferência para um hospital psiquiátrico. Ou seja, fim de pena. O que é certamente muito bom para ele. Agora, se isso foi, ou não, merecido, já não é problema meu. O distanciamento frio e elegante que emanava de toda a sua pessoa não era prova de sua loucura, tampouco de sua inocência.

Agora posso me dedicar integralmente ao passarinho, que me lembra Bruno, lembra seus olhos não apenas tristes, mas dotados de uma luz especial. Nos seus momentos de absorto silêncio, que não raro sucediam uma de suas frases de efeito, ele dava a impressão de estar examinando suas lembranças uma por uma, de modo a separar, dizia ele, os sentimentos já sem serventia.

Neste exato momento em que escrevo, pergunto-me se tenho o direito, afinal, de vasculhar assim a vida dele. Tenho medo de prejudicá-lo, é claro. Não só a ele, como também à outra vítima do drama, o funcionário que, na noite da festa de Santo Antônio, foi encontrado morto a bordo de seu *catamarã*. Mas tenho igualmente a impressão de estar explorando regiões desconhecidas de mim mesmo, movido por aquilo que sinto ter em comum com Bruno: nossa incapacidade de viver a felicidade. Tudo isso corroborado por mais um sentimento, o de estar cumprindo um dever, pois o espírito do missionário que habita em mim quer que eu escreva sobre Bruno, porque ele próprio gostaria que eu o fizesse. Não fosse assim, e sabendo da existência do meu caderno amarelo, por que teria se dado ao trabalho de me contar sua vida?

No dia em que Bruno Layola de Britto voltou para casa após quatro anos de ausência, estava com dor de dente. Uma dor difusa, que ele atribuía antes à tensão nervosa do que a alguma cárie. A ideia de rever sua terra natal com dor de dente arrancava-lhe um sorriso amargo, dava-lhe a sensação de ser um intruso, coisa que nunca sentira anteriormente, já que, toda noite, antes de adormecer, percorria mentalmente cada recanto de sua terra; de sua terra entre as águas, como gostava de dizer aos poucos amigos que fizera em São Paulo. Há que reconhecer que não existe definição melhor para essa região do Brasil situada entre o Rio Furo do Gil, o Rio do Meio e o Rio Cearense, que, abrindo divergentes caminhos, inundam boa parte da floresta amazônica.

Bruno desembarcou ao amanhecer de um barco da Companhia de Navegação Bom Jesus. A baía fluvial de Vieira ainda dormia sob a névoa flutuante, e Bruno já abria caminho em meio a uma pequena multidão de estivadores, ignorando os gritos dos *catraieiros* que, de pé em seus pequenos botes, chamavam quem quisesse atravessar a baía. Depois de tanto tempo, ninguém ia reconhecer o menino Bruno, com seu traje de homem da cidade grande. Ele andava a passos incertos para a extremidade da passarela, onde o velho Edinaldo teria sem dúvida atracado o barco da família, inconfundível com seu casco de madeira pintado todo ano de azul e seus cobres polidos com óleo de coco.

Bruno enviara um telegrama de São Paulo avisando da sua chegada. Não precisava de resposta para saber exatamente o que o aguardava, quatro anos depois. Como previsto, o velho Edinaldo estava no lugar de sempre e já o avistara de longe. Ainda assim, não esboçou um gesto sequer para ajudá-lo com a bagagem, limitando sua saudação a um imperceptível gesto de cabeça, mantendo uma mão no leme enquanto a outra se esgueirava discretamente sob o assento onde, Bruno era capaz de jurar, o velho acabava de esconder uma garrafa.

Bruno e o antigo empregado da família nunca tinham se dado muito bem. Não disfarçavam sua mútua antipatia, que se exacerbara depois que Edinaldo, sob o efeito da cachaça, o tratara de "veadinho", e que Bruno, em troca, tentara por todos os meios fazer com que ele fosse despedido. Quinze anos tinham se passado desde o incidente, mas o rancor nunca se dissipara. Assim era naquelas bandas: não se brinca impunemente com a *virilidade dos ribeirinhos* nem com as diferenças de papéis. Cada qual no seu lugar, e o lugar de Edinaldo era ganhar seu pão sem fazer comentários sobre as preferências sexuais de quem quer que fosse.

Bruno saltou a bordo e deu secamente a ordem da partida. Quando o barco começou a dar ré, largou a mala e foi para a popa, desviando, ao passar, dos montes de cordas e redes meio apodrecidas que poderiam manchar suas calças de linho preto ou sua camisa de seda amarelo--canário; classe não é coisa que se adquire, Bruno a trazia no sangue. Era o que ele afirmava. Nem mesmo a promiscuidade cosmopolita da metrópole tinha conseguido alterar suas convicções acerca do que era o bom gosto e do que merecia sua atenção. Bruno nascera homem, partira como homem e voltava como homem, engenheiro diplomado de uma faculdade de São Paulo. Só isso.

Não era só isso, porém. No meio-tempo, uma desgraça se abatera sobre ele, ou, mais precisamente, sobre a esposa que lhe era prometida. Um drama que por pouco não arruinara sua vida para sempre, mas ao qual – talhado como era na dura madeira do *pequizeiro*, a árvore de sua terra que se ergue, imperturbável, desafiando as turbulências da água e do ar – ele felizmente resistira, assim como resistira a uma não menos devastadora dor de amor. Também o ajudara a firme convicção de que o amor, por profundo que seja, não pode destruir princípios fundamentais nem atingir um homem a ponto de ele não diferenciar mais quem cria de quem se deixa criar pelas circunstâncias, o humano do animal, ele de Edinaldo, quem bebe de quem se alcooliza. Não hesitara um instante sequer em voltar, depois de quatro anos, para aquele lugarejo perdido, ao passo que muitos dariam tudo para ir embora dali mesmo que, no melhor dos casos, para engraxar os sapatos dos paulistanos. São Paulo não lhe ensinara apenas química e biologia. Bruno também entregara à poluição da cidade seu fardo de crenças, toda a mística amazonense, fruto da ignorância que, segundo ele, embora por um lado trouxesse alguma distração à insustentável monotonia daquela gente, justificava, por outro, todo tipo de selvageria. Aqueles quatro anos passados longe de casa tinham-no depurado dos maus hábitos que seu sangue aristocrático havia contraído em convivências nocivas em sua própria terra natal.

Era assim que Bruno Layola de Britto enxergava as coisas. Supõe-se que tivesse lá seus motivos para julgar que estava livre, afinal, de certas tradições ancestrais. Mesmo que em algum ponto, no fundo de si mesmo, soubesse que ainda não era aquele ser racional, capaz de fazer valer sua superioridade intelectual e dar outra explicação para certos fenômenos que haviam feito dele uma vítima. Provavelmente consciente das próprias limitações, só regressara a Santa Rita para empreender ali uma revolução cultural. O que tampouco fazia o seu gênero.

Apesar dos pesares, gostava do seu povo e do seu lugar do jeito como eram. Só que era hora de abrir um pouco mais os olhos, de compreender e explicar a si mesmo a origem de uma série de mistérios de que nem São Paulo nem nenhuma universidade do mundo poderiam negar a existência ou reduzir a uma mera formulação antropológica. Ele estava de volta; não era obrigação sua partilhar seu saber, engajar-se na busca da verdade, mesmo que, para isso, tivesse que lutar contra a angústia, não menos aflitiva, do medo de encontrá-la? Ele decerto tinha consciência da gravidade de sua luta quando, citando Fromm, afirmava que o problema do homem surge quando este se depara com o enfraquecimento de seu instinto e o desenvolvimento de seu cérebro: São Paulo, a autoconsciência, a razão, a busca do progresso, quebram a harmonia que caracteriza a vida animal, o surrealismo amazonense.

Um cigarro apagado na boca, Bruno afundava naquela bruma luminosa em que as sombras das árvores flutuavam como espectros e o rugido do rio tinha qualquer coisa de sobrenatural, como que anunciando algum misterioso evento. Nisso, uma mancha escura assumiu rapidamente a forma de um peixe enorme. Era um boto preto emergindo para respirar.

Bruno olhou fixamente para o dorso brilhante do animal. Mesmo depois de o ver sumir nas profundezas do rio, ficou ali, como que paralisado, com o olhar na superfície da água onde agora julgava ver oscilar a trança negra de Maria Cícera, sua ex-noiva. O boto preto reapareceu um pouco mais adiante, como para uma derradeira saudação. Ou provocação.

Na época em que Bruno me contou tudo isso, eu já tinha vagamente ouvido falar nesse estranho mamífero, ao que parece em vias de extinção, que habita o Amazonas e seus afluentes. Mas, para me manter o mais fiel possível ao drama de Bruno e à imagem que ele tinha do contexto em que se produziu, prefiro transcrever textualmente a descrição que ele próprio me fez por escrito: "O Boto é uma entidade lendária representada por um grande peixe, também chamado de Golfinho do Amazonas. Existem duas variedades, que se diferenciam pela cor: o boto cor-de-rosa, brincalhão, exibicionista, e o boto preto, mais reservado e eventualmente agressivo. Este é o que todos temem, e em torno do qual se construiu um mito. Dizem que este boto é atraído pelas moças no período de suas regras, por causa do cheiro do sangue. Quando avista uma moça que, por infelicidade, estiver se banhando no rio durante o seu ciclo menstrual, o boto se mantém a distância observando-a em detalhes, observando suas curvas, antes de mergulhar nas águas profundas e ressurgir em seguida na margem, agora sob a forma de um homem branco, tremendamente bonito e elegante, com um irresistível poder de sedução. Imediatamente enfeitiçada por esse estereótipo do homem fino ocidental, a moça cai em transe e, inconsciente, 'entrega-se' a ele, satisfazendo todos os seus desejos sexuais".

Apoiado na balaustrada do barco, Bruno expulsava da cabeça a imagem do boto preto. Em vias de extinção, diziam, mas que diabos, quatro anos depois, nem bem chegava e já se deparava com um. Banal coincidência ou brincadeira de mau gosto. Nada lhe anunciava um acontecimento extraordinário. O Furo do Gil, em todo caso, não havia mudado. Continuava rolando sem pressa suas águas lamacentas, aproximando-o rapidamente de Santa Rita e de suas casas de madeira ou alvenaria, telhados de zinco remendados ao longo dos anos. Ele podia fechar os olhos e ver tudo aquilo exatamente como havia deixado, pouco antes de...

Mesmo assim, tinha aquela impressão, a sensação de perceber novos detalhes, como se houvesse algo mais no ar, no seu rio. Como se de repente o seu Furo fosse muito mais que o curso d'água que, como qualquer outro, limitava-se desde sempre a penetrar a floresta, inundá-la uma ou duas vezes por ano e arrastar seus sedimentos. O seu Furo era um ser vivo, crescera, envelhecera e, sem dúvida, apodrecera. Tornara-se uma veia aberta, viscosa de mistérios inúteis, povoada de almas penadas cujos gemidos inspiravam os cantos lúgubres da mata. O boto preto. Não, esse boto não merecia um mínimo pensamento seu. As façanhas que lhe atribuíam existiam apenas no imaginário de um povo quebrantado de tédio. De hipocrisia primitiva. Mas ele também fazia parte disso tudo, já que estava voltando para o meio deles. Voltaria, portanto, a ser igual a eles. Preguiçoso, manhoso, como o Furo do Gil, do qual nunca deixara de ouvir o sussurro regular por sob as árvores, mal e mal rompido pelo pio abafado dos papagaios e araras que pautavam o tempo dos *ribeirinhos* desde seus primeiros passos naquele solo incerto até seu último suspiro. Era o seu povo, que esperava por ele.

Dali a pouco, ia pisar com seus belos sapatos da cidade na terra mole e, como toda gente, observar distraidamente o voo dos pássaros, que a natureza incumbira da rearborização das *palmeiras-açaí*, cujo palmito em conserva fizera a fortuna dos Layola de Britto. Dessa fortuna, o que restava? Ele próprio, um pai enfermo e a usina em ruínas. Tudo por refazer. Isso era bom. O trabalho era um maná, não fica pensando em bobagem quem tem que arregaçar as mangas. Pois bem, ele não podia se queixar, trabalho era o que não lhe faltava. Muita coisa havia mudado desde o tempo em que *palmeira-açaí* crescia feito erva daninha nos arredores da usina. Nessa época era tudo muito fácil: um toque de apito para o intervalo, outro para a retomada do trabalho e, ploft, as palmeiras iam caindo uma a uma, feito espigas. Nessa época, seu pai acompanhava do escritório o trabalho dos *palmiteiros*, controlando, pelo barulho, o ritmo das árvores caindo. Bons tempos aqueles, quando o Ibama ainda não aparecera por ali. Agora, não havia muito que seu pobre pai pudesse fazer, com suas *catraias* deterioradas tendo que empreender longas viagens para trazer o tronco suculento até a usina. E a caldeira, em que estado estava a caldeira? Estava tudo por refazer. Por causa do Ibama, daquele agente. Pretextando uma erosão nas margens do rio, o novo chefe de setor, que já ocupava o cargo antes da partida de Bruno, proibira o corte de palmeiras nas proximidades de Santa Rita, reduzindo assim drasticamente a produção da usina. Um espertinho, isso sim. Seu pai, que estacionara no tempo dos presentes de Natal, ainda não aprendera a molhar a mão dessa última geração de funcionários públicos. Para fazer face à nova realidade, precisaria renovar sua frota, contratar jovens *catraieiros*. Na atual condição, era preciso remar um dia inteiro até achar uma boa área de corte. Sua ausência e a saúde precária do pai não contribuíam para melhorar os negócios, e os Layola de Britto tinham afinal sucumbido à nova conjuntura. Enquanto os concorrentes da Baía do Vieira passavam a mão no mercado regional, a usina Layola agonizava. Dezenas de funcionários se viram assim no olho da rua e, como era inevitável, muitas lojas tinham fechado as portas. O povo de Santa Rita não era bobo, e ninguém disfarçava uma intensa aversão pelo novo rapinante do Ibama.

Pelas cartas que recebia, Bruno fora tomando plena consciência da situação que agora reinava em Santa Rita. Não era só o seu pai a queixar-se, mas também pessoas próximas e antigos empregados que, apesar da crise financeira e do deplorável caso do Boto, não tinham virado as costas para a família. Mas agora ele estava de volta e, disso eles podiam estar certos, muita coisa iria mudar no povoado.

Bruno tinha ideias claras, projetos consistentes e, mais que tudo, documentos que lhe permitiam inimagináveis facilidades de crédito. Com isso, nenhum funcionário corrupto, nem mesmo o Boto em pessoa, poderia impedi-lo de reerguer aquilo que, com o tempo, acabara se tornando o símbolo, a própria razão de ser de Santa Rita.

Já fazia alguns meses que Claudomiro, o mais fiel empregado dos Layola, não falava em outra coisa senão no grande regresso: "O doutor Bruno não demora, está voltando para casa. Ele estudou com um pessoal importante, esse que põe o mundo a girar. Vocês vão ver só, logo logo a chaminé da usina vai estar branqueando o céu de Santa Rita. É o que eu digo, desmatamento, ecossistema, isso é tudo bobagem para esse pessoal encher os bolsos às custas dos trabalhadores". No último bar ainda em atividade de Santa Rita, o antigo chefe *palmiteiro*, cuja fama de *cachaceiro* chegava rio acima até o Xingu, só falava no renascimento da usina. Quando a cachaça punha em brasas suas grandes orelhas peludas, também acontecia de ele derramar umas lágrimas ao se lembrar daquele drama do Boto de que ninguém mais queria ouvir falar. Afeto é isso, e, apesar do desemprego, os Layola continuavam sendo sua família, e Bruno nunca deixara de ser seu patrãozinho. Claudomiro adorava o menino, que era para ele como um filho, e quatro anos não tinham bastado para diminuir sua fúria pelo terrível destino que o golpeara. Nesses momentos de melancolia transbordante, enquanto os outros mergulhavam o olhar em seus copos, pois era esse um assunto para sempre proibido, Claudomiro era o único a falar no Boto preto. Aquilo já se tornara uma ladainha. Qual esses anciãos que ficam sempre repisando a mesma grande desgraça, ele entrava nos detalhes, às vezes inventava algum, sem perceber que já não havia ninguém em volta do fogo. Mas não podia se impedir de falar. Mexia com ele o Boto preto, aquele bicho que patrulhava a Amazônia, príncipe depravado a percorrer seus domínios reivindicando seu *jus primae noctis*[11] com as moças mais lindas do povo. "Será que existe um só pai, mãe ou namorado na região que não viva com medo de sua florzinha chegar muito perto da água nos seus dias críticos, por causa desse escroto? Ele a fareja a quilômetros de distância, mas não é um tubarão. Não se joga sobre a presa para espedaçá-la. O boto preto é que nem bruxo, está sempre à espreita, narinas abertas, e se a infeliz cair no seu gosto ninguém pode salvá-la do seu feitiço. Sempre aparece de terno branco e chapéu de couro. Esse maldito chapéu é que exala os diabólicos eflúvios, e ora se a Maria Cícera não ia ser do seu agrado", confidenciava Claudomiro ao seu copo. "E o escroto vai voltar, ponho a minha mão no fogo como ele não desistiu dela. Eu estou dizendo, ele sabe o caminho que vai dar no quarto dela. Senão, como explicar aquela tarde, quando eu e o pai de Maria Cícera estávamos voltando do trabalho? O coitado tinha me convidado para tomar um trago na casa dele. Não deu nem tempo de tomar o primeiro e ouvimos barulho no andar de cima. Corremos até lá, mas só vimos a menina desmaiada na cama e a janela toda aberta. Coitado do Bruno, concluía com um suspiro, ficou viúvo antes de casar".

E dá-lhe tomar mais uma, de uma talagada só.

O problema era agravado pelo fatal poder de fecundação do boto preto. Alguns diziam inclusive, decerto com algum exagero, que ele podia emprenhar uma mulher só de tocar nela. Seja como for, o boto fizera um filho em Maria Cícera. O menino, que era chamado Guém (diminutivo de *ninguém*), tinha agora cerca de três anos e já dava sinais de uma inteligência e habilidades físicas bem acima da média. Diziam que era capaz de atravessar o rio, ida e volta, mais rápido que um peixe, que sabia falar com as cobras e que a mata não tinha segredos para ele.

---

11. Direito à primeira noite. (N. A.)

Era comum se atribuírem dons sobrenaturais a todos os filhos de boto que se espalhavam ao longo do rio. Criava-se para essas crianças uma espécie de aura, a fim de protegê-las das más línguas. Os pequenos não raro eram mais espertos que os outros, o que bastava para fazer esquecer a imunda união parental e garantir-lhes o respeito de todos. Claudomiro quase nunca partilhava essa opinião. No caso do pequeno Guém, negava-se terminantemente a dobrar-se aos costumes. Isso poderia lhe trazer problemas, pois o boto era um assunto muito sério, mas Claudomiro era o melhor *catraieiro* da região e também, além disso, um bocado agressivo. O suficiente para que lhe perdoassem seus inofensivos acessos de inconformidade. Afinal, percebia-se que Claudomiro gostava demais de Bruno para engolir facilmente qualquer coisa que envolvesse o maldito boto preto.

O relato de Bruno prosseguia ao ritmo de nossos turnos de banho de sol. Só nos encontrávamos às quintas-feiras, de modo que entre dois episódios transcorria uma semana inteira. E a retomada não necessariamente continuava o que fora interrompido na quinta anterior. Assim, não tenho como reproduzir fielmente o desfecho de sua história, enriquecida por inúmeras digressões sobre as belezas de sua terra e suas próprias façanhas, às vezes cômicas, para repor em funcionamento a antiga usina paterna. Sem contar que Bruno, tal como eu, e todo detento de modo geral, submetido que estava ao inevitável processo de despersonalização e dessocialização que, contra toda expectativa, parece ser o real objetivo da prisão, não era imune a essa deplorável tendência a reinventar a própria vida, com passado, presente e futuro, construindo uma nova identidade com os recursos disponíveis. Percebam como é difícil, na prisão, saber quem é quem. Não só na prisão, aliás. Pois não era a ela que Rousseau se referia ao constatar o quanto é difícil distinguir, no homem presente, o que é próprio de sua natureza e o que provém do "estado de sociedade".

Não tendo feito nenhuma anotação quando Bruno ainda se encontrava aqui, só me resta atualmente confiar em minha memória e, vez ou outra, aventurar-me nos riscos da dedução. Para limitar possíveis estragos, atenho-me então aos fatos mais significativos, de modo a manter o fio dessa história amazonense.

O certo é que Bruno estendeu-se bastante sobre a pessoa de Maria Cícera. Tinha um jeito todo seu de falar nela, como se ela não fosse deste mundo e, por aí mesmo, tampouco pudesse ser dele. O que não o impedia de descrevê-la longamente com toda a minúcia que lhe era própria. A flor de Santa Rita, dizia, com um sorriso amargo. Uma flor que não tinha estação própria, não tinha dia nem noite, que estava sempre florindo, não uma flor como as nossas. Uma flor que ele não ousara aflorar antes do noivado. Não se brinca com a tradição, e nem com fogo, já que o pai de Maria Cícera, o caçador mais bem equipado da região, possuía indiscutíveis argumentos de persuasão. Imagino que o pai de Maria Cícera tenha participado da matança de botos que ocorreu após o acidente. Com uma fama tão temível, é difícil imaginá-lo como expectador passivo, encerrado num doloroso silêncio. Pelo menos isso eu devia ter perguntado ao Bruno. Esse é um detalhe que, de repente, me parece importante nesta história: a reação de um pai amazonense desonrado por um peixe.

Amor, drama e tragédia, um excesso de gêneros em que o humor não podia faltar. Não sei se a loucura, real ou fingida, produz esse tipo de efeito, como que evaporando o sofrimento até criar um vazio em que todo deboche se torna possível. Digo isso porque, em alguns momentos, Bruno me surpreendia com atitudes um tanto extravagantes. Abandonava a narrativa e se prendia a um detalhe, acompanhando o movimento oscilante das emoções a ponto de se esquecer das personagens, do episódio, de nós. Assim é que a comprida trança preta de Maria Cícera, balançando à janela, adquiria aos poucos um ritmo regular e interminável que lembrava, de início, um gesto de adeus e, por fim, o movimento inexorável de um metrônomo à cabeceira de um moribundo. Então, de súbito, Bruno voltava para mim, rindo de Maria Cícera da trança "pesada", a moça em quem todos já viam a futura patroa do domínio Layola de Britto, e que comia palmito em público embora o detestasse em privado. Ela, a intocável, a "jovem solteirona", a Maria Cícera do Boto preto, a mulher de outro mundo. "Ela, de certa forma, alcançou um *status* de mulher respeitável. Quem iria se atrever a lançar um olhar desrespeitoso à escolhida do Boto? O preço a pagar? Solidão perpétua. Sempre há um preço a pagar, e eu também não saí barato."

No início, ele naturalmente ainda não contava com o distanciamento e o autoescárnio passíveis de aliviá-lo. Até conseguir falar sobre o caso como fazia agora, tivera primeiro que enfrentar a raiva, a impotência e o aniquilamento. Quando ainda tinha forças suficientes para reagir à insuportável notícia, e contrariando toda a sagrada tradição imposta nesses casos, Bruno bombardeara Maria Cícera com cartas e telefonemas, e também os seus pais, o prefeito, os amigos todos, até o padre e o deputado local. Do alto dos arranha-céus de São Paulo, ele de repente achara difícil admitir o mistério que ainda formigava aos pés de sua floresta. Já não conseguia aceitar o conto de fadas, precisava abrir uma brecha de racionalidade na fortaleza do "senso comum" de seu povo. Não estava pedindo a lua, apenas os seus direitos. Já que ele, afinal, chegara muito antes do Boto preto. E a própria história do boto, caramba – isso ainda o deixava exaltado –, teria de ser repensada.

Quanto mais Bruno se debatia para fazer valer a razão e seus direitos, mais piorava as coisas e perdia o respeito dos seus. Era um absurdo pedir que aquelas pessoas repensassem. Só mesmo a um infeliz, enlouquecido de dor e perdido na grande cidade depravada, podia ocorrer uma ideia dessas. Questionar as crenças ancestrais de sua terra, de todo um povo, e que povo. Pior ainda, questionar os fatos, ou seja, duvidar da virgindade da pobre Maria Cícera. Seu próprio pai se revoltou ao ler suas insensatezes. O que o seu pai não sabia era que Bruno chegara ao ponto de aceitar qualquer coisa, todas as lorotas da Amazônia se preciso fosse, para ter a sua Maria Cícera de volta. Era o que insinuava em suas últimas cartas. O que foi um erro, nunca obteve resposta. Depois de algum tempo, seus pais retomaram o contato, limitando-se, porém, ao indispensável, sem jamais sequer aludir àquela que deveria ter sido a mãe de seus netos.

Num primeiro momento, Bruno se pôs a odiar com todas as forças o seu rio, Santa Rita, os botos e tudo o que lhe lembrasse Maria Cícera. Não podia ver uma trança morena balançando nas costas de uma menina paulista sem sentir uma raiva que chegava a tapar-lhe os ouvidos. Caçador de dragões, barbeiro entre os talibãs, assassino em série: considerou seriamente todas essas carreiras, mas nenhuma lhe pareceu suficientemente extrema para arrancá-lo ao seu tormento. Mergulhou então nos estudos com feroz determinação, com obstinação masoquista. Isso lhe fez muito bem. Aos poucos, foi se fortalecendo com uma saudável indiferença. Até que, admitia com uma expressão infantil, alguma coisa cedeu dentro dele e, com o passar do tempo, surpreendeu-se apreciando novamente o valor de suas origens. A cultura do seu povo, com suas crenças, acabou por reassumir seu justo lugar entre os seus sentimentos. Por fim, diplomado com menção honrosa, só lhe restava reconhecer que também o Boto tinha a sua razão de ser.

Aprendeu afinal a ignorar as tranças que avistava na rua. No meio-tempo, sua mãe faleceu, seu pai ficou doente, os negócios em Santa Rita iam mal, era hora de voltar.

O que ele fez do coração naqueles anos todos em São Paulo, isso eu não sei muito bem. É possível que não tenha falado sobre isso, ou só muito pouco.

Edinaldo desligou o motor. O barco continuou a avançar, atracando devagar junto à passarela. Bruno saltou em terra, o boto já distante de seus pensamentos. Mas quando ergueu os olhos e viu, ao longe, o telhado da casa de Maria Cícera, estacou, tomado por um inesperado sentimento de violência. Rechaçou esse surto de antiga selvageria e lançou um último olhar ameaçador ao barco e a Edinaldo, que o observava com seu sorriso torto. Ia livrar-se o quanto antes disso tudo, que também pertencia ao passado. Não era com essa casca de noz e com um bruto daqueles que faria renascer Santa Rita.

O povoado mal começava a acordar quando, de mala na mão, ele tomou o rumo da *vila*. A *vila* era um conjunto composto por algumas casas de alvenaria, um supermercado, uma oficina mecânica, uma grande construção retangular que constituía a usina em si, um depósito de forma hexagonal, um barracão para as máquinas. Um pouco afastado, erguia-se o amplo solar dos Layola de Britto. Um alto muro de tijolos separava a *vila* do povoado, de um lado, de uma central elétrica, de outro.

Para chegar em casa, Bruno tinha duas alternativas: cortar caminho pela mata e sair, uns quinze minutos depois, atrás da central elétrica, ou atravessar o lugarejo de ponta a ponta, o que duplicava o trajeto. Ele optou por uma solução mista, passando primeiro por uma trilha e, em seguida, tomando a rua principal na altura da igreja.

Respirava profundamente. Estava em casa, enfim. A mata, o cheiro. Andar, assobiar, respirar. Em casa. O regresso a plenos pulmões. Um boto, quando sai da água e vem passear por aqui, não tem mais vontade de voltar para a água. Dá para entender, afinal é um peixe-homem. Assobiar, parar, pensar em tudo e em nada, leve. Mas o boto é antes de tudo um peixe: água, lama, viscoso. Sai da água e empesteia a mata, mas esse é um direito dele. Matar um boto é crime, mesmo que seja para comer. Isso é ridículo, na floresta mata-se a cada minuto, e é natural. Bruno respira fundo. É mesmo, não tinha pensado nisso: matar o boto dentro do rio é crime, isso é verdade, mas matá-lo cá fora, na mata? Como acusar alguém por matar um peixe que anda pela floresta? Que absurdo. Realmente.

Ruas são coisas que não mudam. Sempre cercadas por suas fileiras de palmeiras com folhagem verde-esmeralda. Folhas, sol, vida, refúgio dos pássaros, sementes, a mata. Tudo tão claro. Bruno desemboca no centro do povoado na hora em que homens, mulheres e crianças se preparam para ganhar seu pão de cada dia. Quatro tijolos e uma tábua compõem um estande de ervas medicinais, potes de mel e óleo de *copaíba*, pimenta de todo tipo e toda cor, sacos de *farinhas* brancas, essências para todas as necessidades, filtros de amor ou de ódio. E as frutas. Ah, essas frutas. As de São Paulo eram todas da mesma cor, a cor do supermercado: luz verde para as frutas verdes, luz amarela para as amarelas, e assim por diante. Nenhuma mancha na casca da banana, nenhum bicho – bicho, o que é isso? –, lustradas, brilhantes, nenhuma mosca, marimbondo então, nem se fala. Ao passo que, ali em Santa Rita, morria-se de calor às 7 da manhã e enchia-se as narinas com odores piscosos. Como era mesmo o nome do peixeiro? Lá está ele abrindo o ventre de um gordo *pirarucu*, no chão mesmo, enquanto os *urubus*, criaturas de Deus, esperam lá em cima. E aquela mulher, ali, é Priscila, a *feiticeira*. Sobre o seu caixote, bacuris suculentos e, embaixo, velas para ressuscitar ou destruir paixões. Conhece Bruno muito bem, já o avistou e agora esmaga um piolho nas suas melenas brancas. É uma saudação disfarçada, e quem paga o preço é o piolho. Priscila sabe disso, mas, afinal, o que é um piolho quando se trata de poupar uma mágoa ao menino Bruno? Essas manifestações de afeto eram esperadas, todo mundo aqui gosta dele, e muitos piolhos ainda serão sacrificados nos próximos dias. Bruno segue em frente, mal ergue os olhos para Alcides, Gesualdo e Adriana que, já velha demais para a zona, agora vende calcinhas comestíveis. Engraçado, de onde ela foi tirar essa ideia? De Caiena, supõe Bruno, Caiena é o *sex shop* da Amazônia. Adriana também lhe dirige um aceno. É bom voltar para casa. Aqui, todo mundo se entende. Muitos gestos de cumprimento, gente de casa, homens, mulheres e seus filhos, todos gerados e criados na casa Layola de Britto. "Seis meses, meus queridos guardiões de piolhos e tabus. Me deem apenas seis meses e vou fazer de vocês militantes do progresso." Assim vai pensando Bruno, mas, no momento, apenas olha e passa, está com pressa. Pressa? Caramba, aquela ali é a Zulma.

Bruno, ao ver Zulma, perde de repente todo o seu aprumo. Os piolhos, assim como os chatos, voltam a ser as porcarias que são. Até ali, percorrera a rua principal observando e farejando tudo do alto de seus sapatos da cidade. Mas, ao se aproximar do estande de Zulma, sem querer, diminui o passo, e o confortável distanciamento que impusera cai por terra. Súbito, os quatro anos de saudade desabam sobre ele, que sente um irresistível desejo de ser acolhido por braços abertos e beijos enormes, ao som de vozes amigas, ao calor dos abraços para aquele que está de volta entre os seus. Eles, em vez disso, fingem esmagar piolhos. A velha Zulma, imagina, o percebera de longe, antes mesmo de ele aparecer na rua. Mas também ela continua a montar as pirâmides de abacaxis e bananas do seu estande. Cabisbaixa. Nenhum piolho para catar na cabeça de Zulma. A velha o tinha segurado no colo, era de casa, onde esses parasitas eram proibidos. Pressa? Bruno para diante do estande de frutas e fica ali, parado, até ela não ter mais como ignorar sua presença. Zulma ergue a cabeça num movimento sacudido, como um ramo se reerguendo durante o degelo. Bruno repara nas duas lágrimas, saltando de ruga em ruga até se juntarem numa só gota cristalina, suspensa num pelo de seu queixo ossudo. Zulma não enxuga a lágrima. Boca entreaberta, corpo inclinado para a frente, não se sabe se vai abraçá-lo ou fugir. Bruno larga a mala, dá a volta no estande, Zulma desaba em seus braços. Ficam assim um bom tempo, apertados nos braços um do outro. Ela então é que se solta bruscamente do abraço e, sem dizer palavra, prepara-lhe rapidamente um copo grande de *vinho de açaí*, bem grosso, como Bruno gosta.

Líquido arroxeado, goles pequenos, o olhar chamando o afeto, contido, mas indefectível: a gente ainda se gosta como antes, meu menino; sim, Zulma querida, respondem os olhos de Bruno, só nos falta coragem para o supérfluo, para essas palavras que não têm por que serem ditas. Porque uma palavra, um gesto, um simples olhar são suficientes para machucar nosso Bruno, o corno do Boto preto. Não é, Zulma? Boa e velha Zulma. Ele foi embora, mudou, mas você ficou, e suas tetas ainda são as mesmas, cheias de açúcar e afeto, mais do que você consegue dizer. Bruno sabe disso, todo mundo sabe, mas ninguém diz; quem sabe mais tarde, é, com o tempo, com o amor. Calma Zulma, teu menino voltou, mas ele agora é um homem, não tenha receio, pode falar, ele é forte, ele olha para o futuro. Dê para ele seis meses, Zulma, seis meses e você vai ver só.

Bruno esvaziou o copo. Pegou a mala, desviando o olhar marejado antes de seguir caminho. Não pensar. Não havia nada a dizer. A velha Zulma, como todos os demais, já não via nele o menino Bruno de antigamente, e sim a vítima do Boto preto. Cada palavra pronunciada era uma flecha envenenada de alusões e mágoas. Silêncio. Era a mais digna forma de respeito que Santa Rita poderia lhe expressar por enquanto.

Libertar-se dos sentimentos sem serventia. Em Santa Rita, Bruno adotou a terapia já experimentada em São Paulo. Funcionou mais uma vez, trazendo-lhe eficiência, determinação. O trabalho é algo bom, constitui a nobreza do homem. Oscar Wilde não concordava com isso, mas no mundo dele os botos não existiam.

No pouco tempo em que convivemos, pude observar que Bruno tinha mais de filósofo que de engenheiro. Se ele, naquela época, conseguiu concentrar a mente e pôr em execução seus projetos de trabalho, é que a combinação entre reflexão transcendental e cálculo material não perdeu nada de sua eficácia desde os gregos até nossos dias.

Sua primeira decisão importante foi mandar seu pai enfermo, de helicóptero, para o renomado Centro de Cardiologia de Belém. Em seguida, empreendeu uma reestruturação radical da Vila, a começar por uma generosa ampliação e modernização do escritório; depois foi a vez do banheiro, um velho sonho: mandou instalar tudo o que havia de novo e confortável no gênero. Em seguida mandou pintar de ponta a ponta a casa, a usina e, contrariando a opinião de seus operários, segundo os quais o telhado do depósito estava em ótimas condições, mandou cobri-lo com folhas de palmeira recentemente cortadas e trançadas para este fim. Depois disso, não havia como não perceber, desde três mil pés de altitude, a superfície verde e brilhante do telhado. Enquanto esperava a remessa de novas máquinas para a usina, cuja substituição planejara desde São Paulo, onde escolhera a melhor tecnologia, despediu Edinaldo. O catamarã, recém-comprado de um coronel do Suriname arruinado pela droga, vinha equipado com um GPS e uma série de aparelhos que excluíam categoricamente a presença de Edinaldo a bordo. Nem pensar numa preciosidade daquelas nas mãos do bebedor de álcool combustível: despedido. Só um barco se equiparava ao seu na Baía do Vieira, o do chefe de setor do Ibama.

Chamou de volta praticamente todos os empregados da usina, a começar, evidentemente, por Claudomiro. Este, além de muito benquisto, era insubstituível em sua função. Principalmente agora que era preciso ir longe para buscar a *palmeira-açaí*, disputando as áreas de corte com concorrentes não muito bons em topografia. Claudomiro era o único capaz de sair com uma frota de *açaizeiros* e trazê-los todos de volta sãos e salvos com sua carga.

Não por acaso o agente do Ibama concedera aos Layola de Britto áreas de desmatamento bem distantes de Santa Rita, situadas muitas vezes em zonas reservadas aos seus concorrentes. Nessas condições, conflitos entre as equipes seriam inevitáveis e os estragos poderiam ser consideráveis. Mas não era esse o único obstáculo que Bruno teria de superar para repor a usina em funcionamento. Também iria enfrentar toda espécie de sabotagem nas obras, incluindo inexplicadas deserções de operários que, no entanto, ganhavam um salário bem acima da média. O que não era lá grande coisa, admitia Bruno. Mas, se comparada ao trabalho semiescravo, prática lamentável que, para alguns patrões, resistia ao passar dos séculos, a situação de seus empregados podia ser vista como um privilégio. Quantos, entre seus concorrentes, não pagavam a mão de obra em cachaça ou, quando muito, em arroz e feijão?

Para Claudomiro, não havia a menor dúvida: o agente do Ibama era um cafajeste de primeira, e ele próprio teria o maior prazer em refrescar-lhe as ideias a golpes de facão. Uma ameaça que Claudomiro não hesitaria em executar se Bruno não tivesse reduzido drasticamente sua bebida, depois de obrigá-lo a se instalar num alojamento dentro da *vila* para poder ficar de olho nele. Era só o que faltava, uma cabeçada desse tipo. Precisava ficar atento, Claudomiro era o seu homem de confiança e um excelente trabalhador, mas, quando encasquetava com alguma coisa, podia ser perigoso. Bruno custava a entender a aversão que Claudomiro nutria pelo tal agente. A causa não era, decerto, sua suposta corrupção: naquela região, suspeito seria um homem do poder não se deixar molhar a mão.

Bruno não conhecia pessoalmente o tal agente. Ele raramente aparecia em Santa Rita, e embora viesse a bordo de seu vistoso catamarã, que, por sinal, não era mais chique que o de Bruno, isso não significava que fosse mais corrupto que os outros. Verdade é que, até então, o agente não lhe facilitara a vida, decerto porque ainda não surgira a oportunidade de negociarem um acordo. Na hora certa, Bruno saberia oferecer os mesmos privilégios de seus concorrentes. Assim é que se deve tratar certas pessoas quando se quer trabalhar direito, sem pretensões a mudar o mundo.

– O pessoal costuma encher a boca – dizia Bruno – para falar no tal flagelo da corrupção. Mas, no fundo, essa cruzada pela honestidade é coisa de um bando de demagogos ou invejosos. É, invejosos, pode acreditar, pois toda essa gente correta que paga fortunas ao Estado bem que gostaria de burlar o fisco, se pudesse. A Amazônia fica longe de Brasília. Nós aqui também pagamos impostos, mas nenhum centavo da União retorna para a gente. As somas fabulosas destinadas a obras públicas se perdem pelo caminho: subsecretários, governadores, prefeitos, deputados e assim por diante. Quando chega a vez de o porteiro receber o seu, já não sobrou nada, e a União então começa tudo de novo. Escola para quê, aliás? Para os *açaizeiros*, ou para os capangas dos *fazendeiros*? Esses não precisam ir à escola para aprender a apertar um gatilho. Em compensação, temos as igrejas. Tanto os corrompidos como os corruptores adoram as igrejas. Não se fazem de rogados para construir alguma no meio do nada. Uma igreja sai mais barato que uma escola ou que um hospital, mas cuida da alma, o que traz muito mais vantagens. O povo se adapta bem, e as coisas funcionam. Sim, já sei o que vai dizer – antecipou ele, sorrateiro –, o tal primeiro mundo quer nos dar lições de administração moderna. Esse seu pessoal me faz rir, um bando de hipócritas. A corrupção está em todo lugar, e foram vocês que inventaram. Aqui, pelo menos, ela está ao alcance de todos, é uma corrupção democrática, ao passo que a corrupção de vocês é elitista, só os poderosos é que aproveitam.

Bruno tinha lá suas convicções e, certas ou erradas, suas ideias pareciam se fundamentar numa realidade social ultrapassada. Coisa que Claudomiro, com seu facão reparador, não podia ignorar. De onde lhe vinha aquele curioso escrúpulo em prol da ordem e da legalidade? Era o que Bruno se perguntava e, afirmava, uma garrafa de boa cachaça, na hora certa, venceria o seu silêncio obstinado sobre essa hostilidade exacerbada.

Finalmente, depois de vários meses de trabalho febril, na manhã de 12 de junho, véspera da festa de Santo Antônio, a festa mais celebrada da região, a chaminé da usina Layola soltou no céu azul amazonense sua primeira nuvem de vapor branco. Na rua ou agrupados em volta da usina desde o amanhecer, os moradores de Santa Rita aplaudiam o acontecimento. Emocionado, Bruno contemplava seus concidadãos. Concidadãos? Melhor: sua família. Sentia orgulho deles, que tinham esperado por ele, sem duvidar um instante sequer de que esse dia chegaria, e agora estavam ali dando mostras de seu indefectível afeto. Olhos grudados no céu enquanto o vapor subia, cada vez mais denso, espalhando-se acima de suas cabeças. Era um grande momento para todos em Santa Rita.

Ele conseguira. Sim, dava para dizer que conseguira, mesmo que aquele fosse apenas o começo, o início de um sonho coletivo. No fundo, não tinha sido difícil. O problema, especulava Bruno, o verdadeiro problema talvez seja saber parar. Enquanto isso, contemplava as lufadas de vapor subindo alto, redondas qual cogumelos atômicos, e se esgarçando por sobre a floresta, ao longo do rio, onde os primeiros raios de sol logo as reduziriam a uma chuva fina, fazendo brotar novas palmeiras, que, por sua vez, se transformariam em vapor. No fundo, as pessoas de Santa Rita não pediam muito, e o que tiravam da natureza elas logo restituíam. Bruno olhava para o céu, aquilo nunca teria fim. Ele apenas dera um empurrãozinho, e o eterno movimento recomeçara por si só.

Medo. Foi o que ele sentiu no momento em que os aplausos chegaram ao auge. O barco carregado de caixas de cerveja já estava a caminho. Ele saudou a todos e foi refugiar-se em seu escritório.

Seu relato leva a crer que, enquanto estivera ocupado repondo a usina em funcionamento, Bruno pouco frequentara o povoado. Mal saía de casa para fazer o necessário, o que incluía ir à última missa do domingo. A última, porque fora informado de que Maria Cícera e seu pequeno Guém nunca perdiam a das sete da manhã. Era melhor evitar um encontro, só isso. Bruno nunca se estendeu sobre esse ponto. Não sei se morria de vontade de rever sua ex-noiva ou se sensatamente a apagara de seus pensamentos, como afirmava. Verdade é que certa distância se impunha entre os dois, segundo o costume. Não só para evitar um mútuo constrangimento, mas também porque, em Santa Rita, ninguém aceitaria a violação do que era a norma num caso desses: infeliz daquele que tentar a mulher do Boto. Sem contar que, em se tratando de um ex-namorado, a vergonha e a desonra viriam somar-se à indignação geral. Empenhado em reconquistar a gloriosa reputação dos Layola de Britto, era fundamental Bruno controlar cada gesto seu, cada palavra, a fim de manter uma imagem irretocável. Sempre demonstrava firmeza em seu discurso, dedicando-se ao trabalho e às relações públicas sem jamais manifestar interesse por nenhuma mulher. Mesmo que com isso se expusesse a ser mal entendido por aquela gente tão pouco habituada a ver um homem bonito não aproveitar as oportunidades que surgiam. Bruno tomava o cuidado de manter distância em relação às várias pretendentes que viviam às margens do rio: todas elas conheciam Maria Cícera e a história dos dois, o que, para ele, constituía um obstáculo intransponível. De modo que não imaginava, com mulher nenhuma, um futuro para além de uma só noite, o que ele ia buscar nas boates de Belém quando os negócios permitiam.

Não assistir ao baile de Santo Antônio era visto quase como uma falta de respeito para com as autoridades e a população em geral. Não era do feitio de Bruno esnobar quem quer que fosse nem se fazer notar por sua ausência. Treze de junho é o dia "da" festa do ano, dia em que são proibidas tristeza e solidão. Os sinos tocam sem parar o dia inteiro enquanto flutuam confetes nas regueiras de cerveja, urina e cachaça. Os inimigos fazem trégua, crianças são concebidas em cada esquina, casamentos começam e outros terminam. É festa de Santo Antônio, é o *brega* transbordando do salão lotado para a rua, enlaçando almas e corpos no ritmo musical da Amazônia. Estava todo mundo ali, exceto a mulher do Boto preto.

Bruno estava à mesa de honra junto ao prefeito e sua família, sendo que uma das filhas, que mal completara quinze anos, ficava roçando o joelho no seu embaixo da mesa, enquanto a mãe da menina o puxava para a pista de dança. Enfim, ele estava se entediando discretamente quando um homem todo vestido de branco, segurando na mão um chapéu de couro marrom, fez sua entrada no salão. O efeito foi fulminante. A música pareceu esmorecer por uma fração de segundo, e então retomou, mas já não era a mesma coisa.

À medida que o homem avançava pelo salão, os casais na pista se desenlaçavam, recuando até as mesas ou se encostando na parede. Atônito, como todos os demais, Bruno acompanhava com o olhar o percurso do homem, que se dirigia preguiçosamente para o bar sem manifestar qualquer emoção. Os garçons o aguardavam, imóveis, como que petrificados, na mesma posição em que estavam antes da aparição do Boto.

Ao recordar aquela cena, Bruno meneava a cabeça com um sorriso triste.

O homem de branco, recostado no balcão do bar, abanou o chapéu como que para saudar o público, que não sabia se estava diante de uma brincadeira de mau gosto ou de uma assustadora realidade. Pois ninguém tivera qualquer dificuldade em reconhecer o Boto nos trajes do agente do Ibama; com o cabelo loiro à escovinha e um físico de atleta, não havia na região ninguém parecido. Só não dava para entender por que o senhor José Schumann, funcionário chefe do Ibama, se fantasiara de Boto para honrá-los com sua presença.

No pátio, até os jogadores de baralho se detiveram e ficaram olhando para nós. Bruno abriu um sorriso exagerado:

– O joelho da filha do prefeito. Tinha quinze anos no máximo. Mas uns seios... De repente, ela se levantou para me oferecer o resto. Foi extraordinário.

O salão estava imerso no silêncio. Bruno disfarçava o interesse que a filha do prefeito acabara por lhe despertar fitando resolutamente a orquestra e seus instrumentos já sem serventia. O Boto, por sua vez, fitava as pessoas imóveis, paralisadas em suas cadeiras, ofegantes. Baile é algo que cansa, o que se percebe melhor quando se para de repente no meio de um passo duplo. É preciso respirar. Com força. Só peitos, peitos subindo e descendo numa obscena desordem. E olhos, como eram os olhos mesmo? Agora chega! O grito não sai, mas é evidente. Só o Boto não percebeu. Permanece no palco, representando. Um pobre coitado, no fundo, totalmente destituído de senso do ridículo. Ou um inconsciente que, com sua arrogância, não tem sequer noção de sua imensa falta de respeito. Um mero violador de tabus. Um papel irrepresentável entregue a um imbecil.

Era mais ou menos o que Bruno estava pensando quando Claudomiro adentrou o local. Quebrando a tensão que pesava no ar, irrompeu no meio da pista com uma garrafa na mão. Bruno chegou a ver o rótulo. Amarela, *Lua cheia*, dez anos de idade, uma excelente garrafa vinda de sua própria adega. Claudomiro correu direto para o bar, sem ver nada nem ninguém. O Boto, de repente, buscou os bastidores. Hesitante, um passo à direita, outro para a esquerda, escorregou, levantou-se.

Os acontecimentos seguintes transcorreram em meio à maior confusão: gente correndo para todo lado, enquanto algumas pessoas tentavam conter o "Claudomiro furioso", que babava de raiva; a polícia militar; tiros para o alto; some o chapéu de couro marrom; desaparece o Boto; o local é evacuado.

O incidente, por mais extraordinário que fosse, não acabou com o espírito festeiro do povo de Santa Rita. A festa de Santo Antônio recomeçou em seguida em cada rua do lugarejo. Esgueirando-se por entre os bêbados, ébrios de sexo e cachaça, Bruno tinha pressa de chegar em casa. No caminho, prometia a si mesmo descobrir, no dia seguinte, o que estava por trás do comportamento insano de Claudomiro. Aquela hostilidade tinha chegado ao seu limite. Ele ia andando e refletindo em igual velocidade. Ainda não tinha chegado à vila quando concluiu que o incidente não acontecera à toa, não fora um simples excesso motivado pela cachaça, nem tampouco um fruto do acaso. Muito pelo contrário, fora muito bem planejado, e agora cada peça se encaixava em seu lugar. Andava noite adentro e, quanto mais se afastava de Santa Rita, mais claro enxergava. Alguma coisa se soltara dentro dele, a verdade agora corria solta, quente, excitante. Aquilo tudo ia muito além de seu pequeno drama amoroso. Sua volta não se limitava a um simples sucesso pessoal, à glória mumificada dos Layola de Britto. O Boto, seus quatro anos passados em São Paulo, o delírio do trabalho, a solidão forçada, os gritos da floresta, a água, a terra e o céu, o vaivém dos pensamentos: esse fora o longo, arriscado trabalho de parto de uma nova era amazonense de que ele era o pioneiro, o missionário. Era o genitor de seu próprio mundo. Bruno Layola de Britto.

Foi cantarolando que Bruno, naquela noite, chegou à vila. "Sim, meu amigo", ele repetia, "voltei para casa com a sensação de que só agora estava realmente voltando. Foi preciso aquilo tudo para eu compreender. Não vá pensar que... Minhas pernas estavam bem firmes, minha cabeça no lugar. Foi isso, meu amigo, naquele momento eu realmente voltei para casa."

Sem dúvida. Porém, num dia em que estava especialmente abatido, deixou escapar, a respeito daquela noite, que na verdade não sabia exatamente o que tinha acontecido. Reconheceu que havia uns brancos, momentos que ele nem sempre conseguia recordar, o que o impedira de reconstituir uma clara sequência dos fatos por ocasião do inquérito. Ou seja, Bruno afirmava saber perfeitamente o que não tinha feito entre o momento em que saíra da festa e aquele em que chegara em casa. Mas não sabia explicar por que, na manhã seguinte, fora encontrado pelos bombeiros desmaiado dentro da vila, milagrosamente poupado pelas chamas que já haviam devorado a nova usina Layola por inteiro.

O incêndio na usina? Um curto-circuito, quem sabe uma guimba de Claudomiro, decerto a vontade de Deus. Tanto faz. De qualquer forma, aquele esforço todo não passara de uma tola tentativa de ressuscitar os mortos. Os Layola de Britto eram coisa do passado, a usina não se incluía nos desígnios mais elevados que o destino reservava para Bruno. Faz sentido produzir palmito em conserva quando o que está em jogo é o próprio Renascimento da Amazônia?

– Veja só, meu amigo, a nossa Amazônia anda devastada por guerras de bandidos, embrutecida por lendas místicas que não existiam nem na mais tenebrosa Idade Média. E eu chego de São Paulo e faço o quê, em vez de inventar a tinta a óleo para abrir os caminhos do Renascimento, como fez Van Eyck? Resolvo dar uma de rei dos palmiteiros. Você entende o que eu quero dizer.

Não, eu não percebia. Custava a acreditar no seu otimismo acerca do iminente e inevitável esplendor da Amazônia, dessa "esperança que é a última que morre", desse mal derradeiro a sair da Caixa de Pandora de Nietzsche. Bruno tinha decerto muito mais a me dizer e a me ensinar, mas foi-se embora, deixando atrás de si zonas obscuras sobre sua própria história. Ele tinha certeza, por exemplo, de não ter tornado a ver Maria Cícera. Um dia, porém, fez uma descrição minuciosa de um menino de cachos loiros, o pequeno Guém. Na hora, julguei que alguém o tivesse descrito para ele. Mas depois, sobretudo em nossos últimos encontros, quando ele já pegara o hábito de guardar os comprimidos por vários dias para então ingeri-los de uma vez só, comecei a duvidar de sua real condição psíquica já na época de seu regresso a Santa Rita.

O que hoje me parece, e desde já peço desculpas por esta pretensiosa incursão no papel de especialista, é que, no momento em que Bruno tomou consciência da perda definitiva de sua futura esposa, o que, em minha opinião, só aconteceu de fato depois que retornou a Santa Rita, ainda estava impregnado daquelas crenças, tabus e tradições de que afirmava ter se livrado. Some-se a isso que, em Santa Rita, a memória do incidente ainda era muito vívida, e a situação se tornou muito pesada. Mesmo para ele, que tentava se agarrar à ciência, à razão, a um materialismo que eu diria obstinado para ele que tinha a cabeça repleta de um coquetel de leituras tal que já não sabia distinguir entre explosão de emoções e força da razão, equilíbrio esse que ele punha à dura prova a cada ingestão excessiva de remédios.

Enfim, nos seus últimos tempos aqui, entre seus altos e baixos, convicções respeitáveis e confusas preleções, estava difícil separar o paciente do engenheiro.

Confesso que seu discurso sobre o futuro da Amazônia me dava no que pensar. Se eu tivesse imaginado, na época, que em breve estaria escrevendo sobre Bruno, teria definido uma estratégia para impedir, em parte, suas divagações. Ele próprio queixava-se às vezes de sua incapacidade de se impor limites. Sempre se mostrava forte, seguro de si. Mesmo quando visivelmente imerso numa névoa química. Nesse estado, tudo o que dizia era enunciado com formidável certeza, ao passo que, no íntimo, ele duvidava de seu próprio controle emocional. Bruno era certamente alguém muito especial, possuía esse "algo" a mais que o impedia de passar despercebido. Tanto que me dava, às vezes, uma súbita vontade de protegê-lo de si mesmo. Sentia-me, nessas horas, muito próximo dele. Ele percebia e parecia constranger-se, fechando-se imediatamente em sua concha. Certa vez, disse-me secamente:

– Quando eu falo de mim, da minha terra, da minha vida, considere como se fosse um presente, mais nada. Não se esqueça de que se abrir para o outro é como cruzar o inferno sem Virgílio.

Um presente. Era de fato um presente, mas eu então não sabia disso, porque não o queria. Eu não tinha lhe pedido nada. Havia tanto tempo que vinha escorando aquele pé de muro com as costas que já não tinha com que me alegrar nem dores para queimar. Tinha me acostumado a modorrar, a pensar no inútil, a fingir escutar, a deixar-me consumir até o inevitável fim. É bom ser superficial, principalmente quando não se tem mais nada a fazer para matar o tempo. Só quando se chega diante do abismo, e não se tem nem a maldita coragem de jogar-se nele de vez, é que se dá um ou dois passos atrás, e então se percebe, num fio de luz, uma palavra, uma expressão, uma pessoa readquirindo de repente toda a sua dimensão.

A temporada de Bruno em São Paulo não passara de um longo período de anestesia, de imersão nos estudos, de que seu trabalho em Santa Rita fora uma extensão. Uma vez concluída a tarefa, porém, depois que nada mais impedia a usina dos Layola de Britto de funcionar, Bruno acordou e percebeu que Maria Cícera continuava ali, assim como o Boto. Ele me contou, certa vez, um de seus sonhos. Já não estou seguro de que se tratasse mesmo de um sonho, e é provável que ele tenha me contado para que eu o ajudasse a desfazer os nós. Mas não ajudei, mais preocupado que estava com o estúpido voo do passarinho do que com o drama que seguia consumindo Bruno. Em seu sonho, ele visitava Maria Cícera.

Um sonho. Será possível que, na vida real, Bruno nunca tenha tido a curiosidade de rever, mesmo que apenas uma vez, aquela que tinha sido para ele a flor do Furo do Gil? E não é estranho que, com todo aquele amor que sentira, vendo nela muito mais que uma simples mulher, não tenha uma única vez, apesar de toda a sua eloquência e do seu amor pelos detalhes, feito uma descrição de Maria Cícera? Preciso recorrer à imaginação para vislumbrar o que poderia haver por detrás daquela trança morena. Ele aludiu, certa vez, à personalidade carnal de Maria Cícera. Fez isso de forma fria, distanciada.

Foi num de seus momentos de lucidez – talvez tivesse cuspido os comprimidos –, quando se permitia, por exemplo, admitir sua incapacidade de conviver com alguém, principalmente com Maria Cícera, que, parecia-lhe, não tinha outro objetivo senão satisfazer necessidades terrenas, em especial os prazeres da carne.

– Eu a adorava, e lhe queria mal por isso – dizia –, mas a gente era jovem. Com o passar dos anos, será que eu teria sido capaz de sustentar aquele tipo de felicidade, aquele fogo inesgotável que prometíamos um ao outro antes mesmo de trocar um único beijo?

Aqueles eram certamente, para mim, os seus momentos mais intrigantes. Quando ele entrava nessa fase, eu escutava atentamente. Pergunto-me, aliás, se, perspicaz como era, ele intuía o que eu pensava. Pergunto-me se não terá me ouvido ponderar: no fundo, será que esse Boto não ajeitou as coisas? Será que não permitiu que você entregasse a Maria Cícera a responsabilidade de um filho, enquanto você, Bruno, fugia para São Paulo? Quem sabe até ele não inventara esse Boto, esse peixe violador, de modo a se livrar de Maria Cícera, a moça cujo olhar parecia enfeitiçar a todos?

– Bobagem, meu amigo – ele concluía, ao fim de suas longas reflexões interiores.

Ou será que isso era eu quem dizia? E agora atribuo a ele? Já não sei, realmente, não sei qual de nós dois lia os pensamentos do outro. A prisão também é isso. Aqui, o pensamento domina, destrói, confunde os sujeitos, transforma o objeto. O pensamento toma conta de nós. "O Boto e Maria Cícera, a ninfa e o sátiro, eles brincam, mas não se casam. Tudo bobagem, meu amigo, dá para entender?"

Dava. Dava para entender também sua bulimia por tudo que fosse calmante, tranquilizante, hipnótico. Dezenas de comprimidos coloridos que ele ingeria ao sabor de criativas combinações. Como também dava para entender seus súbitos arroubos de amor e fraternidade, quando deixava para lá suas teorias sobre a "razão pura" e soltava o bom brasileiro que havia dentro dele, com suas lágrimas fáceis, suas confissões patéticas, suas súbitas fugas, sua vaidade no trato do corpo, suas pequenas espertezas que não faziam mal a ninguém, embora lhe valessem alguns problemas em sua cela; a invenção de uma lembrança só para, do nada, criar uma emoção. Isso tudo era Bruno: será que era tão diferente de qualquer um de nós?

Agora que já não está mais aqui, eu teria muitas perguntas para lhe fazer. Queria que ele me esclarecesse certas coisas a que não dei a devida importância. Sempre por culpa do passarinho branco, que levava junto o meu cérebro em seu voo tão regular quanto inútil: do eucalipto para a antena; de Brasília para o Rio num bater de asas. Assim eram as palavras de Bruno, sem fio condutor, meras idas e vindas. Agora, ao escrever sobre ele, preocupa-me a facilidade com que se emite um julgamento: duas palavras, um vaivém; culpado ou inocente. Será que o júri leva em conta os sonhos do acusado na hora de decidir sua vida? Não, acho que não. Quando Bruno me contou seu sonho, o juiz não estava lá para ouvir, ou nem teria lhe permitido contar, mas esse era um sonho-chave no drama de Bruno.

Era uma tarde de muito calor. Ele estava sentado no seu escritório, relendo um documento pelo qual o Ibama lhe retirava a concessão de uma zona de exploração. Uma zona que, segundo ele, vinha sendo desde sempre devastada por seus concorrentes. Bruno folheava o documento, buscava uma solução, quando foi tomado pelo sono.

Viu-se de repente em plena mata, sem nenhum pedacinho de céu para se ver. Atormentado pelo calor e os insetos, andava depressa, abrindo caminho com pés e braços em meio à vegetação. Passado algum tempo, sentiu-se como que liquefeito, evaporado. Percebeu que perdia sua forma humana, transformava-se numa mancha verde-escura, numa parte da floresta. Nisso, mergulhou num medo desconhecido. Um desejo inconfessável foi criando forma em sua cabeça, oprimindo-lhe o peito com uma força tal que ele soltou um grito feroz para livrar-se do pânico. Isso o aliviou. Súbito, sentiu-se seguro de si: tinha vencido a floresta. No instante seguinte, viu-se numa rua de Santa Rita, dirigindo-se para a casa de Maria Cícera. Esperava que ela estivesse à janela, no jardim, ou que fosse cruzar com ela na rua. Revê-la, por um instante apenas, para colher em seu semblante a beleza selvagem de outrora. Era o que ele até então recusara com todas as suas forças e agora lhe parecia perfeitamente natural.

Para me mostrar quão absurdo era o seu sonho, Bruno observou que, tivesse o seu melhor amigo lhe sugerido um eventual encontro com a mulher do Boto, ele nunca o teria perdoado por isso. Mas essa transgressão, que o faria sentir-se culpado na vida real e o enfraqueceria e ridicularizaria de uma margem à outra do rio, era um conceito ignorado na vida do sonho. O fato é que, sem saber muito bem como, viu-se repentinamente na casa de Maria Cícera. Estava sentado numa poltrona revestida com um tecido sintético verde-escuro (acho que me descreveu em detalhes esse tecido, estampado com folhagens, me parece). O fato é que ele estava na casa da mulher do Boto, dando-se ao luxo de explorar onde e como ela vivia e, antes de mais nada, descobrir que ela estava muito mais bonita que antes. Isso o perturbou um pouco, mas logo rechaçou aquele pensamento meramente carnal, recuperou seu autocontrole habitual, sabendo que estava ali por pura e simples curiosidade, e que eles certamente nunca mais iriam se ver. Curiosamente, Maria Cícera deu-lhe a impressão de que não estava surpresa com sua visita. Ela o encarava com incrível serenidade enquanto ele contemplava suas mãos, seus braços, seus olhos castanhos, ligeiramente esquivos, que lhe davam a entender que a ele cabia apenas ficar calado. Então se fez a escuridão na sala, e ele reparou que estava ali, na penumbra, em silêncio, no mesmo cômodo que a mulher do Boto. Situação essa que não o perturbou. No fundo, preferia o escuro a uma conversa que se anunciava superficial. Escutou gritinhos alegres de criança, seguidos por um longo silêncio, interrompido por Maria Cícera, com uma voz que lhe parecia saída do fundo do Furo do Gil: "Resolvi te contar a verdade. Eu já não te conheço, ou nunca conheci o suficiente para saber o que há em seu coração. Mas você tem o direito de saber de tudo e, depois, fazer o que achar melhor. Já antes de você ir embora, eu te traí com um homem que eu não conhecia. Comecei a engordar, e você achou bonitinho, lembra? Você sabe muito bem que não fui enfeitiçada por ninguém. Eu gostei dele, e me deitei com ele. Deve ser difícil para você entender, me perdoe, mas a realidade é essa e não me arrependo de nada. Se fosse lamentar alguma coisa, não seria essa traição, mas a matança de botos que se seguiu. Durante vários meses, os pobres bichos ficaram, às centenas, rolando moribundos, mortos a tiros, nas margens do rio. O massacre foi tamanho que o governo teve que mandar reforços para o Ibama conseguir dar fim à carnificina. Acho que é só isso".

Ela dizer aquilo tudo com tanto distanciamento e ponderação encheu Bruno de admiração e tristeza. Cerrou os olhos para registrar na memória todos os detalhes do seu rosto. Então, reparando de repente que ela já não usava trança, disse-lhe com igual ponderação: "Eu conheço as lendas e regras que pautam a nossa comunidade. Não serei eu a romper o equilíbrio de um povo tão bonito e tão sábio. Mas", disse ele, "lembrando do pequeno Guém, não conte comigo para transmitir esse saber às futuras gerações. Afinal, minha senhora, não passo de um engenheiro". Dito isso, apertou-lhe a mão, como se fosse a de um amigo antigo a quem não tivesse mais nada a dizer. Os gritos da criança tornaram a ecoar pela casa.

Bruno acordou em seu escritório. Dormira apenas alguns minutos. Bem disposto, pegou o telefone, discou o número do Ibama e, em dois minutos, concluiu um acordo vantajoso.

– Foi só um sonho, meu amigo.

Bruno estava sentado ao meu lado, ao pé do muro. Entrementes, eu havia perdido meu passarinho branco de vista. Ele alçara voo uma última vez rumo à antena, mas mudara de ideia no meio do caminho e fora pousar sabe-se lá onde. Esperei um pouco para ver se ele ressurgia no meu campo de visão. E então, frustrado, fiz a Bruno uma pergunta:

– E você nunca pensou em se vingar?

Bruno me fitou com jeito de quem não entendeu. Então respondeu:

– Mas se os botos estavam todos mortos, eu ia me vingar de quem?

– Pois é – respondi, melancólico.

— E você — ele retorquiu —, nunca pensou em suicídio? Pensou seriamente, quero dizer? Você está aqui, neste pátio, daqui a pouco volta para a cela, como sempre, e de repente, pluft, deixa de existir. Porque você quis assim. Um final consciente, dos males o menor. Sacou? Não me deu tempo de responder. Sorriu como se acabasse de contar uma piada sem graça e disse: "Eu penso nisso, e muito. A morte é uma coisa terrível, não ver mais a luz do dia, o céu, se bem que aqui... você me entende. Mas quando a gente não está legal, só duas coisas ainda funcionam: o suicídio e a loucura. Adivinha qual eu escolheria?"

— E a sabedoria? — retruquei.

Ele meneou a cabeça, sorrindo.

— A sabedoria só nos chega, meu amigo, quando já não nos serve para nada.

Retribuí vagamente o seu sorriso. Como sempre, não estava atento o suficiente para fazer outra pergunta. De qualquer modo, qualquer pergunta despertava nele tal profusão de pensamentos que eu, cioso do meu tempo — meu tempo? —, evitava encorajá-lo. Hoje me arrependo, é claro, e agora é minha vez de pensar. E é só o que eu faço, pensar.

Pelo amor de Deus, pare, pare de pensar e deixe o mundo entrar. Escuto essa voz. Sim, eu até deixaria o mundo entrar, mas qual deles? O daqui, a sepultura, ou o outro, de antes da sepultura, quando a terra ainda fresca já se acumulava em torno da cova? Sim, é claro, um dia ainda vou ter que parar. Os comprimidos de Bruno, setenta e oito, disse ele, setenta e oito comprimidos no buraco embaixo da mesa. Será que eu teria coragem? Mas não é de coragem que se trata.

Capítulo 14

A pressão dos meus perseguidores estava transformando o "meu Rio" na cidade em que meus nervos desgastados poderiam me induzir a ações irrefletidas. De certa forma, minha prisão me impediu de chegar ao fundo do poço, de ser apanhado por minhas antigas frustrações acerca de uma sociedade que eu um dia sonhara mudar, mesmo que para isso tivesse que pagar caro. O que tinha de fato sido o caso.

Conscientemente ou não, eu queria a prisão. Porque era bom ter, ao lado de uma vida real que se tornara insuportável, uma segunda vida, vegetativa, de onde se pode observar a primeira como um mero espectador. E é claro que, desde então, não cessei de relembrar. Existem gestos, sons de vozes, que ainda não superei. Amor ou raiva, vozes dentro da minha cabeça, muito além do ouvido, vozes muito frágeis e, no entanto, monumentais, pois são como presenças que adquirem existência tão logo desaparecem. Janaína. Nunca antes eu tinha vivido uma relação tão dilacerante, tão conflituosa. Por todo o tempo que durou, pensei que iria enlouquecer. Entre a paixão e a suspeição, eu me consumia entre a mulher apaixonada e a agente do diabo. Ambas imbatíveis na cama.

A prisão é como uma longa insônia na qual cultivo a ausência. Sigo pensando, e minha opinião sobre Janaína vai se alterando sem cessar. Às vezes me acontece de odiá-la, por sua maldade estudada, um olhar duro, uma palavra friamente frívola. Mas muitas vezes reconheço nela uma força de espírito, a agilidade digna de uma mulher merecendo muito mais que um triste papel na minha vida. Aqui, ao pé do muro, o moinho da consciência começa a rodar a plena força duas horas antes do pôr do sol. Quando uma luz dourada envolve todas as coisas, desde o objeto mais anódino até a lembrança do corpo deitado ao meu lado.

Janaína, sem cessar, me dilacera a alma.

Lembro-me do que Inácio me sussurrou, certo dia em que os agentes nos enfileiraram, nus, para uma inspeção de rotina:

– Eles nos revistam pelados porque querem descobrir em que parte do corpo fica a nossa alma, para poder arrancá-la.

Respondi:

– Quem dera, assim resolvia-se a questão de uma vez por todas.

Ele me lançara um olhar de censura.

Inácio é crente, o mais moço do bloco e, de uns tempos para cá, a voz mais entusiasta na hora de cantar louvores ao Senhor. Afora isso, não se faz quase ouvir. Discreto, esgueira-se em meio aos demais prisioneiros como uma sombra da noite. Enquanto todos ostentam sua indiferença em relação ao regime da prisão, dando sonoras gargalhadas ou contando em alta voz duvidosas façanhas, Inácio fica em seu canto, esperando que alguém demonstre algum interesse por ele. Nunca inicia uma conversa nem se junta de bom grado à conversa dos outros. Parece olhar por sobre as nossas cabeças com uma indiferença que não é fingida ou presunçosa, mas antes uma real falta de interesse. Há nele algo que me deixa pouco à vontade. Seu olhar vazio de perguntas, destituído de respostas. Esse olhar, não sei por quê, me dá uma sensação de culpa. Não que eu me sinta responsável por seu drama. Mas ele me faz, curiosamente, mergulhar no meu próprio. Parece dizer que eu, eu não tinha o direito de errar. Que eu próprio seria o erro original de onde advém o funesto destino dos deserdados do povo, do qual ele faz parte. Por isso é que eu mereço esse olhar, semicerrado de desinteresse, lembrando o de um juiz filósofo que não nos condena pelo que fizemos, e sim pelo que não fomos capazes de fazer. Não sei que idade tem Inácio por causa das espinhas "de crescimento" que lhe devoram o rosto, o que deve ser difícil para ele, mas aparentemente o protegem da passagem do tempo. Ainda assim, ele já tem atrás de si bons quilômetros rodados e, com ou sem espinhas, a poeira vai se acumulando. E é pesada a poeira dos quartéis.

Inácio Penha pertencia à polícia militar. Um policial dedicado, ao que parece. De lá para cá, porém, com dois anos de prisão nas costas, perdeu sua vocação. Mal e mal recorda, pateticamente, dos seus sonhos de caçador de bandido, e se pudesse engessar a cabeça para não pensar mais no assunto, é exatamente o que faria. Depois de tudo o que aconteceu, Inácio ainda mantém um jeito de menino traído por seu primeiro amor. Qual homem apaixonado imaginando a si mesmo morto e vendo a vida do ser amado prosseguir como se nada houvesse. Inácio deve se espantar ao ver que a lei segue batendo as mesmas asas negras sobre um mundo devastado pela indiferença. Inácio apenas desperdiçou sua capacidade de suportar a vida.

Assim que chegou aqui, embrenhou-se na leitura. Algo raro nestas paragens, tirando a Bíblia. Embrenhou-se na leitura de todos os gêneros literários como outros se embrenhariam no álcool. Tinha sempre um livro consigo (sendo ex-policial, gozava de alguns privilégios). Sentado na beirada da cama, deitado, andando, de noite e de dia, lia sem parar e, quando era difícil conseguir um livro novo, relia o mesmo, uma, duas, dez vezes seguidas se preciso fosse. Essa leitura desenfreada à luz muito fraca da cela deixava-lhe os olhos inchados e reduzia sua capacidade de reação e participação à convivência obrigatória. Estava o tempo todo distraído, alheio. Essa atitude lhe causava não poucos problemas com seus colegas de cela. Em especial com um deles que, julgando provavelmente que a apatia de Inácio não passava de manha para fugir das tarefas coletivas, criara antipatia por ele e não perdia uma oportunidade de atormentá-lo, até que ele veio se refugiar à minha sombra.

Eu não nutria nenhuma particular simpatia por Inácio. Como disse, ele sempre me passou uma impressão de ambiguidade. Contudo, visto que qualquer tensão entre prisioneiros se espalha rapidamente pelo bloco, retesando os nervos, mais vale intervir a tempo e evitar maiores estragos. Por essa época, eu já conquistara o meu lugar entre os que tinham direito de serem deixados em paz. Não foi assim tão simples. Só com uma mescla de prudência e audácia, submissão e rebeldia, exigências e concessões, tudo muito bem dosado, é que consegui finalmente ser aceito como um bom gringo. Um *status* que me rendia algum respeito. Dar umas voltas pelo pátio em minha companhia, por exemplo, podia garantir a Inácio o direito à existência, apesar de suas mancadas.

Quem teria imaginado que um juiz, pouco preocupado com a segurança de seu cliente, iria largar no meio de nós nada menos que um ex-policial? Os detentos queriam linchá-lo. Foi no seu primeiro banho de sol comigo que, num inesperado impulso de gratidão, e movido por uma óbvia necessidade de desabafar, ele me contou sua história. Começou com estas palavras: "Eu era um tira. E sou inocente".

Assim também já era demais. O "inocente" não me surpreendia. Nunca, em toda a minha trajetória, encontrei na prisão algum culpado. Mas um "tira", caramba, era tão improvável ter um à mão, quero dizer, ao alcance de um murro, que superava a imaginação do mais insano dos detentos.

Fiquei imediatamente com o pé atrás. Não por ele ter sido policial, o que em si não é pior do que ter sido bandido, mas porque, ao confessá-lo, tornava-me cúmplice de um segredo que, no templo do crime, tinha o peso de um autêntico sacrilégio. Sem me consultar, assim à toa, ele jogava para mim uma responsabilidade que, neste lugar imbuído de uma extravagante interpretação do senso de honra, podia facilmente me custar a vida. Contrariadíssimo, respondi com um enérgico apelo à cautela. Ele se contentou em baixar a cabeça, parecendo refletir, mas, em vez de seguir meu conselho, retorquiu num tom de indiferença:

– A cautela, até onde eu entendo, consiste em ignorar os riscos naturais da vida e assim ficar livre para evitar o pior. Pois bem – concluiu, desgrudando o olhar do chão –, isso para mim já não importa, o pior já aconteceu.

Essa conversa eu também já tinha ouvido. É comum, quando se vem parar na prisão, acreditar que nem a morte poderia ser pior. Dá para entender. Mas trata-se apenas de um aniquilamento temporário que todos enfrentam ao chegar aqui. Porém, passam-se as semanas e os meses, e o "bicho" acaba se adaptando. Agarra-se ao raio de luz que se insinua por uma fresta da parede, e espera. Contando que o tempo cumpra a sua parte e que a fresta um dia vire uma brecha pela qual ele possa passar e reatar com a antiga imprudência. Eu sabia disso tudo, e sabia também que Inácio em seguida iria falar sobre a sua suposta inocência.

Não é por preconceito que mantenho alguma reserva em relação à verdade de Inácio. Costumo respeitar homens e mulheres, pouco importando que circunstâncias os trazem. Verdade é que vezes demais os vejo ignorantes, incoerentes, hipócritas, vaidosos, capazes de tudo para garantir um pingo de existência. Mas sou exatamente igual, e me respeito. Seja como for, os piores seres humanos não estão todos na prisão. Prisão. Desde que a venho frequentando, acabei por aceitar nossa franca crueldade, ao passo que, nos meus tumultuados períodos de liberdade, achava difícil partilhar meus dias com canalhas de todo tipo, maquiados demais para merecer um lugar aqui entre nós. Tenho certa dificuldade em situar Inácio, motivo pelo qual prefiro que ele mesmo esboce seu perfil com suas próprias palavras. Para isso, as confidências do "banho de sol" são mais rápidas e eficientes que um bisturi. Quero, porém, insistir neste ponto: não há lugar melhor que a prisão para encontrar gente que não esconde seus verdadeiros problemas. Enfim, gente franca e, por que não dizer, decente. Mais que eu, sem dúvida, e mais que um monte de cidadãos de bem que dificilmente conseguiriam respirar o mesmo ar afiado dos prisioneiros. Verdade é que, aqui, estimulados por um ambiente único no gênero, não nos é difícil expressar nossos sentimentos. O que, em contrapartida, é difícil lá fora, nas ruas nebulosas e atordoantes, e é por isso que já não se sabe mais quem é quem, a coisa ou a pessoa, a causa ou o efeito. Azar o deles. E mesmo o mais criminoso dos homens tem seus momentos de esplendor. O assassino se comove ante uma mãe sem recursos para sustentar o filho preso; acontece de o estuprador citar Platão e dividir comigo seu último cigarro, de o agente mais brutal, aquele que mandou gravar em letras brancas garrafais no seu cassetete preto "DIREITOS HUMANOS", ser um ótimo filho.

No momento, Inácio expia tristemente seus pecados. Não que ele antes não tivesse consciência de seus erros, mas depois que se ligou a Binadabe, nosso afamado pastor da cela 4, transformou seu lamentável delito num pecado abominável, e sua pena, em flagelação. Continua inocente, é claro, perante a justiça temporal, e agora confia numa infindável outra vida, caso venha a pagar sua um tanto vaga dívida com Deus.

Inácio Penha é do Mato Grosso[12], tal como Zeca. Este, porém, não o vê com bons olhos, e diz a seu respeito: "Esse cara não me entra. Ele olha para a gente sem ver. Deve ter cruza com esse pessoal do Sul, esses *pampeiros* sem pampa". É o que acha Zeca, erroneamente, uma

---

12. A referência abrange o estado do Mato Grosso do Sul, provavelmente porque alguns moradores nascidos antes ou nos primeiros anos após a criação desse estado, ocorrida em outubro de 1977, não utilizavam o novo nome nem se autodenominavam sul-mato-grossenses. (N. E.)

vez que Inácio é um *mato-grossense* da gema, descendente, por parte de pai, dos Bororos, tribo indígena que, desde não se sabe mais quando, povoa o Pantanal, nos arredores de Corumbá. Nessa cidade banhada pelo rio Paraguai, na fronteira com a Bolívia, Inácio nasceu e se criou. Raros eram os dias em que o menino Inácio não ia pescar. Toda tarde, no calor sufocante de Corumbá, voltava correndo da escola para casa. Ao chegar, passava voando pela sala da frente, onde seu pai tinha a barbearia, corria até a cozinha para comer sua ração fria de feijão com arroz e tornava a sair a toda pressa. Seu objetivo era um açude a alguns minutos de bicicleta dali, seu espelho d'água. Dava algumas remadas, e então desenrolava a linha e lançava o anzol. Os *tuiuiús* logo vinham sobrevoar. Pássaros estranhos aqueles, cercavam rapidamente a canoa de Inácio e esperavam a pesca cair em seu bico preto bem aberto. Inácio gostava disso, alimentava os tuiuiús, que o brindavam, por sua vez, com sua indefectível companhia. Conversava com eles. Com elegantes gestos de bico, os pássaros respondiam traçando círculos, linhas e pontos no ar. Eram seus momentos de pura alegria, só a natureza exuberante do Pantanal lhe abria assim o coração. Ali, entre céu e água, o menino Inácio esquecia as constantes zombarias de seus colegas de escola, e as humilhações que seu pai lhe infligia porque era tímido demais para aprender a arte do pente e da tesoura. Verdade é que ele não queria saber de espiolhar a cabeça dos outros. Tampouco se interessava pela tediosa conversa em torno de futebol ou das desgraças dos vizinhos que os clientes de seu pai desfiavam o dia inteirinho.

Era incapaz de se adaptar àquela situação, e sua mera presença comprometia, de certa forma, a harmonia do local. Há, na arte do barbeiro, uma virtude tátil e uma curiosidade muito especial que, no entanto, não tem a ver com um real desejo de entender o mundo. Barbeiros gostam de falar sobre o mundo, só isso. E Inácio não gostava. O que ele queria era mudar esse mundo "assolado por parasitas". Assim falava o seu tio Nelson, sempre que vinha de Cuiabá, onde era oficial da polícia militar. "Estude mais um pouco, meu rapaz", dizia o tio, "e aí eu vou te levar comigo e fazer de você um homem de verdade".

Barbeiro! Como era possível ficar ajeitando cabelos cheios de piolhos enquanto o país, o "nosso Brasil", estava de quatro, à mercê dos bandidos, dos estupradores de meninas e matadores de velhinhas? E isso não era coisa de cinema, onde seu tio o levava para ver todo filme novo do Inspetor Callahan. O que esse país precisava era de alguns Clint Eastwood, isso sim. Ora, cabeleireiro...! Sua mãe não se entusiasmava muito com o sonho de uniforme do menino Inácio: "Ou bem eles matam, ou bem se deixam matar". Ser policial era isso. Mas ela gostava demais de seu irmão Nelson para achar que um homem como ele, graduado em Direito e que citava Cícero com a desenvoltura de um vigário, pudesse exercer má influência sobre seu filho. A pobre mulher suspirava e deixava para lá, seu Inácio ainda era um menino.

"A lei se cala quando falam as armas."

Inácio seguiu o caminho traçado até o vestibular, sem parar um minuto sequer para pensar que o dinheiro também fala forte. Longe disso, quanto mais pensava no assunto, mais convencido ficava de que, numa sociedade que vive da indignidade, a própria indignidade se torna uma espécie de instinto de sobrevivência. Aí é que um Clint Eastwood se faz necessário, antes que se conclua a infame metamorfose. Não sabia se seu tio Nelson tinha poder para conseguir-lhe um emprego na investigação ou, enfim, na ação, mas sabia que era suficientemente influente para lhe dar um bom empurrãozinho.

Mas por que Inácio me contava isso tudo?

– Não que eu queira me justificar – dizia. – Se eu quisesse mesmo achar uma desculpa para os meus atos, poderia inventar algo melhor que um tio policial ou um pai barbeiro de cabeças ocas.

Inácio, pois, tem lá seus segredos, coisas que só o Pantanal sabe e manterá em segredo. Os peixes são testemunhas que não traem.

Inácio foi dispensado do serviço militar por motivo de excesso de contingente. Sua decepção foi tamanha que resolveu sair de casa e ir morar com o tio, em Cuiabá. Só Deus sabe o que não teria feito para servir no exército. Tanto tinha esperado o momento de vestir seu primeiro uniforme que não aguentou a recusa. Não o aceitarem era um insulto ao bom senso. Mas eles logo veriam o que estavam perdendo. Tio Nelson pôs mãos à obra, fez com que ele prestasse o concurso público estadual. Seis meses depois, Inácio ingressava formalmente na polícia militar do Mato Grosso.

Integrando-se ao 8º batalhão do segundo regimento, partiu imediatamente com os demais recrutas para Sinop, uma cidade de porte médio no norte do estado, a cerca de mil quilômetros de casa. Estava a salvo.

Não aguentava mais aquela vida apática, feita de hipocrisia, com todo mundo se lamentando por "nosso Brasil", mas ninguém mexendo um dedo para sacudir a poeira imunda que gruda na pele, nos sorrisos cansados, nos cabelos que ele varria várias vezes ao dia no "pretenso" salão de seu pai, cabelos de quem só vibra com futebol ou com o sermão de um padreco qualquer. Policial. Era o fim dos patéticos e impotentes resmungos: agora, era ferrar ou ser ferrado.

Inácio jogou-se de corpo e alma em sua missão. Não demorou e, reparando em sua total dedicação, seus superiores lhe propuseram um estágio de treinamento intensivo junto aos instrutores do 8º Swat dos Estados Unidos.

O Inácio que voltou para Sinop, uma vez concluído o estágio, já não era o garoto tímido de Corumbá. Desaparecera de seu semblante, deformado por férrea determinação, qualquer expressão juvenil. Sua própria mãe não saberia reconhecê-lo. Ela, que gostava de dizer: "Um filho bonzinho feito um anjo. Tem que ver, uma flor de menino, limpo, ordeiro, nunca levanta a voz e foge da violência como quem foge da peste. Coitado do meu filho, não entendo, sempre com algum problema, logo ele...". E por aí vai. Essa era a mãe do Inácio que ainda ia pescar na pequena enseada do rio Paraguai, lá em Corumbá. Inácio, o sonhador, atormentado pelas espinhas e por uma boa dose de má sorte, que sua índole tímida não lhe permitia enfrentar. Numa época em que todos os seus gestos, mesmo em situações de flagrante fragilidade, expressavam uma busca canhestra de compreensão, quase que de perdão, pelo transtorno causado por sua mera presença num mundo de cabelos por cortar. Mas isso tudo era passado. Uma má lembrança que o novo Inácio expulsava da cabeça à força de passadas fortes nos corredores do 8º batalhão da PM de Sinop. Formado pela Swat, que não era pouca coisa, escola dureza, escola americana; artes marciais, psicologia, tiro de elite; delinquente devidamente algemado num piscar de olhos. Bastava pôr o pé fora do batalhão e lá estava o mal, na rua, nos bares, nas boates, nos escritórios; as associações suspeitas, ladrões, escroques, traficantes, estupradores. A cidade banhava-se na ilegalidade. "Um país inteiro por limpar."

Sob o comando de um ex-sargento de temível reputação, a patrulha de Inácio nunca voltava de mãos abanando. O único problema era que Inácio, totalmente concentrado no exercício de suas funções, não prestava atenção nos esquemas dos colegas, que, enquanto isso, iam enchendo os bolsos. Não era ingênuo a ponto de desconhecer o que se passava à sua volta. Não tendo, contudo, o dinheiro por motivação, evitava qualquer acordo duvidoso, ao mesmo tempo que tentava trazer para a delegacia o maior número possível de delinquentes. Tamanha anomalia não poderia, obviamente, durar para todo o sempre. Chegou o dia em que também ele se viu obrigado a entrar no jogo.

— Eu já tinha terminado a minha ronda quando o meu sargento me alcançou na saída do batalhão, com uma missão urgente. Dias antes tinha havido um roubo, uma grande quantidade de material de informática tinha sumido do depósito de uma empresa de importação e exportação. Uma empresa meio suspeita, na verdade, que acabava de decretar falência. Enfim, eram quase dez da noite quando o sargento me mandou entrar na viatura com mais dois colegas, e fomos direto para um bairro da periferia. O sargento fora informado de que um antigo conhecido havia participado do assalto. O informante dera o endereço de um porão onde, segundo ele, se nos apressássemos, ainda conseguiríamos pegar o sujeito com a muamba toda. Chegamos ao local em menos de meia hora. Fazia calor, a rua ainda estava cheia de crianças, com as mães conversando no portão. Eu e mais um colega descemos uns cem metros antes. O carro seguiu rumo ao objetivo enquanto dávamos a volta no prédio para impedir qualquer tentativa de fuga. Rotina. O que revelou ser uma boa tática, já que o sujeito, decerto alertado pelos vizinhos, veio cair direto em nossas mãos. Nós o levamos de volta para o porão. O sargento e outro colega estavam inspecionando o local, e não encontraram nada. Mãos algemadas nas costas, o sujeito reclamava, se indignava, exigia a presença de seu advogado. Como disse, era conhecido nosso, já tinha passado pela cadeia e percorrido metade do código penal. Nada profissional, era ralé de quinta metida em todas, inclusive com a boliviana. Ele achava graça, o bobalhão, ficava rindo da nossa cara. O sargento fez duas vezes uma pergunta, o idiota mandou ele pastar. Foram suas últimas palavras com todos os dentes na boca. O cara era um lixo, um monte de tabefes naquela cara de babaca era só o que ele merecia. Começou uma gritaria lá fora. Nesse tipo de bairro tem que tomar cuidado, todo o mundo é primo ou irmão. O sargento arregaçou as mangas e mandou que eu e outro colega ficássemos de guarda na entrada. A multidão foi ficando cada vez mais agressiva, tivemos que atirar para o alto duas vezes para segurar o pessoal, mas não foi por muito tempo. Quando nos chamaram de volta lá embaixo, o cara estava deitado de bruços, e o sargento, enxugando as mãos numa ponta de cobertor. Na hora, achei que estava morto, fiquei apavorado, joguei-me sobre ele e virei o corpo. Ainda respirava, mas a cabeça... Estava feia de se ver. Já tinha acontecido de eu recorrer a métodos mais pesados para dobrar um suspeito, como faz todo tira. Mas, nesse caso, não se tratava de hematomas nem de costela rebentada. A cabeça dele estava uma massa disforme, o crânio aberto, jorrava sangue misturado com uma substância cinzenta. Nojento, tive vontade de vomitar. O sargento deve ter percebido meu mal-estar, o que o deixou ainda mais enfurecido e o levou a dar mais dois chutes na barriga do cara, que já tinha parado de gemer. Deixamos o local apontando as armas, um de costas para o outro, no meio de uma multidão que nos enchia de tudo que era insulto. O sargento deu ao motorista as coordenadas de uma mina abandonada, a cerca de vinte quilômetros da cidade, e então nos explicou. "O filho da puta deu com a língua nos dentes, a muamba é nossa. Dá uns quatro milhões, a gente divide irmanamente em quatro partes iguais, certo?" Não respondi, mas os outros caíram na risada.

Aquele foi, para Inácio, o início de uma lucrativa carreira. Desde que vira aquele corpo flagelado, porém, já não sonhava mais. Acontecia de rever, antes de dormir, cada um dos ferimentos do corpo do jovem ladrão e, sem saber por quê, não deixava de se imaginar, por sua vez, vítima da mesma brutalidade. Contudo, era agora um policial tarimbado, não há tempo para pensar nos sonhos quando se está de olho nos canalhas, nesses sem-Deus que, só Ele sabe, merecem uma boa surra.

– E você acha que é fácil? Um PM ganha o quê, uns mil reais por mês. E é para isso que a gente anda dia e noite atrás desses escrotos que compram carros importados e uísque a rodo. É de dar raiva, não é? Você põe os caras na cadeia e não é que eles são soltos no dia seguinte por um juiz corrupto?! E os escrotos ainda ficam rindo da cara da gente. Eles veem a patrulha passar, exibem as roupas de grife, zombam da gente. Aí, tem hora, entende, que é forte a tentação de acabar com a alegria deles.

A tentação era de fato tão forte que, com ela, Inácio comprou um carro, alugou um apartamento no centro e mandou seus belos sonhos para o espaço.

– E os barbeiros, Inácio, será que continuam sonhando?
– Não, acho que não. Acho que...

Inácio não tinha o que achar. Doravante, já bem embrenhado no caminho da dissolução, ficava esquivo tão logo pensava no futuro. Mas, apesar de alguns maus momentos frente a frente consigo mesmo, que, aliás, foram se tornando cada vez mais raros, precisou se deparar com o desconhecido, com o amor e seu drama, para sentir-se realmente saindo pela tangente, como quem foge da própria presença.

    Anos se passaram, Inácio era agora chefe de patrulha. Sua reputação de superpolicial fazia com que seus colegas mais jovens disputassem a honra de fazer a ronda com ele. Sempre escolhia os mais maleáveis, pois não queria confusão na hora de dividir a grana. Tampouco gostava de se cercar de homens "duros", desses que batem primeiro e perguntam depois. Esses sempre criavam problema e, além disso, Inácio nunca chegara a se acostumar com o sangue.

    O começo de sua descida aos infernos aconteceu numa noite abafada. Fazia uma semana que uma onda de calor seco tomava conta da cidade, mergulhando-a numa aborrecida apatia. Até mesmo os delinquentes funcionavam em câmera lenta. Eram cerca de duas horas da manhã, Inácio e seus parceiros estavam numa cafeteria 24 horas quando receberam um chamado. Tratava-se de uma mulher ferida por tiro a umas dez quadras dali. Pegaram as pizzas e as latas de cerveja e saíram a toda, sirenes ligadas, para o local do crime. No caminho, ligaram para os bombeiros dos primeiros socorros. Chegaram a uma pracinha num bairro comercial. Havia um grupo de pessoas, várias mulheres de minissaia na calçada, junto a um bar com iluminação azulada.

    – Era grito para todo o lado, estavam todos muito agitados, principalmente as mulheres. Choviam insultos. Tive de puxar a arma para abrir passagem até um corpo deitado de costas. Não era uma mulher, como tinham dito, mas um rapaz, de cerca de vinte anos. Ele nos recebeu com uma expressão de alívio, que logo virou careta de dor. Estava ferido no peito. A bala tinha furado a camiseta logo abaixo do ombro direito. O sangue jorrava, mas ele estava consciente, inclusive tentando se levantar. Era um rapaz bonito, moreno, que grudava em mim seu olhar claro, me vendo como um salvador. Era óbvio que as mulheres tinham caído em cima dele até a gente chegar. Podia ser facilmente transportado. Enquanto meus colegas o acomodavam no carro e cancelavam os primeiros socorros, anotei a identidade das testemunhas, tentando ter uma ideia do que acontecera.

O ferido, aparentemente, chegara de bicicleta pouco antes das duas horas. A bicicleta ainda estava ali, encostada na parede junto à entrada do bar. O garçom não sabia o nome do rapaz, mas o conhecia, não era a primeira vez que ele aparecia por ali. Nem chegara a entrar. Da porta, fizera um sinal para a dona. Esta estava no balcão e, ao vê-lo, fez um gesto de impaciência e foi rapidamente ter com ele lá fora. Dez minutos depois, vários tiros ressoaram dentro do bar, e todos correram para a rua, inclusive o marido da dona, que, na hora dos tiros, estava na sala dos fundos, frente ao computador. A dona estava caída de bruços, o sangue escorrendo copiosamente na calçada. Quanto ao sujeito, ainda estava ali, ajoelhado, revólver na mão. Fitava o corpo inerte e tremia que nem vara verde. Furioso, o marido jogou-se em cima dele, arrancou-lhe a arma da mão e abriu fogo. Continuou apertando o gatilho, mas era a última bala, as outras todas já tinham atingido sua mulher. Em pânico, ajudaram a pôr a mulher num carro e o marido saiu em disparada para o hospital. É isso.

Inácio sublinhou duas vezes o nome do garçom no seu caderninho e entrou na viatura. O hospital era do outro lado da cidade. Não havia trânsito àquela hora, mas ligaram a sirene assim mesmo. No banco de trás, o rapaz gemia baixinho. Tinha parado de sangrar. Mesmo semi-inconsciente, tentava dizer alguma coisa, mas nenhum som articulado saía de sua boca. Inácio o observava, intrigado. Usava cabelo curto, nenhum colar ou corrente de ouro, nem anel dos dedos, só um relógio barato, roupa comum, um rosto limpo. Não tinha nada do típico delinquente, obviamente não era um cafetão, como tinham afirmado as mulheres do bar. Acabava, no entanto, de matar uma mulher.

Já estavam a meio-caminho do hospital quando receberam uma ligação dos bombeiros. Um homem, que se identificou como capitão, deu ordem para que estacionassem numa rua secundária e informassem sua posição.

— Sim, foi essa a ordem. Aqui no Brasil, os bombeiros são militarizados, são agentes que podem executar funções de ordem pública, tal como a PM. Eu não passava de um sargento recente e ele era capitão, só me restava obedecer.

Isso Inácio enfatizou com voz alterada, como que querendo se justificar. Ele passou as instruções para o motorista, enquanto seus colegas o interrogavam com o olhar. Era uma ordem estranha, os bombeiros deviam estar aprontando alguma. Tinha todo o jeito de ser uma mutreta. Inácio deu uma olhada no ferido: ele perdera os sentidos. A patrulha estacionou numa ruazinha pouco iluminada. À direita, um canal; à esquerda, uma fileira de casinhas adormecidas.

Os bombeiros chegaram em seguida, com um caminhão equipado para incêndio. Eram três, incluindo o capitão, que desceu e foi rapidamente até a viatura policial. Inácio desceu e o cumprimentou. O capitão tinha em torno de quarenta anos, era atarracado e meio careca. Com voz estranhamente suave, perguntou pelo ferido, ouviu atentamente o relato de Inácio. Enfim, o sujeito estava ferido, mas não era nada muito sério. Tinha apenas perdido sangue e, em sua opinião, poderia ser interrogado no dia seguinte.

O capitão deu um suspiro, pôs a mão gorducha e peluda no ombro de Inácio.

— Sargento — disse ele, medindo as palavras —, temos que acabar com ele. Esse coitado acabou de matar a mulher de um colega nosso, o hospital acabou de me informar o óbito. Não faz sentido salvar a vida dele. Solidariedade corporativa, sabe como é. O melhor é acabar com isso agora mesmo, acredite.

O capitão disse isso com voz cansada, quase dolorosa. Parecia estar cumprindo um mal necessário e só Deus sabia o quanto lhe era difícil prestar esse serviço para a sociedade, para o próprio bem, inclusive, do infeliz que estava desmaiado no carro.

Inácio respirou fundo, enquanto lançava um olhar ao redor. Rua Albert Einstein, era o que se lia na placa pendurada num poste. Por que essa rua se chamava assim? Nada ali lembrava o nome do físico, e muito menos sua famosa teoria. Inácio procurou nas fachadas desbotadas das casas e nas águas turvas do canal, mas não viu nem sinal de relatividade. Então fitou novamente o capitão dos bombeiros e, de repente, tudo ficou em ordem.

O capitão continuava a encará-lo com seus olhinhos redondos. Olhos repletos de explicações e bom senso. Inácio tentou apresentar outra teoria, achar outra lógica, uma lógica que tornasse aquela ordem razoável. Tentou, até que o cansaço tomou conta, trazendo-o de volta ao silêncio pantanoso da rua Albert Einstein.

O ferido ainda estava desmaiado. Eles o tiraram do carro e o deitaram na calçada. Calmamente, o capitão pegou sua pistola, pôs uma bala no cano. Os faróis de um carro apontaram na esquina. O capitão guardou rapidamente a arma. Os faróis varreram a cena, iluminando por um instante o corpo estendido no chão e o vulto gorducho do capitão. O carro ameaçou parar, mas Inácio, a um sinal do oficial, deu um jeito para que ele seguisse caminho, e rápido.

A escuridão da noite irrespirável tornou a cair sobre eles. O capitão ainda estava com a mão direita na coronha da arma, mas agora parecia indeciso. Permaneceram, assim, um longo instante em silêncio, durante o qual Inácio não conseguia achar a força necessária para se opor ao capitão. Este testou, com a ponta do sapato, o grau de consciência do ferido. Como não registrasse nenhuma reação, ordenou aos homens de Inácio que pusessem o corpo no banco traseiro do caminhão.

Insetos noturnos de todo tipo tinham se estatelado no para-brisa. O capitão tateou embaixo do banco à procura de algo. Pegou um saco plástico, que abanou para encher de ar e em seguida verificar que não continha furos.

– Vamos lá.

A voz do capitão soou para Inácio como a de um oficial cansado de guerra. Inácio estava paralisado. O capitão enxugou o suor do rosto com as costas da mão. Suspirou, esboçou um sorriso. Sua voz continuava calma, harmoniosa até:

– Meu rapaz, este serviço compete a nós, nós aqui somos os chefes, não podemos deixar isso para os nossos subordinados. Com que cara a gente ia ficar?

Suavemente, pôs a mão no ombro de Inácio.

– É a sua primeira vez, não é? Você se acostuma. Não olhe para mim assim, sargento, não sou nenhum monstro. Pelo contrário, só estou restabelecendo o equilíbrio. Dando um jeito de a consequência vir depois da causa. E eu não sou a causa. Você é a causa? Não, nós dois somos meros instrumentos para consertar a falha. Este cara matou a mulher de um colega, uma mulher jovem e muito bonita, que eu conhecia, conhecia muito bem. Um arraso, sargento, acredite. E esse canalha a matou.

O capitão refletiu um instante, e continuou quase que em tom de desculpas.

– Verdade é que o certo seria pagar na mesma moeda. Ou seja, mandar este aqui para a cadeia por uns trinta anos depois de estrangular a mulher dele na frente dele. Mas aí é que está. Acontece que a mulher que este escroto amava era justamente a dona Lorena, e visto que a Lorena já está mesmo com cinco furos no peito, as contas não batem. Temos que ser criativos.

Dito isso, o capitão bateu o pé, examinou novamente o saco plástico e, ato contínuo, escanchou-se sobre o peito do ferido.

— Vamos lá. Segure forte nos pés dele, e seja firme, porque ele vai se sacudir feito um porco no matadouro. Está me ouvindo?

A voz do capitão enchera-se de uma negra intensidade.

— Colegas, cidadãos da ordem, e você, povo, é graças a nós, aos nossos sacrifícios sujos, que este mundo continua girando, que as máquinas funcionam, que os salários são pagos, que nascem as crianças e morrem os velhos. Nada disso se faz sem sujar as mãos, sem endurecer o espírito. Nós pisamos na lama, para o policial não existe tapete vermelho. Vamos lá, vamos render justiça a um colega corno. Solidariedade é isso.

Inácio se ajoelhou, por sua vez. Agarrou os dois tornozelos. O capitão já enfiara o saco na cabeça e o apertava com as duas mãos em volta do pescoço. O homem deitado no banco continuava sem reagir. Inácio segurava firme, fixando o olhar nas costas do capitão. Costas largas, costas de atleta, seus músculos se desenhavam sob a malha fina da camiseta dos bombeiros, que trazia o lema da corporação impresso em letras pretas garrafais: VIDA ALHEIA E RIQUEZAS SALVAR.

O rapaz ferido ergueu bruscamente o peito, desequilibrando o capitão, que, ainda apertando o saco em seu pescoço, desfechou-lhe um joelhaço para obrigá-lo a manter as costas no chão. O rapaz se sacudia violentamente, suas pernas se debatiam com a energia do desespero. Mas Inácio era forte, treinava duas vezes por semana, seus dedos eram garras de aço. Só tinha que fechar os olhos e aguentar, enquanto cada parte do seu corpo tomava consciência de que uma única palavra sua poderia evitar o crime. Mas ele cerrou as pálpebras com mais força, até o sangue subir para a cabeça. O ritmo dos chacoalhões foi diminuindo aos poucos, o saco plástico agora aderia a todas as cavidades, todas as linhas do rosto, transformando o jovem num fantasma com semblante marcado por um logo de supermercado. Inácio, porém, não o via; ele já não pensava, fugia atrás de lembranças vagas que o deixavam num estado crescente de euforia, à medida que se distanciava mais e mais daquele manequim movente do qual só segurava as extremidades.

Impassível, embora todo suado, o capitão tirou o saco plástico da cabeça do morto, tornou a guardá-lo debaixo do banco e, de um salto, desceu do caminhão para ir ter com os outros três, que esperavam fumando, de costas para a viatura.

Minutos depois, entraram na rampa de acesso do pronto-socorro com as sirenes uivando. Dois enfermeiros acorreram com uma maca. Sob os cuidados de mãos experientes, o corpo já rodava rumo à sala de reanimação. Um médico veio ter com o capitão. Trocaram umas poucas palavras, o capitão fazia gestos impacientes, e então os dois entraram rapidamente numa sala.

Não demorou muito. O rapaz morto acabava de assassinar uma mulher. O marido da vítima acertara as contas com a própria arma do assassino. Não existe autópsia para esse tipo de criminoso, nem ninguém para pedi-la. E eles representavam a lei, não havia motivo para criar caso.

Se Inácio pensava nisso tudo, não era para se tranquilizar. Não era a primeira vez que matava alguém, e nem sempre o fizera em legítima defesa. Mas, dessa vez, era diferente. No calor da ação, como saber se o suspeito está ou não armado? Contudo, matar do jeito como fizera há pouco revolvia-lhe o estômago. Mesmo que não tivesse com o que se preocupar. A palavra da polícia vale ouro, todo médico sabe disso. Nada a temer nesse sentido. Era só aquela comichão nas mãos. Tinha mesmo apertado com força. Era uma sensação estranha essa, de ter matado alguém pelos pés. Ele não tinha culpa, o capitão que se virasse sozinho.

— Vamos lá, pessoal — resmungou para os seus parceiros —, ainda tem muita noite pela frente.

Não tiveram nem tempo de dar a partida. Um bombeiro apareceu correndo, o capitão estava chamando lá dentro, que viesse imediatamente. Inácio o seguiu até a sala de reanimação, onde o capitão e o médico cochichavam a um canto. Enquanto uma enfermeira, olhos arregalados e máscara de oxigênio na mão, quedava-se como petrificada ao lado da maca em que o morto já não estava mais morto, ainda respirava. Imperceptível, mas seguramente, seu peito se movia. Inácio empalideceu. Um arrepio o percorreu da cabeça aos pés. Fitava ora a enfermeira, que aguardava uma ordem de seu chefe, ora o fantasma à cata de ar. Os dois homens pararam por fim de confabular, haviam chegado a uma conclusão. Enquanto o médico deixava a sala a passos largos, o capitão soltou um fundo suspiro e examinou rapidamente o local. Um rolo de sacos de lixo pendurado na parede deteve sua atenção. Arrancou um e, enquanto o abria, veio ter com Inácio. Meneava a cabeça devagar, com um ar contrariado:

– Sinto muito, sargento, o médico conseguiu reanimá-lo. Não foi de propósito, é que ele não tinha entendido.

Inácio não se mexia. Fitava aquele peito sobre a maca, cujo movimento se tornava mais regular. O capitão pôs uma mão no seu ombro e depois apertou com força.

– Sargento, meu rapaz, entenda que não temos escolha, vamos ter que acabar com ele.

Inácio olhou para ele sem vê-lo, e então disse, como que para si mesmo:

– Segurar os tornozelos, não. Não dá, morrer três vezes ninguém merece, mesmo que pelos pés. Não, eu não.

E deu um passo atrás.

O capitão o deteve com um olhar duro, sua voz se alterou:

– Você fica aqui até o fim, entendido, soldado?

Não havia o que retrucar. Sem mais delongas, o capitão repetiu a operação de asfixia, enquanto um dos seus subalternos assumia o lugar de Inácio para imobilizar a vítima. O que se revelou inútil, já que o corpo sobre a maca não opôs desta feita qualquer resistência. Então o capitão tirou o saco, pressionou dois dedos na jugular, tomou o pulso, depois enrolou o saco plástico e o enfiou no bolso. A porta se abriu, o médico entrou rapidamente. Trocou um olhar com o capitão: nenhum problema, missão cumprida.

Por sorte, justo quando estavam saindo, os jornalistas de plantão correram para uma ambulância que trazia vários feridos graves de um acidente de trânsito. Puderam, assim, escapulir discretamente pelo estacionamento, onde o marido da mulher assassinada conversava com o motorista do carro de bombeiros e os outros dois policiais militares. Era um homem de pequena estatura, com bíceps e peitorais que explodiam sob a camiseta verde e amarela da Seleção. O capitão abraçou calorosamente o colega, que exibia antes a decepção de um torcedor que acaba de assistir à derrota do seu time do que a dor de um homem que acaba de perder a esposa em circunstâncias tão dramáticas. Em seguida, ambos vieram ter com Inácio, que se mantivera afastado.

Sem que fosse essa a sua intenção, Inácio ignorou a mão estendida e, obedecendo a um reflexo, apanhou o revólver calibre 32 cuja coronha apontava no cinto do recente viúvo. Examinou a arma, então pressionou o pino e o tambor girou para o lado. Todos os seis cartuchos estavam queimados. Interrogou o homem com os olhos, e este respondeu com um olhar raivoso.

– Tenho que fazer meu relatório – Inácio declarou secamente.

– Essa arma não é minha – disse o viúvo –, era do filho da puta que matou a minha mulher. Eu arranquei da mão dele e disparei a última bala. Está bem assim, sargento?

Inácio ignorou o tom grosseiro:

– E o motivo? – perguntou calmamente. – Que motivo ele tinha para dar cinco tiros na sua esposa?

O bombeiro ficou lívido e, ameaçador, deu um passo na direção de Inácio. O capitão se interpôs, fazendo ouvir a voz da autoridade:

— Agora chega, sargento. O sujeito era um canalha, tentou assaltar o bar, a mulher reagiu e o marido atirou nele. O resto você sabe. Esse é o seu relatório. Não se preocupe — acrescentou, suavizando a voz —, eu me encarrego de chamar o seu chefe e o delegado. Simples rotina. Ao dizer isso, segurou os dois homens pelo ombro e os aproximou.

— Rapazes, temos que ser solidários uns com os outros. Corporativismo é isso, não esqueçam. Não fosse assim, a gente seria engolido pela escória que infesta esta cidade, não é mesmo?

Inácio estava cansado. Queria ir embora, afastar-se o mais rápido possível daquele hospital em que os mortos respiravam. Apertou num gesto maquinal a mão dos dois bombeiros e foi juntar-se à sua patrulha. Ao invés de trocar opiniões e impressões, os três policiais se fecharam em si mesmos. Um silêncio pesado reinou ao longo de todo o trajeto até o batalhão. Inácio observava os primeiros operários que irrompiam ligeiros na escuridão para chegar pontualmente às suas fábricas. Lá fora, a vida continuava, as pessoas já corriam para todo lado, atravessando fora da faixa. Inácio tentava observar suas fisionomias, a maioria era de negros ou índios. Nenhuma delas expressava alegria, suas feições eram cansadas, suas mentes, inquietas, aflitas ante um caminho sem expectativas.

Inácio podia ter escrito o relatório no dia seguinte, mas foi direto para o computador e relatou os fatos a toda pressa. Uma página e meia foi o suficiente para enterrar dona Lorena e o três-vezes-morto. Deixou o relatório na mesa do seu chefe e saiu para a rua quase correndo. Só o que queria era colocar a maior distância possível entre ele e aquela noite.

Em casa, seu primeiro impulso foi tomar uma demorada ducha fria. Pela primeira vez na vida, teve a sensação, estranha e dilacerante, de ser de fato um meganha.

Uma semana inteira se passou antes que eu me visse novamente no mesmo turno de banho de sol com Inácio. Entrementes, já arquivara sua desventura junto às dezenas de mortes que assombram a memória da maioria de meus colegas detentos.

Num primeiro momento, perguntei-me que relação poderia haver entre aquela história e os dez quilos de cocaína que a polícia federal tinha encontrado em seu carro, o que resultara em sua expulsão da PM e uma longa temporada em nossa pousada. Depois, acabei esquecendo aquilo tudo. Histórias assim aparecem todo dia no noticiário, não é segredo para ninguém que alguns policiais têm um jeito muito próprio de encerrar rapidamente casos duvidosos.

Assim que pisou no pátio, Inácio veio até mim e retomou de imediato o relato interrompido na semana anterior, como após uma simples e breve pausa. O velho Zeca só nos observava.

– Não sei como é para vocês lá na Europa – começou. – Acredito que haja corruptos em todo lugar, mas aqui, com a gente, é especial. Sabe quantas mortes violentas nós temos por ano? Mais de quarenta mil, sem contar os desaparecidos. É isso aí, cara. Você acha que um a mais, um a menos, vai fazer diferença? Eu era um policial, sabia disso tudo. Imaginava que mais dia, menos dia, acabaria tendo que me envolver em algo do gênero. Pois bem, estava envolvido. Só me restava assumir, manter-me à altura da situação sem choradeira. Estava, aliás, resolvido a abrir meu caminho sem dar grande importância a incidentes desse tipo. No dia seguinte a esses fatos, ao chegar ao batalhão, cruzei com o meu chefe. Bastou um olhar para perceber que ele já estava a par de tudo. Ele me olhou nos olhos e apertou minha mão com força. Naturalmente, retribuí seu aperto com igual vigor. Estava selado o pacto de cumplicidade. Eu era homem, ia assumir: ser um tira de verdade é isso.

Inácio pôs-se a fitar o muro em frente. Como que buscando, entre as ranhuras e os corações flechados, palavras para prosseguir, ou, ao que me pareceu, a vergonha, que, por um instante, trouxe uma expressão humana ao seu semblante sempre contraído:

– E, se não fosse a Larissa, eu teria conseguido. Senti por essa mulher, assim que a vi, algo desconhecido, forte, violento como uma explosão dentro do peito. Eu não tinha uma sala só para mim, dividia uma mesa comprida com vários colegas. Estava ali sozinho, sentado em minha cadeira, pensando num grupo de pequenos traficantes em que andávamos de olho já tinha algum tempo e que, se bem trabalhados, poderiam dar uma boa arredondada nos salários da minha equipe. Foi quando ela apareceu diante de mim. Exibia um ar quase cômico, incrivelmente sem jeito. Fiz sinal para que se sentasse, mas ela não se mexeu. Já não estava sustentando seu olhar quando ela se pôs a falar, num fio de voz. O guarda da recepção a mandara para mim porque eu estava no local quando da morte de seu irmão, além de ter assinado o relatório. A polícia civil já tinha lhe entregue tudo o que fora encontrado com a vítima. Só faltava, disse ela, uma corrente de ouro com uma medalha de Santo Expedito. Já tinha procurado no hospital e no necrotério, em vão. Embora transtornada, conseguia se expressar com tranquilidade, com uma suavidade que lhe conferia um não sei quê de nobreza: "A corrente era do meu pai e, antes dele, do meu avô. Agora que o Robson não está mais com a gente, ela pertence a mim. É uma relíquia de família, entende?". Eu não conseguia falar, fiquei só olhando para ela. E ela ali parada, imóvel, seus olhos adquirindo uma expressão vazia e seu corpo inteiro parecendo prestes a desmaiar. Ela disse afinal, após um momento longo e doloroso: "Essa corrente tem que permanecer na família. Agora só sobrei eu. Por favor, seu policial".

Apelando ao seu mais elevado sentimento de dever, Inácio se recompôs, anotou os dados da moça e prometeu que faria o possível. Ia encontrar a corrente. Ela agradeceu com um gracioso gesto de cabeça e saiu da sala de mansinho. Ele não a acompanhou, ficou escutando o som de seus passos diminuírem e sumirem no corredor.

– Ela tinha um rosto de menina num corpo de adulta – prosseguiu Inácio, deixando transparecer sua emoção. – Meu Deus, como era bonita, e como eu me senti sujo. A corrente, a relíquia de família. Sem levar muita fé, dei uns telefonemas para a polícia civil. Nada. Liguei para o hospital, insistindo para falar diretamente com o médico que primeiro reanimara o sujeito, e depois deixara que o matassem. Ele gaguejava ao telefone, temendo alguma complicação, e então, mais tranquilo ao escutar meu pedido, jurou que o morto não tinha corrente nenhuma. Caso contrário, teria percebido ao cortar a camiseta com a tesoura. Quanto mais eu pensava no assunto, mais tinha certeza de que, quando constatei seu ferimento, junto ao Bar Lorena, Robson já não estava com a corrente no pescoço. Talvez tivesse lutado com o bombeiro, marido da vítima, e a corrente tinha caído no chão? Uma corrente de ouro, grossa, dissera Larissa, não passaria despercebida. O local era bem iluminado. Ou seja, as mulheres é que deviam ter juntado. Afinal, eram prostitutas, para quem uns poucos gramas de ouro podiam render muito mais que uma noite de trabalho. Era isso que tinha acontecido, eu seria capaz de pôr a mão no fogo.

Inácio fez uma pausa, e então prosseguiu, fazendo uma careta.

– Bem, eu agora sabia onde procurar, mas não adiantava muito. Você é um gringo, é difícil para você entender. Vou te explicar. Imagine um bando de piranhas inveteradas trabalhando num bairro que não era meu, ou seja, não era do meu setor. Elas não querem saber se você é tira ou deixa de ser. Você aparece no local de trabalho delas contando uma história de corrente caída do pescoço do cara que matou a cafetina delas. Aí diz que precisa devolver a corrente para a irmã do cara, por favor, porque é uma relíquia de família e, sem essa relíquia, a moça não vai conseguir superar sua perda. Já pensou que cara elas iam fazer? Isso sem falar na reação dos meus colegas, que podiam achar que eu estava me intrometendo nos domínios deles. Meu tio Nelson tinha me ensinado todos os truques, mas, num caso assim, nem ele saberia o que fazer. Teria ignorado a moça, claro, nunca teria feito uma promessa estúpida daquelas. Só que eu queria aquela corrente.

Nesse dia, Inácio inventou uma dor de dente, passou o comando da patrulha para um dos seus parceiros e foi andar pela cidade. Depois de várias cervejas e alguns quilômetros caminhados, conseguiu rever a história toda por uma perspectiva mais racional. Passou no crivo os prós e os contras de suas reações e concluiu que um policial do seu nível não podia se deixar dominar por uma emoção. Afinal, tinha apenas segurado os tornozelos do sujeito, e será que teria achado Larissa tão encantadora se tivesse cruzado com ela na multidão sem aquele sentimento de culpa? Tomou essa resolução junto a mais uma cerveja. Assim que saía na rua, porém, assim que via uma moça que lhe lembrava vagamente Larissa, era acometido por um sentimento de degradação e tristeza. E não havia ali a sua mãe, ou o seu tio, ou alguém que lhe dissesse o que tinha que fazer um homem, um policial, para quem a bandeira da pátria já não era de nenhuma ajuda.

Já estava escuro quando ele entrou, quase sem perceber, numa joalheria. O dono, preocupado, veio logo atendê-lo. Inácio mostrou a credencial junto com o cartão de crédito. Examinou rapidamente as vitrines e apontou, determinado, para uma corrente de ouro com uma medalha de um santo a cavalo. Era uma corrente bonita, sem dúvida a mais pesada de todas que estavam expostas. Cético, o joalheiro informou o preço. Inácio fulminou-o com o olhar e enfiou-lhe o cartão de crédito na mão. O joalheiro obedeceu. Teve que abrir mão de sua preciosa embalagem para presente e, atônito, viu que Inácio lhe devolvia inclusive o estojo, enquanto guardava a corrente diretamente no bolso.

Às nove em ponto, Inácio chegou na casa de Larissa. O endereço era o de uma casinha branca encaixada numa fileira de outras casas, todas em estado igualmente precário. Não havia pátio, nem jardim, a porta de metal dando diretamente na calçada, nem campainha. Hesitou um momento, apalpou a corrente em seu bolso, então deu três batidas firmes na porta. Esperou meio minuto e bateu novamente. Houve uma movimentação do lado de dentro, um gato miou, a porta se abriu. Inácio não tinha pensado no que ia dizer. Contava com a improvisação, a cerveja nunca o deixara na mão em casos assim. Mas ante os olhos pretos arregalados e a expressão assustada de Larissa, sua eloquência falhou e ficaram os dois ali parados sem dizer nada. Por fim, extremamente sem jeito, foi ela quem deu um boa-noite à flor dos lábios, enquanto fazia um gesto que tanto podia ser um convite para entrar como uma expulsão. Mas um policial é sempre um policial, e Inácio já introduzira o pé entre a porta e o batente. Ela pareceu não reparar nos seus modos e se desculpou, com voz trêmula, por tê-lo feito esperar – estava nos fundos. Cedeu-lhe passagem e o conduziu pelo corredor.

    Era uma casa estreita e comprida. Três portas se sucediam do lado direito do corredor. Inácio hesitou diante da primeira. A porta estava entreaberta, e o cheiro que lhe chegou era tão familiar que se sentiu atingido por uma avalanche de recordações. Larissa deu um passo atrás e abriu-a por inteiro. Inácio avançou, e estacou em seguida. Contemplava o cenário à sua volta, maravilhado. Estava tudo ali: a cadeira regulável com alavanca cromada, o móvel com gavetas sobre o qual se alinhavam as tesouras de diferentes tamanhos, os pentes, as escovas, as pilhas de toalhinhas brancas e, atrás da porta, o cabide de bambu, igualzinho ao de seu pai. Inácio observava carinhosamente aquilo tudo, respirando a plenos pulmões o cheiro de água de colônia barata, o mesmo que em outros tempos tanto o enojara. Ele olhava e ria, cada vez mais alto, a ponto de causar certa preocupação em Larissa, que, coitada, já não sabia bem o que fazer.

    Teve de se controlar para não tomá-la nos braços ali mesmo. Nunca sentira nada tão intenso por nenhuma mulher.

    Larissa enxugou uma lágrima:

— Esse era o trabalho do Robson, ele herdou do meu pai. O Robson tinha tantos projetos, queria transformar isso num salão de verdade, com cabeleireiras e tudo o que há de mais moderno. Agora ele não está mais aqui, nada disso tem mais serventia.

Mesmo aflita, sua voz continuava doce. Uma voz que tinha o poder de apaziguá-lo, mas que também podia ser a agulha envenenada com uma culpa que lhe gelava o sangue. Tentou controlar suas emoções. Poderia se apaixonar por essa mulher e realizar o sonho do irmão dela. Mas qual o sentido desse devaneio, se a qualquer momento podia ser identificado como o assassino de Robson?

Tirou a corrente do bolso e a estendeu para Larissa. Ela arregalou os olhos e sorriu. Apenas por um instante, e então balançou a corrente na ponta do dedo. Devolveu-lhe o objeto dizendo, com a doçura costumeira:

— Obrigada, seu policial, mas o senhor não entendeu. Eu não estava querendo o ouro, e sim minhas recordações. Por favor.

Uma raiva surda tomou conta de Inácio. Que estúpido, devia ter imaginado. Aborrecido, recobrou de pronto sua autoridade, reassumiu seu papel de sargento da PM e imediatamente submeteu Larissa a um pesado interrogatório. Queria saber tudo, seu irmão tinha matado aquela mulher, queria saber a verdade: que tipo de relação havia entre esses dois; por que seu irmão frequentava um bar de putas; ele, por acaso, usava drogas; e por aí vai.

Nenhuma das respostas de Larissa encorajou-o a prosseguir naquele tom. Ela respondia a todas as suas perguntas sem deixar transparecer nem sombra de uma mentira, de uma omissão.

Segundo ela, Robson conhecera dona Lorena através do marido. O bombeiro aparecera para cortar o cabelo e gostara muito do trabalho de Robson. Tinha voltado várias vezes e, um belo dia, perguntou se ele estava disposto a atender em domicílio, já que sua mulher tinha um bar em que trabalhavam várias moças e era muito exigente quanto à aparência. Tinha certeza de que Robson era a pessoa indicada, achava que ele tinha muito talento. Sem falar que um atendimento na casa de sua mulher lhe renderia mais do que ele ganhava ali em uma semana. Para Robson, que trabalhava e estudava, aquele era um presente dos céus. E foi assim que ele começou a frequentar o tal bar. No início foi tudo muito bem, mas, aos poucos, ele começou a chegar em casa embriagado. Certa noite, diante das recriminações de Larissa, respondera simplesmente que tinha um caso com dona Lorena. Contou isso achando graça, por causa do bombeiro, o marido, que estava a par de tudo e não falava nada. Enfim, Robson acabou se apaixonando por dona Lorena. Ela prometeu que ia largar do marido e transformá-lo no cabeleireiro mais famoso da cidade. Inácio perguntou por que, com tantas moças presentes, fora se apaixonar logo pela patroa, cuja idade, afinal, não contava a seu favor. Larissa explicou que eles tinham perdido a mãe quando Robson mal completara quatro anos. Ao crescer, nunca demonstrou nenhum interesse pelas meninas da sua idade. "Se envolvia com moças mais maduras, talvez buscando a mãe que perdeu", ela concluíra, enrubescendo.

– Quando Larissa parou de falar, minha suposta autoridade tinha dado lugar a uma tal sensação de estupidez, de mesquinharia, que precisei me controlar para não sair correndo. Ela sorria. Estava ficando tarde, ela trabalhava com costura, tinha um serviço para terminar. Mas antes, pôs suas mãos nas minhas, eu podia ficar para jantar. Já estava pronto, só faltava esquentar. Olhei para a sua boca, com uma vontade tremenda de lhe dar um beijo. Mas faltou-me coragem. Disse educadamente até logo e voltei para a rua. É claro que em seguida me arrependi de ter ido embora daquele jeito. Eu que, do alto do meu uniforme, seduzira tantas mulheres metidas a difíceis, desistira à toa dessa oportunidade.

A noite mal começara para Inácio. Ele caçava igual rapina noturna, precisava de uma presa. E também de um momento para refletir. É claro que devia haver algum bode expiatório, de modo a que aquela história parasse de complicar sua vida. Refugiou-se num boteco, entornou duas cachaças, depois pediu uma cerveja, que foi tomando devagar até que lhe viesse uma ideia.

Inácio tinha um amigo na polícia civil. Um oficial com quem acontecia de ele fazer um acordo de vez em quando. Ligou para ele do celular e deu uma versão um pouco alterada do caso do Bar Lorena: um antro de drogas e prostituição cujo proprietário estava, com toda certeza, envolvido num assassinato. Impunha-se uma operação de faxina radical. Ele próprio não podia fazer nada, não era seu setor, de modo que precisava de um favor. A retribuir. Era sexta-feira, uma noite ideal para agir. O amigo oficial não se complicou, anotou as coordenadas e sugeriu que lesse os jornais no dia seguinte. Antes de desligar, Inácio se lembrou da corrente. Deu então uma descrição detalhada do objeto, dizendo que era a única coisa que lhe interessava. O resto podia ficar com eles.

De fato, na manhã seguinte o jornal sensacionalista de Sinop dedicava a primeira página ao caso: *"Um antro do vício foi fechado esta noite graças a uma brilhante operação da polícia civil. Alexandre Souza, bombeiro e proprietário do bar, onde se praticava abertamente todo tipo de ilegalidade, foi preso em flagrante e deverá responder por tráfico de substâncias ilícitas, incitação à prostituição e exploração de menores. Entre as profissionais presentes no local, os policiais identificaram duas garotas com idade de quatorze e dezesseis anos. Os fregueses do lugar estarão igualmente sujeitos a..."*.

Inácio exultou. Não gostava daquele bombeiro. Não gostava da sua sobrancelha frondosa, sobrancelha de cafetão. Naquele mesmo dia, almoçou com seu amigo, o oficial da polícia civil que coordenara a operação. Este lhe contou os detalhes. Não era o que daria para chamar de uma ação grandiosa, mas não faltou dinheiro no bolso dos clientes e o caixa também estava à altura. Naturalmente, teriam de incluir no processo metade da erva e da cocaína apreendidas.

– E aqui está a sua corrente, meu chapa. Estava na bolsa de uma das mulheres. Qual é a dessa corrente, afinal? A mulher não era lá aquelas coisas. Você estava bêbado?

Inácio estava tão satisfeito que ignorou a provocação. Cumprimentou o amigo pela operação, ia devolver o favor, claro, e foi-se embora balançando Santo Expedito de uma mão para outra. Correu diretamente à casa de Larissa. Depois de bater várias vezes sem obter resposta, conformou-se e enfiou a corrente por baixo da porta.

Neste ponto da história, a sequência dos acontecimentos vividos por Inácio vai ficando menos clara. Minha impressão é de que ele gostaria de apagar parte deles, embora alguma coisa o impedisse de fazê-lo. Seja como for, as coisas não se deram como ele havia planejado. Na segunda-feira seguinte à "brilhante operação", o bombeiro foi solto, o bar reabriu as portas e o oficial responsável pela ação, provavelmente pressionado por seu delegado, deu um jeito de jogar toda a responsabilidade do caso para Inácio. Teria sido manipulado pelo sargento da PM, que, sem dúvida, tinha algum motivo pessoal, contas a acertar com o tal bombeiro.

Inácio relembrou essa traição sem disfarçar uma imensa tristeza.

– Eu não tinha como adivinhar. O marido bombeiro era ligado ao *governador*. Ao governador, já pensou? As besteiras que a gente não faz por causa de uma mulher. Mas ninguém está livre desse tipo de mancada, não é? Com duas palavras e nenhuma explicação, o coronel me afastou do serviço de patrulha. Inventou na hora um cargo de assessor-chefe no setor de comunicação. Assessor-chefe, veja bem, esse setor nunca precisou de chefe! Enfim, isso significava algo como: vá pensando na sua demissão. A fama de quem acaba no setor de comunicação simplesmente já está traçada: traidor, incompetente, idiota ou subversivo, o que dá na mesma.

Com o passar dos dias, uma sombra hostil foi se instalando entre o novo assessor-chefe do setor de comunicação e seus antigos colegas, inclusive seus antigos cúmplices, que tinham fartamente petiscado em sua mão. A desconfiança passou a reinar, as relações azedaram, e, para Inácio, era tudo muito difícil de engolir.

Fechado num silêncio repleto de apreensão, intimidado por sua própria sombra e pelo som de seus passos nos corredores do batalhão, Inácio andava de fininho, tentando tornar-se invisível no seu local de não trabalho. Mas as portas, as janelas, a máquina de café tinham olhos para olhá-lo e bocas que sibilavam insultos. Ele já não era um policial confiável. Pior, já não era um deles, e sim um perigo para todos, um delator potencial dos "por fora" generalizados.

Entrementes, brigando com o demônio que o comia por dentro, Inácio tornara a ver Larissa em duas oportunidades. Da primeira vez, com a corrente no pescoço, ela o recebeu com lágrimas de alegria. Num impulso emocionado, beijou-o no rosto várias vezes e não parava de agradecer. Momentos que Inácio quisera que fossem eternos. Larissa. Sua simples presença o lavava de todos os seus pecados; ela o fazia sentir-se um homem bom, devolvia-lhe a inocência de outrora, quando ainda saía para pescar e varria a barbearia do pai. Em pé junto à porta da cozinha, ele a observava preparar o café.

– Seu corpo parecia uma perfeita imitação de sua alma, vivacidade e doçura. Mas o que ela tinha de mais gracioso eram os cantos da boca ligeiramente erguidos. Parecia estar sempre pensando em algo agradável.

Gostava das inflexões de sua voz um tantinho gutural, gostava de tê-la ao alcance do seu desejo. Inácio estava fascinado por Larissa, talvez a amasse. Amor. Essa palavra, a ideia dessa palavra foi rapidamente capturada por sua consciência, e ele estremeceu. Súbito, o semblante lívido e belo do jovem irmão de Larissa veio se interpor entre eles. Ele estava morto, apodrecendo debaixo da terra, estava esquecido. Sim, esquecer e fechar os olhos, que agora fitavam suas mãos. Suas mãos em volta dos tornozelos, apertando, apertando até que a carne cedesse, até que um jorro de pus e vermes escorresse entre seus dedos.

Ele imediatamente escondeu as mãos nos bolsos, para retirá-las em seguida. Aproveitando um instante em que Larissa estava de costas, cheirou-as demoradamente. Tinham odor de morte. Era assim que ele imaginava o cheiro de sua própria morte. Mas isso fora antes de Larissa. Agora nem teria tempo de apodrecer como todo mundo, o fogo do inferno iria abrasá-lo assim que exalasse o último suspiro. O inferno era isso, fornalha das imundícies.

Da segunda vez que viu Larissa, pediu que ela o tratasse por você.

– Já havia se passado algum tempo, a morte do irmão dela já não me impedia de me entregar a esse impulso para o melhor, que até então sempre tinha guiado a minha vida.

Certas palavras de Inácio ficaram a tal ponto gravadas em minha cabeça que, quando as recordo, me fazem reviver todas as sensações que associava a elas. Não me é difícil, por exemplo, imaginar nesse momento a reação de Larissa diante dessa investida, que era, decerto, mais explícita do que ele queria dar a entender. Não sei que ideia ela terá tido desse homem, o policial que vira a morte descer sobre seu irmão e tanto fizera para recuperar seu Santo Expedito. Mas posso vê-la, paralisada, enquanto Inácio, já arrependido de sua ousadia, tenta captar um sinal qualquer que o livre daquela situação.

– Súbito, ela arqueou as sobrancelhas: "Mas você sabe praticamente tudo da minha vida", disse, meio desesperada. "Bem, verdade que não é muito. Mas eu não sei nada de você. Me conte alguma coisa. Sim, você costumava sair para pescar, e o seu pai era barbeiro, mas isso não é de agora. Quero dizer, você é tira, e bem, os tiras... Você deve ser diferente dos outros, tenho certeza disso, mas... Meu Deus, Inácio, eu sinto tanto medo, tenho pensado demais ultimamente, sabe, tenho tanta vontade de te conhecer melhor. Fale, por favor, diga o que quiser, mas fale."

Inácio abaixou a cabeça e pôs as mãos nas costas; não havia lugar melhor para elas numa hora dessas. E então ele reagiu, quase com fúria:

– Mas o que significa isso? – exclamou, estridente. – Palavras! – continuou, raivoso – De que adianta falar? Assim que a gente abre a boca, eu pelo menos, só sai besteira. Palavras não servem para nada.

– Mas o que pode ser mais real que as palavras? – retrucou Larissa – Olhe para o céu, ele só existe porque tem nome; sem essa palavra, "céu", o que haveria acima de nós?

Inácio fitou-a com uma segurança fingida. Era o seu jeito de esconder emoções novas. Larissa era névoa, nuvem cor-de-rosa e flutuante. E ali, diante de seu jeito infantil, ele pensou intensamente no porquê da vida humana e, pela primeira vez, isso lhe pareceu ser a única coisa digna de uma investigação.

Movido por um incrível sentimento de ternura, segurou nas mãos dela e deu um beijo em cada uma.

Como julgamos as coisas de forma diferente, como mudamos de ideia, quando influenciados por novos ares, por um cheiro de esperança. Nos últimos tempos, Inácio vivera tudo o que o cercava com desprezo. Principalmente o batalhão. Aquele ambiente poeirento se tornara um fardo. Ria de si mesmo ao lembrar a época do tio Nelson, o brio do justiceiro e suas tolices quixotescas.

Mas o tio Nelson sabia o que estava dizendo: "Paciência, meu filho, paciência e obediência são o segredo do sucesso". Como pudera esquecer conselhos tão preciosos, deixar-se desmoralizar pela primeira complicação? Paciência, Inácio, quando tudo parece perdido acaba chegando a sua vez. Um vento novo soprava no quartel, seus antigos companheiros voltavam a se aproximar, cumprimentavam-no, o setor de comunicação não passara de uma brincadeira de mau gosto. Inácio exultava.

Por trás desse novo entusiasmo pelo sonho policial, estava o coronel. Aquele mesmo medalhão que recentemente o jogara, com duas palavras, às portas da demissão, agora o promovia, com mais duas palavras, à PM2. Às investigações. Com a magnífica expressão de rigor e magnanimidade que faz de um coronel um coronel de verdade, anunciou a um Inácio aturdido que estava sendo incumbido de uma missão de extrema importância e assumiria seu posto já no dia seguinte.

A PM2! Era o fim do rigor do uniforme, da rotina das patrulhas. Da mísera caça à mesada extorquida a pontapés na bunda da ralé miúda. Ele agora podia jogar pesado. Incrível isso tudo acontecer justamente quando se julgava acabado. Paciência, meu filho. Obrigado, tio Nelson.

Ansioso por partilhar a grande notícia, ligou para Larissa contando. Sua euforia era tanta que precisou repetir várias vezes até ela entender mais ou menos do que se tratava. De modo que estava indo no dia seguinte para Brasília numa vistosa picape à paisana. Lá, um divisionário da Polícia Federal estaria à sua espera para lhe entregar o dossiê de uma investigação que iria sacudir o país envolvendo peixes graúdos e alguns policiais da PM e da civil. Sigilo absoluto.

Comovido pela sincera alegria de Larissa ante sua inesperada promoção, levado pelo entusiasmo, Inácio convidou-a para ir com ele. Não tinha que prestar contas para ninguém, e afinal, eram só três dias, no máximo. "A gente vai e volta, Larissa!" Ela não o levou a sério. Antes de desligar, porém, Inácio mostrou-se bastante sentimental e disse que mesmo assim passaria em sua casa na manhã seguinte:

– Brasília nos espera, Larissa.

Era uma quarta-feira, oito horas da manhã. O dia 23 de março se anunciava de um calor de rachar. Um 4x4 de para-choques cromados parou na frente da casa de Larissa e fez ressoar por toda a rua uma buzina de quatro notas. Várias janelas se abriram na vizinhança, fisionomias inquietas observaram Larissa aparecer na soleira, tesoura grande na mão e os olhos já cansados por algumas horas de costura. A buzina continuava tocando trompete, os vizinhos se debruçavam ainda mais nas janelas, mas os vidros fumê do veículo frustravam seu desejo de identificar o motorista. Larissa fez um gesto de impaciência. Inácio finalmente interrompeu sua algazarra e saltou na calçada. Parecia tão ridículo um homem daquele tamanho saltitando e feliz feito um menino que Larissa sentiu por ele uma imensa ternura. Então, sem jeito ante a curiosidade dos vizinhos, puxou-o literalmente para dentro.

– Você enlouqueceu, olhe os vizinhos!

Não chegava a ser uma censura. A alegria infantil de Inácio a impedia de assumir um tom mais sério.

– E então, está pronta? Já estamos atrasados.

Inácio olhava ao redor à procura de uma mala. Ia de um lado para outro e, enquanto Larissa o fitava, atônita, correu até o quarto, onde ainda nunca pusera os pés. Ela, por fim, reagiu, quando ele já tinha apanhado uma sacola de viagem que tomava pó debaixo do armário. Pôs as mãos nos ombros dele, respirou fundo.

– Inácio, escute, eu não posso ir. Entenda, não posso. Não desse jeito, poxa.

A essas palavras, proferidas com dolorosa clareza, Inácio desanimou. Aos poucos, porém, suas faces se aprumaram, seu sorriso ressurgiu. Tomou as mãos de Larissa entre as suas, fitou-a com o olhar mais doce que ela já recebera.

– Vem comigo, por favor.

Aquele "vem" lhe saiu de dentro do peito, com a certeza de que acabava de tomar uma decisão importante e de que outras coisas igualmente importantes rondavam essa viagem.

– A verdade é que eu acabo de passar por uma fase muito difícil, Inácio, eu não sou mais a mesma. Não gosto mais de mim.

Ele falou com toda a intensidade possível, descrevendo as maravilhas da viagem. No seu entusiasmo, esqueceu-se dos sentimentos de Larissa e resvalou numa pueril exibição de sua nova importância. Desejava tanto que ela fosse junto que não percebia a própria insensibilidade, dando a entender que a moça não tinha mais nada a fazer além de passar três dias inesquecíveis com ele.

– Por isso é que estou insistindo – concluiu, batendo na sacola para tirar o pó. – Você está precisando mudar de ares.

Larissa corou.

– Eu sei que o senhor vai rir de mim, mas não vou conseguir fazer isso. Nunca saí de Sinop, a não ser para uns passeios aqui perto.

Inácio massageou a testa e riu.

– Está vendo? Eu sabia que o senhor ia caçoar de mim, mas é verdade, e pronto.
– Mas eu não estou caçoando – ele retrucou. – E pare de me chamar de senhor.
– E o que os vizinhos, os meus clientes, vão falar, se de repente eu sair da cidade com um homem? Vão pensar em coisa feia, em sacanagem.

Os olhos de Inácio brilhavam.

— Mas, aí é que está, o que parece feio é mais gostoso. Por isso é que a gente faz escondido e todo mundo fica a fim. — Ele se lembrava dessa frase de uma leitura de escola e gostava de repeti-la sempre que tinha oportunidade.

— Quando eu viajo, nunca digo a ninguém para onde vou, nem com quem. Se eu dissesse, perdia toda a graça.

Larissa sorriu, abriu o armário, hesitou diante de um macacão, pegou um vestido rosa.

A estrada de Sinop para Cuiabá não é exatamente um sinuoso tapete de asfalto passando entre monótonas extensões de soja. Mesmo com uma todo terreno, os buracos, os acostamentos desabados e tomados por ervas daninhas transformavam uma simples viagem num rali. Inácio dirigia devagar, atento à reação de Larissa sempre que tinha de efetuar uma manobra proibida para desviar das rachaduras.

Depois de vários quilômetros, já mais tranquila, ela parou de apertar os pés num freio imaginário e finalmente entregou as costas ao conforto do assento de couro branco. Inácio exibia ao volante a postura atenciosa de um motorista de princesa. Quando ela pedia para diminuir um pouco o ar-condicionado ou o volume da música, obedecia de imediato. Durante boa parte do trajeto, ativeram-se a poucas palavras insignificantes, ambos temendo falar sobre o sentido daquela viagem a dois resolvida de última hora. Depois, cada um se entregou às próprias emoções, e a verdadeira viagem se revelou em todo o seu prazer.

Larissa estava curiosa. Queria saber tudo sobre os lugares por onde passavam, as distâncias, o tamanho da capital, se era verdade o que diziam na tevê, como é que a polícia tinha carros tão luxuosos e, o mais importante, sobre a sua missão.

Orgulhoso de seu duplo papel de agente especial e guia de Larissa, Inácio tinha resposta para tudo e, quando não tinha, inventava. Conhecia um monte de histórias sobre a região, que ainda era uma floresta bem pouco tempo atrás. A picape pertencia ao depósito de veículos confiscados dos traficantes e, quanto à sua missão, não estava autorizado a falar a respeito, mas, bem, estava indo buscar um envelope que o esperava no correio do aeroporto de Brasília. Tratava-se de documentos importantes que ele deveria entregar em mãos a um divisionário da Polícia Federal. Um caso importante, era só o que podia dizer. O que era pura verdade, pois Inácio realmente não sabia nada além disso. Mas estava feliz, realizado. Larissa estava linda com seu vestido cor-de-rosa, passava-lhe uma confiança, uma alegria, enfim, algo que o aquecia por dentro, que o fazia sentir-se um homem inteiro, como nunca tinha se sentido. Era bom se abrir com ela.

Larissa absorvia tudo o que ele falava, dividia seus sonhos, flutuava com ele nas águas claras do Pantanal, lugar que surgia constantemente em suas histórias. Ele contou seus segredos mais preciosos. Ele, que era incapaz de ler um romance até o fim, em certa época tinha escrito poemas, sentado à beira da água. Eram palavras estranhas que lhe vinham do nada, com uma sensação de imortalidade que o invadia de mansinho e o levava a encher as páginas de seu caderninho. Em seguida relia o que escrevera e sentia vergonha, de modo que arrancava as páginas e as jogava na água. Era uma coisa que nunca tinha contado a ninguém, e era também esse o efeito maluco que sua terra natal lhe causava. Quando voltassem de Brasília, se ela aceitasse, ele faria um desvio para que ela pudesse admirar o Pantanal com seus próprios olhos.

Eram quase seis da tarde quando chegaram a Cuiabá. Não houve tempo para contemplar a cidade. Larissa teve de se contentar com o que pôde vislumbrar antes que tomassem a estrada para Brasília. Não podiam, contudo, percorrer mil quilômetros sem dar uma parada; teriam que passar a noite em algum lugar. Mas não na cidade: Inácio queria evitar os engarrafamentos da manhã.

Passadas as últimas aglomerações da periferia, havia anúncios indicando a proximidade de diversos motéis. Inácio ignorou os dois primeiros e entrou sem hesitar numa alameda ladeada por palmeiras. Uma profusão de luzes pálidas e suaves brilhava na fachada de um hotel que mais ou menos imitava o estilo colonial. Quando desceu da picape, já era quase noite. Inácio pôs o braço nos ombros dourados de Larissa.

Naquele momento, não se lembrava de sua missão, nem de tudo o que, até então, o impedira de ter aquela moça. Estava livre de tudo, sentia apenas a leveza desse corpo de mulher que se deixava docilmente conduzir por seu prazer.

Larissa se deteve na soleira da porta. Imóvel, maravilhou-se com todos aqueles elementos vistosos, comuns nesses lugares supostamente feitos para criar um ambiente de luxo e prazeres. Ao ver a caixa de preservativos, disposta como um troféu sobre o criado-mudo, ficou tão perturbada que Inácio teve de empurrá-la delicadamente para dentro.

Nesse final de dia, o céu iluminava o quarto com um crepúsculo cor de mel e lilás. Inácio fechou as cortinas. Larissa cerrou os olhos, sentou-se cautelosamente na beira da cama. Então cruzou os braços sobre o peito para conter seu tremor.

Retomaram a estrada bem cedo na manhã seguinte. Desde que tinham deixado o motel, Inácio não parava de observar Larissa de soslaio. Como quem abusou de um prato elaborado cujo ingrediente indigesto é difícil distinguir, sentia brotar dentro dele uma mescla de emoções e, incapaz de entender de onde vinham, simplesmente as reduzia a uma prosaica questão de desempenho sexual. Nesse aspecto, não se sentia muito seguro. Em certo momento, tivera certeza de que ela estava gostando, mas, no instante seguinte, uma expressão fugaz, um gesto imperceptível, levaram-no a suspeitar do contrário. Corroído pela dúvida, buscava uma resposta no semblante da moça. Bem que ela poderia expressar pelo menos alguma cumplicidade incipiente. Mas tão logo entraram no carro, ela fechara os olhos com tanta força que, claramente, só o que queria era ser deixada em paz. Até que, finalmente, pegara no sono. Sua cabeça escorregou mansamente sobre o ombro de Inácio, e ali permaneceu por uns bons cem quilômetros.

Estavam à altura de São Vicente quando se depararam com uma barreira da Polícia Federal. Inácio, naturalmente, diminuiu a marcha e obedeceu às orientações dos agentes, que estavam todos à paisana e em número desproporcional para um controle de rotina. Enquanto alguns apontavam de longe a arma para eles, outros se aproximaram, ameaçadores, ordenando que saíssem do carro de mãos para cima. Inácio tentou, em vão, mostrar sua credencial. Dois policiais se jogaram em cima dele, imobilizando-o no chão, enquanto outro obrigava Larissa a pôr as mãos no capô do carro. As tentativas de Inácio para dizer que era um policial em serviço só pioravam a situação. Revistaram a picape de ponta a ponta, queriam saber onde estava o carregamento. Com o rosto amassado no asfalto, Inácio tentava se explicar, não passava de um mal-entendido, mas só ganhava com isso uns pontapés nas costelas. Por fim, dois policiais começaram a arrancar os painéis das portas. A primeira barra de cocaína se espatifou na nuca de Inácio, que continuava de bruços. As outras dezenove passaram de mão em mão até o porta-malas de uma das viaturas da Polícia Federal.

Sua camisa, arregaçada na cabeça, privou Inácio de um derradeiro olhar para Larissa, que, mãos algemadas às costas como ele, foi embarcada em separado, com destino a Brasília.

Era a primeira vez que Inácio fazia amor com uma mulher virgem, e nunca mais tornaria a vê-la.

Foi interrogado naquela mesma noite por um delegado que não parava de bocejar. As perguntas eram sem importância, e as respostas, sabidas de antemão. Àquela altura, Inácio já tinha entendido tudo, e sabia também que jamais conseguiria provar o golpe armado pelo coronel do seu batalhão de Sinop. Encurralado, só lhe restava assumir sua suposta responsabilidade no tráfico e concentrar seus esforços em livrar Larissa do caso. Sabia que isso também não seria fácil, pois, àquela altura, ela podia ser uma testemunha perigosa para aqueles que tinham montado a armadilha. O delegado não se deixou convencer pelos argumentos de Inácio passíveis de inocentar a moça. Pediu, e obteve, a prisão preventiva dos dois, acusados de tráfico de substâncias ilícitas.

Inácio fez o que pôde para deixar Larissa fora daquilo tudo. Furioso, acabou levando outro processo, por insultos e resistência à força pública. Quanto a Larissa, só o juiz poderia decretar sua inocência. O julgamento podia demorar. Quanto tempo, seis meses, um ano, dois?

Naquele mesmo dia, Inácio foi transferido para o nosso bloco, enquanto Larissa era encaminhada para um presídio feminino distante daqui. Perderam todo o contato, sendo proibida a correspondência entre detentos. Um ano depois desses fatos, Inácio foi condenado a quatorze anos de prisão por tráfico de cocaína. Quanto a Larissa, não chegou a saber se a corte iria ou não inocentá-la. Seis meses após sua detenção, enforcou-se em sua cela.

– O advogado de um dos detentos, cuja mulher estava no mesmo presídio que Larissa, foi quem me deu a notícia. Disse isso como quem diz que está chovendo lá fora. – Ele olhou para o céu através da grade. – Voltei para a minha cela e fiquei não sei quanto tempo sentado na beira da cama. Chorar é bom, lavamos os nossos erros e podemos acusar o destino. Chorei até que a mão de Deus me impusesse silêncio. Me diga você, que fala o tempo todo sem nunca mover os lábios, alguma vez buscou a mão de Deus para depois afastá-la?

Não respondi. Ele então pronunciou estas palavras, que não consigo esquecer:

– Fico me perguntando – resmungou – se os mortos têm sentimentos. O que você acha, será que ela me escuta, que ela sabe?

Inácio lançou um último olhar para o céu quadriculado e foi sentar-se ao pé do muro.

Foi a última vez que conversou comigo. Depois disso, não o vi mais no pátio. Ele continua no nosso bloco; escuto às vezes comentários sobre os seus nebulosos silêncios, mas, talvez arrependido de ter desabafado com o primeiro gringo que lhe apareceu pela frente, deve estar dando um jeito de não ficar no mesmo turno de banho de sol que eu.

Capítulo 15

Antes que a sombra da noite tome conta do pátio e o pelotão de vigias venha nos buscar, fazendo ranger as algemas num concerto de cigarras de aço antes da volta para a cela, é o momento em que me pergunto se, nessas duas horas de banho de sol, não teria nada melhor para fazer que escutar as histórias de meus colegas detentos. Pergunta inconsequente, uma vez que não tenho escolha. Se eles falam comigo, se se abrem dessa forma, é porque devem esperar alguma resposta, ou mais que isso. E o que eu posso dizer a eles, se só o que sei é que viver mais um dia é uma canseira, uma angústia? O mero ato de me levantar, comer, falar, me interessar por mim mesmo, o gesto mais insignificante se tornou para mim uma pena a cumprir. Sim, isso tudo me ocupa a tal ponto que não me sobra energia para me esquivar às palavras dos outros. Por isso é que assisto passivamente aos seus relatos. Registro, só isso. Acontece de eu ficar suspenso a uma palavra porque ela parece ser eterna, porque parece ter a ver com nós todos. E é assim que eu me perco, deixando passar outras palavras, outros acessórios. Depois, encolhido em meu colchão, repito para mim mesmo suas histórias e, quando deparo com uma lacuna, preencho-a com suspiros, porque é cansativo imaginar e acrescentar emoções a existências que, todas, pretendem ser únicas. Incapaz de colocar-me no lugar deles, quero dizer, de quando ainda eram homens livres, sinto-me inútil, e desejo com todas as minhas forças estar em outro lugar, mas não consigo. Não consigo sequer imaginar outro lugar para mim. Atualmente, faço parte deles, desse todo indivisível que é a prisão. Apesar de nossos esforços sobre-humanos para nos separarmos e mantermos, cada qual, a própria identidade, nós somos um só: órfãos do século XXI que, por vezes, sentem brotar dentro de si ondas de sabedoria, de calma tremenda e amor ferino. Não podemos nada além disso. Nossas histórias são distintas, mas, se olharmos bem de perto, os personagens são sempre os mesmos. E eu os conheço de cor. Embora não conheça os lugares que foram palco de seus dramas, nem os motivos que os levaram a eles. É o Brasil, portanto, que escuto ao ouvi-los. País inesgotável que não tive oportunidade de conhecer e que talvez nunca venha a precisar do meu conhecimento.

 Cada uma dessas histórias é, para mim, uma janela aberta para o Brasil, e é por isso que estou sempre em *stand-by*. Disse alguém que, para conhecer um país, há que conhecer suas prisões. Duvido que o sábio que disse isso se baseasse em experiências pessoais. Ou o mundo mudou muito desde então. Porque a mim, que conheci diferentes povos e suas respectivas prisões, não pareceu que o país fosse o mesmo do lado de dentro e de fora do muro. Eu diria que, se é verdade que os povos mudam, seus detentos nunca mudam. Pertencem a uma categoria transversal, que ignora tempo e espaço. Seu *modus operandi*, sua visão de mundo, são universais. Um detento não representa nenhum país em particular; ele é tão somente a consciência do olhar que tem da realidade, e esta é formada por portas fechadas. Vejam-se as portas, por exemplo: todo mundo se serve delas, mas ninguém olha para elas de fato. Pois bem, o detento universal passa a vida olhando para a sua porta com tamanha insistência e minúcia que, na superfície de metal liso, ele esculpe uma vida inteira e, mais que isso, os sonhos de várias vidas. Por acaso é possível dizer que do lado de lá desse muro as portas são tratadas com igual interesse?

Existem decerto dezenas de outros motivos, incluindo os mais óbvios, para dizer que somos a autêntica, a única comunidade cosmopolita unida. Não se trata de nenhuma façanha. Distantes que estamos de uma sociedade em que compreensão e solidariedade não possuem valor comercial, torna-se mais fácil para nós, detentos, desenvolver esse tipo de aptidão, que parece estar caindo em desuso entre os homens "livres".

Basta. Tenho a impressão de que, se continuar, vou acabar me contradizendo. E também, o que interessa ao mundo o que eu penso, se já não estou mais nele? Todo o meu presente está no meu passado. Há que se reconhecer, porém, um mérito em meus companheiros de pena. Foi graças a eles que entendi o ideal da natureza humana: o presente é a única verdade que podemos assumir sem reservas, para viver ou morrer. Será por isso que eu os escuto? Sejamos honestos, eu os escuto principalmente porque há, na vida deles, tanta trapalhada que acabo me reconhecendo. E isso, não ser o único, me faz bem.

Nessa hora diáfana, que já não é dia sem ainda ser noite, que no pátio se traduz por uma agitação silenciosa, eu me aparto do meu pedaço de muro. Preciso esticar as pernas. Já faz um tempinho que o sol fugiu para o lado de lá. O céu já não passa de uma sensação de espaço e o passarinho branco foi se deitar. Na antena ou no eucalipto? Rio ou Brasília? Queria saber onde foi que ele escolheu seu ninho esta noite, para acompanhá-lo, daqui a pouco, no meu sono. Zeca me observa, disfarçando um sorriso baço.

Mas eu o ignoro. Cada minuto é precioso nesta hora, e eu o guardo para mim. Meu tempo agora se mede em unidades infinitesimais. Cada instante é suficiente para operar o prodigioso delírio de uma vida inteira; eu deixo de existir, meu espírito abandona o corpo e toma um rumo que só ele conhece. Zeca me observa porque sabe disso. Também ele tem seus caminhos secretos. No contraste entre os ruídos da rua, que passam, e os pensamentos dos reclusos, que ficam, entre a vida imprevisível da cidade e o estado vegetativo aqui de dentro, Zeca descobriu uma íntima analogia à qual se entrega e que saboreia com volúpia. Eu o deixo na dele, e me vou de rua em rua, pairando sobre semblantes imobilizados na memória. Imagem estática de uma expressão que os vivos guardam dos mortos. Ou vice-versa.

As ruas do Rio, percorridas depressa demais, com o coração na boca e a cabeça divagando na noite, fugindo dos inimigos que vencemos muito tempo atrás e que voltam para se vingar. Não são lembranças muito alegres, mas é só o que tenho para lembrar, e fazer o que se, mesmo na prisão, continuo ligado àquela cidade como se fosse minha. Prende-me ao Rio a sensação de algo inacabado. A ponto de agora poder facilmente me imaginar como um carioca retornando para casa após anos de ausência, dividido entre o prazer da volta e os estragos do tempo. Parece-me então que o Rio não é mais o que era. Já não vejo a velha sambista na esquina da rua Belfort Roxo; também sumiu o Che uruguaio que citava Marx e Engels enquanto espalhava seus mexilhões na calçada da Barata Ribeiro; vultos loiros aparecem na janela do meu antigo apartamento. Quanto ao Calçadão, não sei o que aconteceu, continua cheio de gente, mas parece que estão todos correndo atrás de alguma coisa que não consigo enxergar. Só não mudou o brilho do sol e o azul metálico do céu, que se funde ao longe com as rugas do mar.

Janaína não gostava muito do mar aberto. O mar para ela não passava de uma assustadora massa de água. Quando me acompanhava, seu olhar nunca mergulhava ao longe, o mar não a levava a sonhar. Ainda a vejo caminhando e observando as pegadas de seus pés na areia molhada, disfarçando a impaciência a cada vez que eu me detinha a acompanhar o refluxo das ondas até o continente em frente. A África estava bem ali, não era impressionante? Ela dizia que sim e olhava para outro lado. Não era com devaneios desse gênero que eu a distrairia de sua missão.

Agora sei que não era verdade que ela não gostava de mar. Nossos passeios, nessa época, nunca iam além de Copacabana: do Leme ao Arpoador, ida e volta. Era justamente a sua rota de patrulha, seu inferno pessoal. Que inferno? Esse que ela mesma criara e do qual já não podia se desfazer. Quem era a Janaína que me odiava por arrastá-la para a praia, que se inflamava na cama e então levantava de um salto para fechar as janelas e apagar as luzes, como se de repente sentisse vergonha de ser vista? Doce em particular, e em público, sem brilho, sem vitalidade, um silêncio atento e laborioso. Difícil dizer quando é que ela era minha, ou deles, dos meus perseguidores. Nunca vou saber onde ela estava de fato, e provavelmente nem ela. Um assunto que virou tabu.

Por motivos inicialmente opostos, e depois incontroláveis, caíramos numa espiral em que nem um nem outro tinham forças para parar um instante e conversar a respeito. Já não passávamos de duas bolas marcadas de um sorteio, chacoalhadas por um sopro de ar igualmente viciado. Com o recuo do tempo, eu hoje poderia contar esse período surfando sobre águas profundas, com descuidada rapidez, deixando para lá as miúdas correntes do humor, as emoções de um momento, tudo o que compunha o caldo de nossa vida. Depois que o jogo acaba, tudo parece claro, e o resultado, quase lógico. Na época, porém, nem eu nem Janaína tínhamos consciência dos nossos atos e do nosso cacife. O desejo de grandeza de uma garota sufocada pela miséria da periferia; a solidão de um homem fragilizado por anos de fuga. Tudo misturado sem que tivéssemos plena clareza. Um presente dos céus para os virtuosos que jogavam na sombra com a minha vida.

O que aconteceu naquele dia, quando aquela geladeira apareceu de repente em nossa cozinha, ficou gravado em minha memória. Bem mais do que outros fatos anteriores ou subsequentes. Desde a história do colar itinerante, a pavorosa suspeita de que Janaína poderia estar ligada ao núcleo de meus perseguidores desgastara um bocado a nossa relação. Ela se defendera, claro, quando eu lhe jogara na cara o colar de prata com um lindo pingente incrustado de âmbar amarelo.

Pois já fazia algum tempo que aquele colar andava me perseguindo pela casa toda; estava eu no escritório, e ele se materializava ao meu lado; assim como na mesinha da sala, quando eu dava meus telefonemas estendido na poltrona; eu ia para o quarto, e ele estava lá; e quando saíamos, Janaína o estava usando. Enfim, depois de reparar que o tal colar me seguia por toda parte sem motivo plausível, resolvi pegar minhas ferramentas – nessa época, eu já tinha identificado vários aparelhos capazes de localizar e interceptar ligações telefônicas, escutar conversas, filmar um cômodo e seguir o rastro de uma pessoa por meio de emissões de ondas.

Ao descobrir outra engenhoca dessas camuflada no âmbar do colar de Janaína, fiquei fora de mim. Queria fazê-la engolir o microfone, que tinha o tamanho de uma cabeça de fósforo. Janaína deu mostras de um sangue-frio de mestre. Nada mal para uma moça que ainda chupava o dedo ao dormir. Ela primeiro me chamou de louco, jurando que o microfone tinha sido inserido em seu colar por meus "anjos da guarda", e depois, de idiota, por me atrever a insultá-la dessa maneira. Eu já não tinha certeza de mais nada.

Do que aconteceu naquele período, só guardo fiapos de recordações. Sempre me pergunto se as drogas que eles me davam, além de me deixarem grogue, também não me levavam a imaginar coisas. O fato é que, depois do episódio do colar, a situação foi piorando entre nós. Espionávamos um ao outro, brigávamos por causa de um olhar desconfiado, e fazíamos amor como se nos deitássemos para uma execução de morte.

Exausto, eu assistia passivamente aos joguinhos de meus perseguidores. Nos últimos tempos, seu número tinha duplicado e suas engenhocas eletrônicas brotavam por toda a casa, e até nas minhas roupas. Eu já não sabia quem era quem, o que eles queriam comigo, a mando de quem e por quê. Incapaz de sustentar o peso de uma presença tão esmagadora quanto incompreensível, eu esperava, sem confessá-lo a mim mesmo, que surgisse um incidente qualquer, um fato extraordinário capaz de dar um fundo ao abismo. Passava assim os dias, com o olhar voltado para as janelas em frente. Procurava os meus espiões; eles me fascinavam, qual uma assombração febrilmente esperada. Enxergava-os atrás de toda vidraça, o que, no fim das contas, me deixava mais tranquilo: eu não estava ficando louco.

Muito antes da história da geladeira, que a proprietária do apartamento mandou estranhamente instalar no lugar de outra igualmente nova, eu já tinha consciência de estar sendo tragado por uma cadeia de acontecimentos que me apanhara em seu turbilhão. A descoberta da personalidade dupla de Janaína era apenas um elo menor dessa cadeia. Eu dispunha agora de fortes indícios de que, por detrás dessa custosa operação policial, poderia haver um plano muito preciso para, na hora certa, transformar minha prisão numa operação política rentável. E minha presença no Brasil, tal como o passaporte que me permitira entrar no país, aparentemente fazia parte desse plano minucioso.

Eu não perdia, contudo, a esperança de que aquilo tudo não passasse de brincadeira de mau gosto e de que ainda poderia, neste novo país, abrir um pequeno caminho para mim. Queria a todo custo confiar no Brasil, terra de acolhida.

Dissera-me um amigo brasileiro, também ele antigo refugiado: "Por que você não procura seus antigos companheiros? Há vários refugiados por aqui". Eu estava dando tempo ao tempo. Respondia que não queria comprometê-los, que eles talvez não estivessem a fim, trinta anos depois, de topar com um fantasma do passado. Além disso, a mídia passara de mim a imagem de um "irredutível" (sic), e eu temia que eles também desconfiassem de mim. Defender-me diante de meus ex-companheiros de luta, me desculpar por ainda estar vivo e servir de símbolo para a tropa dos vingadores: estava além das minhas forças, e talvez também das deles. O Brasil representava o futuro, nem pensar em flertar com o passado.

A verdade é que minha capacidade para a cegueira me dava a sensação de ser outra pessoa, uma pessoa muito mais jovem do que eu era de fato. Anos 1970, que diabo era isso?

Na época, eu ainda contava com uma falha de minha íntima vigilante e com sua pouca idade para flagrá-la em algum erro e dominar enfim aquela criatura tão segura de si. Mas Janaína tinha aprendido a desarmar todas as minhas tentativas de arrancar-lhe uma confissão, apelando para respostas ingênuas ou totalmente descabidas. Envolvido naquela guerra de nervos, de competições táticas, eu já não sabia o que sentia por ela. Foi em meio ao ruído daquele amor, cujas sutilezas eu não sentia mais, que a tal geladeira se instalou lá em casa, com seu ventre prenhe de um silêncio mortal.

No dia em que reparei que a geladeira marrom havia sido substituída por outra, branca, Janaína cochilava na poltrona. A tarde já ia avançada, eu estava na rua desde manhã. Sentia o bafo dos meus cães de caça às minhas costas, e pensei em me entregar às autoridades antes que fosse tarde demais. De modo que, ao chegar em casa, estava realmente de bom humor. Fiz barulho suficiente para que Janaína voltasse a si e me oferecesse explicações quanto à geladeira branca. Ela abriu os olhos e fitou o ventilador.

– A geladeira? Ah, sim, foi a proprietária. Parece que a outra estava com defeito e ela imediatamente trocou por uma nova. Que gentil, não?

– Mas a outra funcionava muito bem, e, além disso – fui da cozinha até a sala –, essa não tem *freezer*.

– Ah é, eu não tinha reparado. Sabe, ela prometeu que ia mandar instalar um ar-condicionado. Legal, não é, com esse calor?

Havia no seu olhar uma astúcia dissimulada que já não me escapava – ou, pelo menos, era o que eu pensava.

– Como assim, "não tinha reparado"? Essa é quase um metro menor que a outra. Por que deixou que ela trocasse?
– Ora, querido, a casa não é minha.

Lá vem de novo. Diante de qualquer problema doméstico, ela me jogava na cara que não encontrava o seu lugar, que eu a fazia sentir-se só de passagem, e por aí vai. Para evitar mais uma discussão desse tipo, resolvi engolir a raiva com a ajuda de uma cerveja.

Havia várias na geladeira nova, mas estavam todas mornas. Tornei a fechar a porta, examinando o regulador da temperatura. Estava no 8, que era o número máximo.

– Desde quando essa coisa está aí?
– Que coisa?

Meu olhar deve ter parecido suficientemente explícito.

– Desde manhã, logo depois que você saiu.

Explodi:

– Mas você não percebe que a tal gentileza da proprietária não funciona?
– Eu devo ter demorado para ligar. Mas qual é o problema, *meu amor*? É a cerveja? Pois eu vou buscar umas para você, bem geladas.

Ela enfiou as sandálias, pronta para sair. Seus gestos eram calmos, queria se mostrar dócil, mas sua voz se fizera firme. De repente, aquela história da geladeira me pareceu ridícula, voltei bruscamente atrás e sugeri sairmos os dois para tomar alguma coisa.

Não pensamos mais no assunto até a noite, na hora de fazer o jantar. A cozinha era pequena demais para dois, além do que um peixe assado não requer grande ajuda. Janaína, que ouvia música na sala, me observava pela porta aberta enquanto eu picava a cebola, o tomate, e fazia em seguida um molho com azeite de oliva, limão e salsinha para regar o peixe antes de cobri-lo com papel-alumínio.

Ao abrir um pote, percebi que a geladeira nova estava gelando pra valer, a conserva de pimenta *malagueta* estava quase congelada. Fui conferir a temperatura no termostato e espantei-me ao não ver número nenhum no visor. Tentei girar o botão, estava emperrado. Nisso, e sem que o botão se movesse um milímetro sequer, os vários níveis de temperatura começaram a desfilar, até parar no número 5. Na sala, Janaína parou de cantar junto com o CD e me fitava com um ar intrigado. Eu não queria estragar o jantar tornando a falar naquela história estúpida, de modo que fingi que nada acontecera e lhe dirigi um sorriso simpático.

Ela fez o mesmo, mas a súbita fixidez de seus olhos desmentia o seu sorriso.

Como se nada houvesse, voltei a cuidar do jantar, mas, com o rabo do olho, não perdia de vista o estranho botão que acabou voltando, sozinho, para a posição neutra. Pus a travessa no forno e, enxugando as mãos, fui buscar minha lupa. A mesmíssima operação tornou a repetir-se, e o visor voltou para o número 5.

Eu já não tinha dúvida de que mais uma engenhoca daquelas estava instalada na maldita geladeira. Apalpei seu contorno, procurando um jeito de tirar a placa que revestia as partes elétricas. Estava presa por quatro parafusos. Peguei uma chave de fenda, o que levou Janaína a menear nervosamente a cabeça. Não era a primeira vez que ela assistia a uma operação desse tipo, o que sempre a deixava furiosa: segundo ela, eu estava paranoico, eu tinha que parar com aquela obsessão, que ia me levar direto para um asilo de doidos. Quando não conseguia me dissuadir da minha busca por microfones, câmeras e outras pequenas maravilhas tecnológicas, saía batendo a porta.

Esses "incidentes" tinham se tornado quase que rotineiros. De uns tempos para cá, porém, algo havia mudado. Quando? Nós agora pisávamos juntos, com cuidado, num terreno cuja armadilha aparentemente se destinava apenas a mim.

Chave de fenda na mão, preparava-me para conter a reação de Janaína. Já havia tirado o primeiro parafuso e ela continuava sem dizer nada. Seu silêncio expressava uma altiva hostilidade, mas fui em frente com a grotesca operação. Supondo que se tratasse de uma câmera, eu deslocara a geladeira a fim de me esgueirar entre ela e a parede e, assim, manobrar sem ser filmado. Os quatro parafusos caíram com facilidade. Antes de retirar a placa de proteção, ergui-a devagar para conferir se não havia algum mecanismo que pudesse denunciar minha intrusão. Já tinha passado por isso uma vez, ao tentar tirar uma câmera escondida no ventilador do quarto. Minha prudência revelou ser justificada: alguns centímetros de fio transparente ligavam a placa ao corpo da geladeira. Se interrompesse o circuito, decerto alertaria os agentes. Antes de cortar o fio, fiz um desvio com fio elétrico comum, comprido o suficiente para me permitir tirar a placa e colocá-la numa cadeira ao lado.

Não precisava ser profissional para notar, à primeira vista, que o sistema elétrico da geladeira havia sido manipulado às pressas: fios com formas e cores insólitas por todo lado, engenhocas de plástico transparente que não deveriam estar ali; quem fizera a instalação nem se dera ao trabalho de limpar as partículas de metal causadas pelas perfurações; orifícios recentes reluziam aqui e ali em meio à uniformidade da poeira.

Minhas mãos tremiam, e eu suava em bicas. De longe, olhávamos um para o outro sem dizer palavra, mas os lábios de Janaína tremeram várias vezes, como tentando vencer o medo de falar. Finalmente criou coragem:

– Caramba, de novo! Por favor, *meu amor*, pare com isso, cai na real. Vem cá, eu te peço, me dá um beijo, em vez de pegar a geladeira.

Adotando um tom conciliador, eu a tranquilizei.

– Só um instante, querida.

Eu procurava poupar seus nervos a fim de evitar uma possível reação histérica. Já acontecera de, para se esquivar a uma pesquisa desse tipo, ela jogar em cima de mim o que tivesse ao alcance da mão. No momento, fazia um esforço para se controlar. Eu sentia, e sabia que não ia durar muito.

– Você escolhe: sua maldita chave de fenda ou eu. Agora.

Ela estava em pé. Sua voz estava tensa, imperiosa, enquanto eu desparafusava uma caixa preta colada ao botão da temperatura, no lugar onde deveria estar o termostato, que, por sua vez, estava mais para o lado. Evitando o seu olhar e me fazendo de surdo às suas ameaças, arranquei a caixa à força. Era o que, no jargão deles, se chamava uma "central", que permitia controlar uma série de dispositivos situados a pequena distância no apartamento. Examinei o aparelho por todos os ângulos; não havia dúvida alguma. Eu já vira uma caixa igualzinha na internet, enquanto explorava um site especializado em tecnologia da informação e vigilância. Embora não precisasse de nenhuma prova para saber em que pé estava com meus perseguidores, é sempre difícil aceitar que esse tipo de coisa possa estar acontecendo com a gente.

Qual lâmina rasgando lentamente minha carne, senti que, em meu espanto, vinha mesclar-se uma sensação de alarme. Vi todos os meus problemas encerrados naquele cubinho preto. A raiva levou a melhor: estava com a caixa na mão e nenhuma vontade de poupar quem quer que fosse. Ergui-a sobre a cabeça, bem à vista, mostrando-a por todos os ângulos para que Janaína não deixasse de ver. Ela primeiro fitou-a sem dizer nada, e depois se pôs a rir, uma risada meio tensa, estridente o bastante para me gelar o sangue.

A essa altura, os sujeitos do andar de cima, da frente, ou do lado – eu os enxergava em cada vizinho – estavam decerto se perguntando o que fazer para limitar o prejuízo, pelo menos recuperando o aparelho. Era o que faziam toda vez que eu descobria algum.

Exausto, guardei a caixa no bolso e fui até a janela da sala.

A noite estava clara e quente. Vislumbravam-se, aqui e ali, entre os altos edifícios, estrelas de luminosidade intensa que pareciam sorrir. Contemplei-as e balancei a cabeça, incrédulo. Meu olhar se deteve em Janaína como para que lhe arrancar uma silente confissão. Eu conhecia a sua capacidade de autocontrole, mas apelei para todas as forças da realidade, as evidências, enquanto minha voz se engasgava na garganta e as palavras recuavam até o meu coração pesado. Vinha sentindo há algum tempo, e não estava errado, que os agentes que me vigiavam tinham se tornado tão inimigos de Janaína quanto meus. Seu segredo feroz estava a ponto de rebentar e revelar a traição. Para que isso acontecesse, porém, eu não podia desperdiçar o momento. Ela não saíra me xingando como das outras vezes. Estava agitada, lutando consigo mesma, à beira das lágrimas e da loucura, mas estava ali e não tirava os olhos de mim. Se eu dissesse a palavra certa, quem sabe... Uma só palavra equivocada poderia acabar com a possibilidade de ouvi-la. Porque era isso que ela queria, eu tinha certeza. Queria me contar, mas toda vez eu estragava tudo com uma palavra equivocada.

Pus a caixa sobre a mesa de centro e fui até o forno conferir o peixe. Seus lábios articularam uma frase sem sentido. Então adotou o tom de escárnio cruel que lhe era familiar:

– A gente já foi longe demais, também não vamos brigar por causa de uma porcaria dessas. O que é que te deixa tão nervoso? Você sabe muito bem que está sendo vigiado, e daí?

Ela então pôs a mão no meu ombro e fitou a caixa, avaliando-a com um ar entendido:

– É, nada mal, tem que admitir que eles são craques. Você acha que eu deveria estar surpresa?

Eu sabia o que tinha que fazer, fazia tempo que eu sabia. Mas não conseguia. Meus olhos buscaram maquinalmente a minha mochila, sempre a me esperar fielmente junto à porta do apartamento. Janaína sabia o que aquele olhar significava. Correu para a porta como que para me impedir de sair, e um arrepio me percorreu as costas.

Ela se pôs a falar, de início atormentada, mas, à medida que ia revelando os detalhes de sua colaboração com meus vigias, adotou um tom mais pausado. Parecia então que não era comigo que falava, mas com outra pessoa, alguém que lhe impunha respeito, com quem não tinha qualquer intimidade. Como alguém que, no final de uma missão, é obrigado a fazer um relatório detalhado para o superior que vai despedi-lo. Começou falando sobre o primo de Áurea, filho do coronel da Marinha; lembrou o CD que Viviane, a vizinha de Sandra, tinha me dado, alertando que era um erro eu não apreciar a música popular brasileira, sempre se encontra nela coisas inesperadas, e acrescentando raivosamente que não por acaso ela deixara de apagá-lo, como era para ter feito. Concluiu com uma voz fraca, quase se desculpando por não ter estado à altura de sua missão porque o coração já não lhe obedecia. Finalmente, abaixou a cabeça e ficou ali parada. Foi então que pediu que eu a acompanhasse ao banheiro e me mostrou a parede giratória pela qual dava para passar facilmente do meu apartamento para o apartamento contíguo.

– E essa não é a única porcaria aqui – disse ela num tom cansado. – Você é o meu primeiro homem de verdade. Que estupidez tudo isso. Que desperdício.

Debruçado à janela da sala, escutei o barulho do armário se abrindo, as roupas sendo jogadas na cama, o ranger do zíper da sua sacola e, por fim, a porta do apartamento se fechando atrás dela.

A confissão explícita e repentina, neutra e clara, de Janaína me soou como um aviso dado por um morto num sonho. Da minha janela, o Rio era uma cidade morta.

Capítulo 16

Janaína fora embora levando com ela a minha vergonha na noite quente do Rio. Pusera-se ela mesma dali para fora – o que eu não tivera coragem de fazer –, não sem antes me dizer: "Você foi o único que...". A confissão de sentimentos com ares dramáticos era um suplício além das minhas forças. Por que sentira a maluca necessidade de me dizer aquilo? Quando os sentimentos entram em cena, não sei lidar com eles, e ela sabia. Tentei convencer a mim mesmo de que ela falara de propósito, para deixar a ferida aberta o máximo de tempo possível. Nesse momento, nada era mais fácil para mim do que reduzir Janaína a uma cínica e vulgar espiã. Mas não era assim tão simples. O que ela dizia não era totalmente falso, e era isso que acabava comigo.

Depois que ela saiu, fiquei ali sem me mover um milímetro sequer. Aos poucos, fui cedendo a uma sensação de manso cansaço físico e vacuidade mental, como numa pré-anestesia. Nesse atenuado estado de consciência, comecei a juntar minhas coisas, como já fizera inúmeras vezes antes de chegar ali, antes de encontrar Janaína. Mas já não era a mesma coisa. Na hora de amontoar tudo na mochila, tive a surpresa de constatar que ela tinha ganhado peso ao longo da temporada brasileira. Havia ali acessórios cuja necessidade eu nunca sentira antes, mas de que fizera bom uso. Não falo dos utensílios de cozinha ou do armário cheio de roupa, mas da proliferação do material de escritório e de uma montanha de papéis espalhados, sinal de relaxamento do rigor necessário a quem está sujeito a partidas bruscas. Eu me acomodara, era isso, e não era culpa da minha velha mochila se ela não percebera isso a tempo. Teria ela imaginado que eu tinha enfim chegado?

Deixei tudo do jeito que estava e saí. Ia me mudar amanhã, à luz do dia, com a ajuda de uma imobiliária e, por que não, protegido por bravos agentes da polícia internacional.

Eu sabia que seria detido pouco antes das eleições presidenciais da França, país que, após quinze anos de refúgio político, de repente havia rifado minha extradição para a Itália. Fatos novos tinham aparecido. Tudo indicava que a coisa era séria.

Faltavam apenas três meses para as eleições. Eu ia me mudar – não para fugir, eu não tinha a menor intenção de fazer isso, e os agentes ao meu encalço já tinham mostrado ser implacáveis –, mas para me afastar das lembranças de Janaína.

Ciente de que meus "anjos da guarda" não perdiam um só dos meus movimentos, facilitei-lhes a tarefa deixando que minha imobiliária habitual se encarregasse de tudo. Era sempre a mesma coisa nesses casos: um funcionário me levava para visitar um apartamento mobiliado; eu dava o meu aceite, mas sempre havia um motivo para que a chave só me fosse entregue dois ou três dias depois, embora esse tipo de locação para turistas em geral se resolvesse na hora. Dessa vez, não foi diferente. Fui visitar um quarto e sala muito acolhedor, a menos de cem metros do Calçadão, com um preço razoável, que eu poderia ocupar dois dias depois. Àquela altura, já tarimbado com o que ocorria em cada um dos meus novos apartamentos, levei junto o celular e fotografei todo o local. Assim poderia identificar as mudanças operadas pela polícia ao instalar o equipamento de vigilância, neutralizando parte dele assim que pusesse os pés lá dentro.

Dessa vez eles se superaram. No mesmo dia em que assinei o contrato, recebi um telefonema da imobiliária me informando que o proprietário havia mudado de ideia, mas, contrato é contrato, ele propunha me hospedar numa luxuosa cobertura da rua Ronald de Carvalho, com vista para o mar e, maravilha, pelo mesmo preço do quarto e sala. Eu podia ocupá-la de imediato. Desliguei quase dando risada.

A mesma proposta me tinha sido feita, assim que chegara ao Rio, por um "amigo" de bar, que conheci nem tão por acaso e de quem já falei. Esse homem se dizia primo do proprietário, tinha até considerado um preço especial para mim. Ainda assim, eu recusara. Sabia que a localização valia uma pequena fortuna, e eu não estava no Rio para ser depenado em troca de uma rodada de cerveja. Era curioso, tanto tempo depois, quando o Rio e eu já chegáramos ao nível da crise de casal, me aparecer essa residência por um preço ridiculamente barato.

O funcionário que veio me buscar menos de uma hora depois numa picape, eu era capaz de jurar que já o tinha visto, só que careca e com um imponente bigode preto. Ele agora estava com uma barba de três dias, um rabo de cavalo escapando do boné, e ria o tempo todo:

– Meu caro, você tem muita sorte, o proprietário já tinha se comprometido. Contrato é contrato, não se brinca com essas coisas. Foi obrigado a lhe oferecer outro imóvel, mais um pedido de desculpas. Não é ótimo?

Não se deu ao trabalho de me mostrar o local, nem me pediu para assinar o costumeiro rol da mobília. Deixou minha sacola na entrada, disse que alguém passaria mais tarde para me mostrar o funcionamento de alguns aparelhos e, sempre rindo, foi-se embora em seguida.

Verdade é que teria levado a manhã inteira para me mostrar aquele palácio. Nunca tinha entrado num apartamento tão luxuoso, com um terraço e árvores de verdade, com uma vista que ia além das ilhas da baía até se confundir com a linha do horizonte. Pensando em quem estaria pagando por isso e por quê, fiz um reconhecimento do lugar. Os móveis eram de madeira maciça, antigos, do período colonial, as gavetas repletas de prataria, porcelana de não sei onde, incontáveis toalhas e lençóis. Eu dispunha de dois elevadores com chave, um deles dando diretamente numa antessala. Já nem recordo o número de cômodos; às vezes, me acontecia de descobrir mais uma porta atrás de uma cortina ou entre dois vasos de plantas. O prédio em si era uma fortaleza. Tinha um apartamento por andar – quase nunca cruzava com algum morador – e uma tropa de funcionários atarefados dia e noite, disciplinados como um pequeno exército. Reinava naquele lugar um clima esquisito, bem diferente do ambiente descontraído que se vive em Copacabana.

Eu já me tornara um especialista. Em poucos dias, localizei vários aparelhos e gravei na memória algumas características dos homens e mulheres designados para me vigiar. Três meses era o tempo que me restava. Três meses durante os quais eu não deixaria passar nenhuma oportunidade de lembrá-los do quanto eu lhes custava, e, mesmo que na verdade não me sentisse muito à vontade naquele lugar, faria o possível para que acreditassem que estava curtindo a minha vida de príncipe. Exagerava, às vezes, ao cruzar com algum deles. Queria ver até onde podia ir, queria testar sua paciência. Eles nunca respondiam às minhas provocações, cada vez mais ousadas. Mudavam de rua, entravam numa lojinha ou desapareciam dentro de um prédio. Mas minhas brincadeirinhas não ficavam impunes. Eles também tinham lá seus meios de se vingar. Atrapalhando meu sono à noite, por exemplo, com um aparelhinho que simulava o ruído de uma furadeira gigante abrindo um buraco debaixo da minha cama.

Tomei a decisão de me apresentar à polícia do Rio. Uma ideia que morreu na casca. Antecipando-se a cada um dos meus passos, o homem que me seguia naquele dia esperava tranquilamente por mim à porta da delegacia, com cara de quem diz: "Isso é perda de tempo, meu chapa".

Depois dessa última tentativa, eu me dispus a aceitar passivamente a situação. Meus adversários fantasmas eram demasiado eficientes, resolvi deixar as coisas acontecerem.

Foi quando me lembrei do CD que Viviane havia me dado. Eu sabia que, assim que o abrisse no computador, os policiais logo saberiam que Janaína não o tinha deletado como fora instruída a fazer. Parece bobagem, mas, na hora de clicar, fiquei preocupado com ela. O CD continha uma pasta única, a que tinham dado o nome *Vidas*. Quando a abri, vários arquivos se alinharam na tela. Não tinham título, vinham ordenados pela data. O mais antigo remontava a mais de um ano e meio; o último tinha sido gerado há menos de dez dias, sendo que o CD me tinha sido entregue vários meses antes. Cliquei nesse arquivo. Era um texto pequeno:

"Eu escrevi uma carta linda, mas era comprida demais e inútil, então apaguei. Também deveria ter deletado todo o conteúdo do CD, mas essa já é outra história, e temo que não te interesse. Há muita coisa que não te interessa, ou que você não entendeu. Que você não quis enxergar, digamos, nos últimos tempos. Azar o meu, e seu também. Este CD não traz tudo o que você queria saber, mas tudo o que ela pôs aí é absolutamente verdade. Não pense que eu sou uma fraca. Eu teria cumprido a minha missão até o fim, custasse o que custasse. Isso se a Áurea e o idiota do contato dela aqui não tivessem, achando que eu precisava de justificativas morais, exagerado a seu respeito, pintando você como um perigo público, um monstro. Foi, para mim, quase uma decepção descobrir você simplesmente tal como é. Depois, as coisas tomaram um rumo inesperado e muito desconfortável para mim. Veio o inferno, e o amor nunca fica muito distante das chamas. O 'monstro' começou a fazer planos, mas não no sentido do terror, como seria de se esperar. Não, seus planos eram pouco mais ousados que os de um contador aposentado. Era sempre muito desconcertante ouvir você falando no futuro como uma pessoa qualquer. Além disso, esse futuro eu sabia como era, um lugar onde ninguém nunca foi e do qual nunca se volta. Havia um livro na casa da Sandra, um livro sobre o seu herói, Nelson Mandela. Foi você, aliás, que me incentivou a ler. Pois bem, num dado momento, Mandela cita Shakespeare: 'Veja a morte como uma certeza, assim tanto a morte como a vida lhes serão mais doces'."

Fim da mensagem.

Ela não tinha assinado. Havia uma luminária logo acima da escrivaninha. Ergui a cabeça e dirigi um olhar hostil para a câmera que tinham instalado ali. Como única resposta, meu computador começou a dar sinais de loucura. Eu nunca me conectava à rede, e a função *wi--fi* estava inativa. Mas os recursos de que dispunham permitiam que se conectassem em alguns pontos do apartamento. Para evitar que danificassem o CD, desloquei-me imediatamente, afastando-me das janelas.

Preocupado, comecei a abrir e fechar os outros arquivos. Eram pequenos, mas muitos. Descobri uma correspondência entre Sandra e Áurea. Falavam de mim, mas nada indicava em que momento Áurea e seus chefes tinham dado início ao seu plano. A primeira troca de informações a meu respeito era, surpreendentemente, anterior à época em que eu encontrara Áurea pela primeira vez. Antes de me conhecer, Áurea já falava em mim, já com a certeza de que em breve eu viria para o Brasil. Para convencer Sandra a "tomar conta" de mim, Áurea falava como se me conhecesse profundamente, e o mais espantoso é que não estava errada ao antecipar minhas ações e reações. Acertava em todos os detalhes, a ponto de me descrever com arrasadora compaixão. A julgar por algumas de suas respostas, Áurea sabia do alcoolismo de sua velha amiga e tirava proveito disso sem nenhum escrúpulo. Mas Sandra, até onde pude perceber, não se deixava enganar. As solicitações de Áurea não eram do seu agrado, o que ela deixava claro lembrando--lhe os princípios e o senso de honra que um dia as tinham unido.

Houve uma ruptura na correspondência entre elas bem antes da minha chegada ao Brasil. Foi então, aparentemente, que Janaína entrou em cena. Devia haver, sem dúvida, e-mails mais antigos trocados entre ela e a madrinha, mas Sandra ou não estava a par, ou só quisera juntar ali os arquivos essenciais. A partir desse ponto, já não eram mais cartas amigáveis; o tom mudava radicalmente, indicando que a relação madrinha-afilhada era puramente objetiva. As mensagens eram sucintas, como entre um superior e um subalterno. Apareciam, vez ou outra, palavras que se queriam elogiosas ou calorosas, mas que mal disfarçavam o cinismo e a manipulação de Áurea.

Abrindo sucessivamente os vários arquivos, deparei-me com um extenso relatório do DIP (Departamento de Inteligência Policial) dirigido ao Grupo Antiterror, contendo claras referências a um serviço de inteligência estrangeira não identificado. Tratava-se de um autêntico relatório militar, com partes, subpartes e conclusões. Nele, eu já nem aparecia como um fugitivo, e sim como o elemento "X", cuja estada no Brasil vinha sendo acompanhada passo a passo desde o começo, até quatro meses antes, quando o relatório era bruscamente interrompido.

Ao ler e reler esse relatório, o papel de algumas figuras foi ficando claro. Em dado momento, o tal de Jefferson, filho do coronel e contato de Áurea no Brasil, começara a desconfiar de Janaína, motivo pelo qual ela deixara de ter acesso a determinadas informações. O que acontecera entre Janaína e seus patrões durante os últimos quatro meses? Eu julgava ter uma resposta, mas essa resposta não me agradava.

Nesse sentido, encontrei indicações num arquivo "sem título". Era uma longa carta de Sandra para Áurea, escrita três dias antes de minha última ida a Duque de Caxias, na vez em que a encontrara de cama. A carta começava lembrando extensamente o passado comum de ambas, numa tentativa de induzir sua antiga e distante amiga a um discurso mais misericordioso. Conhecendo Áurea, imaginei o efeito ridículo que isso teria causado em sua glacial indiferença. Mas Sandra não perdia a esperança de aquecer o coração da amiga, de chacoalhar-lhe o espírito lembrando todos os princípios, os "elevados valores morais" que permeavam o seu glorioso companheirismo; valores que tinham resistido a todas as adversidades, e deveriam ser mantidos, mesmo em face das "forças sinistras" que a controlavam. Embora usasse um tom humilde, tocante, Sandra não media palavras para lembrar à amiga o respeito e a dignidade que "lhe eram característicos". Sandra então fazia um impiedoso mea-culpa por seu comportamento, por sua inaceitável fraqueza devido – reconhecia, afinal – ao álcool. Interrompi a leitura para recordar minha visita a Sandra. Sua palidez, seus tremores, os comprimidos; tinha recentemente largado a bebida. Devia estar sendo um momento dificílimo e, no entanto, mandara me chamar, tentara me ajudar, a ponto de, apesar de todo o seu amor por Janaína, sentir-se no dever de me alertar sobre ela, ou melhor, sobre aquilo que ela havia se tornado. O mal que ela julgava ter feito a Janaína com seu alcoolismo era constantemente relembrado na carta, como uma tortura autoinfligida. Culpava-se por não ter, desde o início, levado mais a sério o "Caso Augusto", por ter dado a entender à amiga que iria colaborar. Mas, quando compreendera do que se tratava, já era tarde demais, e, em vez de impor sua autoridade, deixara covardemente Janaína agir. "A culpa é exclusivamente minha", escrevia ela, "não tenho mais autoridade moral para acusá-la de manipular nossa menina porque, enquanto você fazia o que achava ser necessário, eu não fazia coisa alguma. Pior que isso, eu aproveitava."

Eu me sentia comovido e, ao mesmo tempo, enojado. Comovido porque podia entender e sentir a dor que consumia Sandra, sua nobreza de espírito dilacerada, jogada aos frangalhos para uma Áurea que não iria se dobrar, e que, já desde muito tempo, sacrificara sua sensibilidade ao disparar seis balas no peito de seu companheiro. Sandra tinha vencido o álcool, ao passo que, para sua amiga, já não havia retorno possível, o que eu tinha todas as condições de saber.

Sentia pena de Sandra. Seu esforço para fazer Áurea mudar não surtira o mínimo efeito. No final, ela reunira fragmentos de cartas, talvez nunca enviadas, que falavam de Janaína:

"... É verdade que, no começo dessa história, eu odiava esse homem. Odiava porque ele era, como se diz, inimigo dos meus amigos... Mas saiba que, mais que a ele, eu odiava a mim mesma. É algo que você deve entender, pois você, minha querida e única amiga, vivenciou esses mesmos delírios infernais. Que Deus me perdoe, mandei a nossa Janaína para o inferno em meu lugar, eu a joguei às feras, a esses canalhas. Se permiti que Janaína assumisse esse papel, foi por incapacidade, para soltar suas rédeas e afastá-la de mim. Para não ver mais seu olhar acusador, não vê-la catando as garrafas, que ela quebrava, uma a uma, no granito da pia; para não vê-la chegar em casa no dia seguinte com a maquiagem da véspera; seus amigos traficantes; o dinheiro que ela punha debaixo do meu travesseiro, demasiado para não ter origem no fundo negro da alma: 'É para o aluguel', dizia, sabendo perfeitamente que uso eu ia fazer dele. Para mim, o álcool; para ela, o traficante, homens por uma noite. E pronto, assim estávamos as duas no mesmo sujo patamar: a alcoólatra e a puta tinham enfim perdido qualquer direito à censura."

...
"Confesso que nunca gostei desse tal Jefferson (é mesmo seu primo, não é?). Mas quis acreditar nisso porque me convinha – disso, hoje tenho certeza –, então convencia a mim mesma de que ele tinha o aspecto decente e a autoridade de que Janaína precisava. Que horror. Será que existe um limite para a covardia? Eu nunca devia tê-la entregue a um canalha dessa maneira. Era o álcool vencendo mais uma batalha."

...
"E então Augusto apareceu. Não tinha nada a ver com os boletins do *front* que você mandava. Imediatamente me pareceu inofensivo. Não se iluda, minha querida, no dia em que ele esteve lá em casa eu estava sóbria. Não tive coragem de dizer o que quer que fosse. Para te dar uma ideia, tinha a impressão de que minhas palavras me sujavam. Sim, minha querida, foi isso mesmo. Mas já nessa época você passava muito bem sem mim, e a nossa Janaína te obedecia feito um soldadinho, não é? Ela te disse que eu não queria mais colaborar, e era verdade, eu me neguei a te ajudar, não queria mais contribuir para a ruína desse homem. Mas é um erro acusar-me de ter lhe contado dos seus planos, das suas manobras eleitoreiras, do passaporte que você mandou o tal Jefferson passar para ele não sei nem onde, e tudo o mais. Não, minha

querida, apesar dos pesares eu não te traí a esse ponto. Nunca escondi o que eu achava disso tudo, mas é possível que Janaína tenha desviado os meus e-mails, ou talvez você é que não tenha dado a mínima."

...

"Mas as coisas mudaram, Áurea querida, já não preciso inventar desculpas furadas para as minhas fraquezas, e, saiba, nem para as suas. Janaína tem que aprender a voar com as próprias asas, e nós duas temos a obrigação de andar com a cabeça erguida, sem jogá-la no esgoto da História. De fato, durante algum tempo eu não fui muito clara com você. Entre a vida e o álcool, só o que eu queria era ir embora em paz, sabendo que nossa filha estava lidando com uma pessoa do nosso estofo. Tudo bem, era um procurado, mas pelo menos o era por causas que nos eram caras. Um homem que estava devolvendo a Janaína sua dignidade, mas que você transformou num adversário."

...

"Me perdoe, Áurea, sei que não é culpa sua, esses calhordas não te deram escolha. Nem eu: cega que estava, acredite, queria agradar a gregos e troianos, e isso para poder continuar afogando meus sentimentos de culpa na pinga, maldita seja. Mas isso acabou."

...

"Agora posso te escrever sem medo, Áurea querida, porque você cometeu um erro de cálculo. Você se enganou a respeito do Augusto. Ele não é bobo, nem esperto. Nunca se esconde (ridículo, não?), pois é incapaz disso. Não raro Janaína o surpreende diante do espelho, meneando a cabeça como quem se acha tolo e se perdoa por isso. O que é comovente, não é, mesmo para a menina que você pôs no encalço de um 'terrorista'? Você não tinha como imaginar que ela iria se deparar com um homem para o qual seria difícil justificar sua indiferença, seu ódio pelo mundo, que você contribuiu para fomentar. Apesar desse Jefferson soprando no ouvido dela, tem sido difícil para Janaína querer mal ao Augusto. Não passa um dia sem que ela o surpreenda em atitudes que não batem com a descrição que você tinha feito. Com ele, Janaína está voltando a ser o que era, uma garota em busca de humanidade.

Enquanto ela o vigiava, voltava para casa com uma ou outra desculpa simplesmente para dividir comigo (percebe a mudança?) seus pequenos avanços naquilo que passou a chamar de *estrada mestra da vida*. Estranho resultado, em se tratando de um 'terrorista'. Janaína está vivendo uma situação insustentável. Ela esconde o seu sofrimento, sei que às vezes não tem certeza de mais nada, não tem mais controle da situação, mas é tarde demais, e nenhum dos dois tem consciência disso."

... "Minha querida, será que esses amantes terão que seguir seu caminho mantendo cada qual sua máscara? Você quer transformar nossa Janaína numa puta horrorosa no coração desse infeliz? Eles se amam, sei disso."

Ela "sabia que nós nos amávamos". É impressionante como os outros têm, tantas vezes, a pretensão de saber dos nossos mais inefáveis sentimentos. Fiquei pensando sobre isso, enquanto a tela escurecia.

Deixei-me ficar na poltrona, praticamente imóvel, durante várias horas. Caiu a tarde e eu continuava ali no escuro, pensando em mim, em Áurea, nas manobras políticas dos seus chefes, na prisão onde eu logo iria parar, até o fim dos meus dias. A busca da verdade tem sido cada vez mais perigosa e difícil. Mas isso, em breve, deixaria de ser uma preocupação para mim.

Pensei, sobretudo, em Janaína, que se tornara indispensável para mim, não adiantava negar. Fiquei imaginando como seriam, dali em diante, os meus momentos mais felizes e os mais miseráveis. Fantasiei passeios solitários, livres, enfim, de suspeitas, cinemas sem comentários, leituras insossas.

Uma longa buzinada ressoou na cobertura. Fui até a janela. No prédio em frente, instalados num apartamento diante do meu, os vigias se debruçavam à janela bem aberta, olhando em minha direção. Já fazia algum tempo que nem tentavam disfarçar, sinal de que a hora estava próxima. Queriam deixar bem claro que eu não tinha saída. Com um aceno, dirigi-lhes um alô cansado. Estavam ali dois homens e uma mulher, mas também dava para vislumbrar uns vultos atrás da cortina semitransparente de uma janela ao lado. Tive a estúpida ideia de ir pegar meu binóculo, uma das ferramentas do meu *kit* de contraespionagem. Seria o ferino desejo de descobrir o rosto de Janaína por detrás daquela vidraça? Perguntei-me para onde teria ido. Para a casa de Sandra, ou simplesmente atravessara a rua e agora me observava, como quem assiste à movimentação de um peixe num aquário bonito? Não, no fundo eu sabia que ela não estava mais no caso. Desconfiava, inclusive, de que ela desempenhara um papel de grande responsabilidade na história toda, e ao mesmo tempo tentava me convencer do contrário: eu precisava jogá-la na lama para não correr para o telefone e ligar para ela.

Nos dias que se seguiram à partida de Janaína, o cerco foi aos poucos se fechando. Temendo uma surpresa desagradável, depois de quase três anos de vigilância acirrada eles agora se excediam. Estavam por toda parte, me espreitavam no chuveiro, não me deixavam um minuto sozinho numa loja por medo que eu me disfarçasse no banheiro e saísse pela porta dos fundos. Imagino que, sabendo que eu estava ciente do fim próximo, queriam prevenir uma derradeira manobra, uma fuga desesperada. Eu não tinha essa intenção nem forças para tanto, longe disso, mas aquela presença sufocante me deixava em pânico, suscitando as mais impensadas reações.

Às vezes acontecia de eu sair correndo de casa, a qualquer hora do dia ou da noite, pois o formigamento que eu sentia entre os ombros toda vez que punha o pé na rua era, de longe, mais suportável que o olhar daqueles milhares de olhos mecânicos, impassíveis, emboscados no apartamento. Andava a passos rápidos, afastava-me para me perder de mim mesmo, deles e também de Janaína. Descia as ladeiras das favelas como quem volta de uma escapada, de um encontro secreto. O *morro* era o único lugar onde não me sentia escoltado, onde podia afogar a imagem de Janaína numa cerveja, sabendo que meus seguidores, não ousando enfrentar as balas dos traficantes, estariam à minha espera ao pé da *ladeira*. Mais cedo ou mais tarde, porém, tinha que descer, e tudo tornava a entrar na ordem imposta.

Cansado de tudo, ia então caminhar na praia, observando se multiplicarem as luzes da avenida. "Se eu fosse você, não ficava aqui sozinho." Voz de garota vestida para seduzir e, atrás dela, sempre outra garota, e atrás da outra uma cidade inteira, a *Maravilhosa*. Também elas pareciam cansadas. Também elas estavam em busca de paz. Paz é uma coisa que custa caro. Um sorriso bastaria para a noite assumir outro rumo. Mas eu só estava ali por aquela água vazia, pelo som das ondas ameaçadoras que iam aos poucos corroendo a costa e meu coração. Eu via apenas a água escura, espumosa, meus sapatos na areia molhada, as garotas exaustas, arrastadas pelo vento da noite. Contemplava os continentes em frente, que me davam adeus, num rugido repleto de ironia. Escapulia, voltava ligeiro para a avenida, com suas mesas transbordando nas calçadas e, a poucos metros, arriados no escuro, eles, os esquecidos de Deus, os que não podem nunca, nem para rezar, pagar por um minuto sentados. Os mortos de cansaço, curvados sob sua carga de esperança. E eles sorriem.

Sim, nesses momentos de agonia eu pensava e olhava aquilo tudo como pela primeira vez. Sempre me intrigara a tal "felicidade" dos pobres. Eram meus semelhantes, eu tinha que compreendê-los, pelo menos agora, antes do fim. Por eles, eu ainda era capaz de um esforço. Sentava-me, no entanto, junto aos "favorecidos", àquele rebanho que transformara o trabalho em sua razão de viver e para o qual o próprio descanso era às vezes parte do ciclo produtivo: ocupar os bares de Copacabana; consumir, descarregar; recarregar.

Duvido que toda a filosofia do mundo seja capaz de abolir a escravidão. Posso imaginar formas de servidão piores que as nossas, porque mais dissimuladas. É possível transformar homens em máquinas estúpidas e satisfeitas que se julgam livres quando, na verdade, são subjugados. Basta ensinar-lhes, pela exclusão do verdadeiro descanso e dos verdadeiros prazeres humanos, um gosto absorvente pelo trabalho, como sabe ser a paixão pela guerra entre os povos bárbaros. A essa submissão do espírito ou da imaginação, ainda prefiro a nossa escravidão de fato...

O imperador romano Adriano é quem foi capaz de escrever coisas assim em sua época, e dificilmente se imagina um homem de hoje tendo uma ideia tão clara do que será do mundo nos próximos dois mil anos. A um passo do cárcere, eu ainda conseguia pensar nos imperadores e nos desfavorecidos de ontem e de hoje. Só me restava, na realidade, tempo para pensar em desalento enquanto observava nossas sombras se esticarem ligeiras sobre os nossos sonhos miúdos, até que o dia surgisse novo e claro para o coração e para todas as coisas. Salvo para mim, que, de novo, precisava levantar para recomeçar a fugir, da casa, do mar, de tudo o que brilhava, fedia, feria. Buscava soçobrar na sinistra umidade dos bairros em que se tramam, à surdina, as maravilhas do Rio. Nunca faltava um bar nesses recantos sombrios, com um muro encardido para eu me encostar e esperar que meu humor se adequasse ao lugar.

Era bom me sentir um destroço. Nesse estado de vigília, o clarão de um pensamento às vezes tirava da sombra os contornos de um fato, de um gesto ou palavra que eu ainda não desistira de entender. Mas rapidamente enxotava essas ideias, como a uma mosca em volta do copo, por medo de engoli-la. O melhor era escutar o barulho de fundo, deixar-me levar sem tomar parte, às vezes fingindo: futebol, sempre o futebol. Telinhas tronando em meio à miséria imunda, o grito de gol sem fim. "Quatro a dois, porra, que surra. O que você acha disso, gringo?" Do que eu achava, eles não iriam gostar. Mas, fazer o quê, o Palmeiras estava fora de casa, ao contrário do Flamengo, o que exige cautela.

Nada me prendia ali, mas não tinha energia para ir embora, além do que a cerveja e a vista não seriam melhores em outro lugar. Tal como as ilusões, elas se parecem todas, seja no subúrbio parisiense ou nas entranhas do Rio, os mesmos bares, os mesmos pés de chinelo. Um deles, o que filava sistematicamente um cigarro dos maços alheios e sempre sumia na sua vez de pagar a rodada, começou de repente a falar em guerra. Ao que pude entender, queria que o Brasil declarasse guerra à Bolívia, em represália à recente nacionalização do gás pelo presidente Evo Morales. O sujeito queria nada menos que acabar com a Bolívia, enquanto ganhava tragos e cigarros de todo mundo. Hora de ir embora, de ir desmaiar em casa.

A lembrança de Janaína, teimosa, já não me largava. As horas que eu passava em casa, cada vez mais raras, tinham se tornado um suplício com a estagnante presença de meus vigias, e nada agora me dava mais pavor que a perspectiva de um dia vazio. Tinha desejos súbitos, dementes, de acordar todo mundo, de interromper o risinho imaginário de Janaína, brotando das ruínas do silêncio. Foi num desses momentos que, movido pelo desespero, disquei o número dela.

Zeca, é claro, não gostou nada disso. Não estava preparado para uma fraqueza dessas de minha parte. Eu sabia que ele não reagiria muito bem a essa confissão, mas Zeca tinha conquistado a minha confiança e eu não podia ocultar justamente o que ele já suspeitava. Principalmente desde que me achara compreensivo demais diante da atitude "inaceitável" de Janaína.

Zeca é o único aqui do bloco que sabe a minha história. Não só aquela vomitada pela imprensa, mas a outra, que, nas horas intermináveis passadas na cela, fui aos poucos puxando das entranhas, transformando momentos vividos em sons inarticulados e, depois, em palavras mais ou menos audíveis. A salvo do bem e do mal, eu reconstituía os fatos que tinham transfigurado a vida de uma geração que ousara universalizar a revolta. Apenas Zeca era capaz de garantir um clima de neutralidade que me permitia me abrir sem reservas. Com ele, eu não tinha nada para justificar. Um homem que passara pelo fogo, nele deixando sua alma, era capaz de ouvir, isento, ou quase, de qualquer julgamento. Zeca é um durão, e sabe amar como amam os durões. Teria dado a melhor parte do seu Pantanal se isso pudesse ter me impedido de discar aquele número. Mas já estava feito, e a Zeca só restava constatar.

Ele deu um tempo para que eu avaliasse o peso da minha confissão e, sem mostrar o rosto, do alto de sua cama, admitiu, por seu turno, que, certa vez, quando tivera que se esconder lá para os lados do Pantanal, depois de passar um período totalmente isolado do resto do mundo, pusera-se a conversar com um bichinho que viera se refugiar em sua cabana e, no fim, chegara a se convencer de que o bicho o escutava, e até respondia.

Não lhe quero mal por isso. Comparar Janaína a um bicho do Pantanal, partindo de Zeca, pode muito bem ser entendido como um argumento a meu favor.

Para quem não o conhece bem, Zeca parece passar a maior parte do tempo com o olhar perdido entre os espaços da grade, e com os ouvidos atentos à respiração ruidosa do sono infeliz dos nossos colegas de cela. Dos nossos respectivos lugares, não podemos nos ver, mas um sabe que o outro está acordado. Perturbados pelo mesmo sentimento de que, se nos libertassem agora, neste instante, não saberíamos o que fazer; de que lá fora pode ser pior que aqui dentro. É como se, de certa forma, a prisão nos vestisse e a liberdade fosse nos deixar nus. Não olhamos um para o outro, os minutos vão se desfiando em silêncio, mas nem todos os nossos pensamentos passam pelo espaço entre as grades: alguns repicam no ferro e voltam cruzados para nós. É quando Zeca estica o pescoço, inclina um pouco a cabeça para fora da cama para conferir se não andamos, por acaso, misturando demais nossas respectivas preocupações. É o início de trocas menos herméticas, um escutando o que o outro não tem coragem de dizer. Eu desço da minha cama para a dele, que recebe um pouco de luz do corredor. Ele balança a cabeça em sinal de desagrado, mas sua voz o desmente.

– Tudo bem, você ligou para ela. Quer saber? Desde o começo eu sabia que você ia ligar. Por quê? Porque você tinha ido longe demais, e quando a gente perde de vista a natureza das coisas, acaba se perdendo junto. Acontece com animais de toda espécie. E o homem, você sabe, não é dos mais espertos.

Disse isso num jato só, num claro convite para eu continuar, sinal de que havia perdoado minha burrada e que eu agora poderia fazer e dizer qualquer coisa. Sempre haverá um lugar para mim entre seus animais queridos, entre seus humanos.

Eu simplesmente ainda não encerrara o assunto com Janaína.

As lembranças enfraquecem com a distância, e a temível Janaína, perdida em seu "jogo" de espionagem, hoje parece não passar de um delírio empoeirado. Precisei esfarelar minha alma inteira para separar as verdades inúteis, para diferenciar uma Janaína da outra. Não saí perdendo na troca, mas já não me restava muito tempo para nos dar mais uma chance. A outra Janaína eu fui buscar tempos depois na saída do trabalho.

Ela tinha conseguido um emprego de doméstica. Meu telefonema a surpreendeu de início, e fez-se um silêncio. Declarei que iria buscá-la dentro de uma hora, e ela não objetou. Escutava a sua respiração enquanto ela me dava o endereço.

O táxi parou em frente a um prédio novo, medianamente burguês, da Tijuca. Janaína me esperava na entrada, junto a um vaso grande com flores roxas. Esperou que a porta do carro se abrisse, que eu descesse e desse um passo em sua direção. Só então ela desceu os degraus que a separavam da calçada e veio ligeira ao meu encontro.

Espreitei um sorriso, um gesto, uma palavra, seu rosto se iluminou de repente. Com uma expressão tão intensa, tão verdadeira, que fiquei parado olhando para ela, boquiaberto. Havia quanto tempo eu não fazia alguém feliz? De uma coisa eu estava certo: o que quer que acontecesse, levaria comigo a imagem daquele rosto radiante.

Segurei sua mão enquanto o táxi seguia para a *Zona Sul*. Ele nos deixou na Ronald de Carvalho, em Copacabana, e dali fomos caminhando até a Praça do Lido. Sentamos num banco do jardim, perto das mesas de concreto em que alguns aposentados jogavam baralho ou dominó. Percebi que não tinha largado sua mão desde que ela entrara no táxi. Nem para pagar a corrida. Com naturalidade, ela se pôs a falar no seu amor. Escutei cada palavra, sem me atrever a olhar para ela. Teria escutado até o dia seguinte se, de repente, não lhe viesse à boca a pergunta:

— Nossas vidas agora estão ligadas para sempre, não é?

Não consegui conter a explosão.

— Você sabe que não, que isso é impossível. Até onde você vai querer ir comigo? Como pode esquecer que amanhã não vou estar mais aqui? O que você pode querer com um velho babaca arriscado a acabar a vida na prisão, num país onde você nunca pôs os pés?

Ela se levantou, contendo as lágrimas.

— Por favor, me leve para a sua casa e não se fala mais nisso, está bem?

Nossas almas se desfizeram do mundo e do sussurro dos nossos observadores. A data da minha prisão se aproximava a toda velocidade e não queríamos perder um só minuto do tempo que ainda tínhamos.

Naqueles dias, a influência de uma nova Janaína se espalhou pela casa. Ela travava uma luta sem trégua; tudo o que fazia era como um dedo apontando para o fim. Não queria deixar nada para a saudade, queria dizer a si mesma que tínhamos feito tudo antes que...

Evitávamos qualquer alusão ao seu jogo duplo ainda tão recente. Eu às vezes tinha certeza de que ela não pensava mais nisso ou, se pensava, era revendo o seu papel, de modo a atenuar sua responsabilidade. Parece, às vezes, que, para as mulheres, cada dia que passa traz uma nova interpretação do passado.

Por mim, estava tudo bem. Eu a queria só para mim, e agora eu a tinha, era só o que importava. Janaína nunca estivera tão linda; era como um efeito de sua alegria.

Ela sentia a necessidade de tirar de tudo à sua volta um proveito imediato e de ignorar o que parecia inútil para o seu novo coração. Seu sentimentalismo era quase agressivo. Era o nosso ponto em comum. A vida cotidiana lhe parecia sem graça, páginas de signos insignificantes a afastá-la de sua dança da paixão. Esquecia depressa da sua jovem existência repleta de ambiguidades. Ela não tinha vivido aqueles momentos duvidosos: na esperança de escapar à desolação que a cercava, fora vítima, isso sim, de um jogo que rapidamente a dominara. Tinham lhe oferecido aventuras, a vida de Áurea, hotéis de luxo. Coisa do passado. Janaína agora era uma mulher, com seus desejos sacramentados pelo amor. Tudo aquilo parecia tão real que eu acabava descuidando de mim mesmo.

Em meio ao calor sufocante dos começos de tarde, ela cochilava seminua no sofá laranja. Eu sabia que ela deitava ali todo dia na mesma hora e, mesmo em meio a uma página, deixava a tela do computador para contemplá-la. Gostava de vê-la assim, olhos fechados, a pele cintilando de suor, cabelos caídos na curva perfeita de um seio. E então me apertava a garganta a ideia de que isso tudo iria sumir a um toque da campainha.

Ela, às vezes, acordava de repente e me surpreendia em meio a minhas divagações. "Por que tanta tristeza?", seus olhos então me perguntavam. Me faltava coragem para responder, tudo ficava triste e inútil. Sentia o fim desabando sobre mim. Então me jogava em cima dela, esmagando-lhe o peito, mordendo-lhe os lábios.

Eu via a hora se aproximar, e volta e meia me descontrolava por um motivo à toa. Persistia, no entanto. Queria fazer do último trecho dessa maratona uma luta contra o cansaço. Depois disso, a vida se prolongaria através dos meus amigos: daqueles teimosos que acreditavam piamente que aquele túnel era a derradeira provação, no fim do qual nos esperava a liberdade.

1ª **edição** março de 2012 | **Diagramação** Valéria Sorilha
Fonte Times New Roman | **Papel** Offset 75g/m²
Impressão e acabamento Imprensa da Fé